中国诗词大会

中国诗词大会

（精编版）

《中国诗词大会》栏目组 编

图书在版编目(CIP)数据

中国诗词大会:精编版/《中国诗词大会》栏目组编. —北京:中华书局,2018.11(2025.6重印)
ISBN 978-7-101-11724-0

Ⅰ.中… Ⅱ.中… Ⅲ.诗词-诗歌欣赏-中国 Ⅳ.I207.2

中国版本图书馆CIP数据核字(2016)第074898号

书　　名 《中国诗词大会》(精编版)
编　　者 《中国诗词大会》栏目组
责任编辑 傅　可
装帧设计 毛　淳
责任印制 管　斌
出版发行 中华书局
(北京市丰台区太平桥西里38号 100073)
http://www.zhbc.com.cn
E-mail:zhbc@zhbc.com.cn
印　　刷 三河市宏达印刷有限公司
版　　次 2018年11月第1版
2025年6月第11次印刷
规　　格 开本/710×1000毫米 1/16
印张21 插页2 字数200千字
印　　数 109001-111000册
国际书号 ISBN 978-7-101-11724-0
定　　价 56.00元

《中国诗词大会》图书编辑人员

图书策划　　陈　虎　包　岩

图书编撰　　“诗词中国”组委会

《中国诗词大会》电视节目主创人员

总 策 划	聂辰席
总 监 制	李　挺　姚喜双　景　临
监　　制	阚兆江　梁　红
学术顾问	周笃文　钟振振　康　震　史　航　李定广 冷　淞　宣明栋
题库专家	江舒远　辛晓娟　李天飞　莫道才　王　玫 方笑一　李小龙　李南晖　曹　旭　陈　虎 尽　心　刘青海　孙　琦
制 片 人	赵音奇
总 导 演	颜　芳
执行总导演	刘　磊
切换导演	王立欢　卞小平
前期导演	秦　翊　韩骄子　贺　玮　王萍萍　姚习昕 徐永洁　刘　敬　闫倩卉　李思琪　易亚楠 练小悦　曲大林　张　宁
后期剪辑	燕　妮　张冰倩　胡淑冕　李小双　魏　迪 唐宁远　刘　班

选手导演　任琳娜　张迎迎　李　晨　侯佳丽　宫妍妍
郑传德　彭韵竹　邹高艺

新媒体执行　赵军胜　马　桦　陈剑英　张莹莹　张曦健
张　卉　程　静　李文静　胡　悦　王　新
颜　妮　王廷中　高　曦　王亚飞

统　　筹　张广义　容　宏　张　艳　吕通义　洪丽娟
王立欢　赵津菁　刘　铭　黄丽君　翟　环
张学敏　贾　娟　石　岩

制　　片　贾同杰　田　巍　孙阅涵　杨海晨　李春涛

主办单位　中央电视台

联合主办单位
国家语言文字工作委员会
共青团中央

鸣　　谢　中华诗词学会
上海市教育委员会
上海大学
共青团吉林省委员会
共青团常德市委员会
中华书局

网络支持　央视网

耀眼星空中最美的星星

——写给《中国诗词大会》

中国文化中，文字是根，成语是枝，诗词是树。无根固然不会有枝有花，但如没有树，根和枝又有何用？字、词只能是构件，只有诗词是枝繁叶茂的参天大树。

汉字、成语都有其美，而诗词之美则是文字和成语无法比拟的。

因为诗词拥有绝美的表现力。“忽如一夜春风来，千树万树梨花开”，写尽寒冬的冰雪之美。“梨花一枝春带雨”，写透女神的面带泪珠之美。“嘈嘈切切错杂弹，大珠小珠落玉盘”，将绝难用文字形容的琵琶声，表达得让人如闻其声。“春潮带雨晚来急，野渡无人舟自横”，是山村野外渡口的画面之美。“执手相看泪眼，竟无语凝噎”，表达的是恋人之间难分难舍之情，真真是“此时无声胜有声”。“明月松间照，清泉石上流”，一幅恬淡自然的山居图。这些为中国人熟知的诗句，构成的绝美意境，影响了一代又一代中国人的审美观，涵育了无数中国人的诗意思维，也深深影响了受中国古典文化熏陶的汉文化圈的国家。

文字、成语有其自身之美，诗词之美远胜于二者。

为什么这样说？

诗词有隐约之美。朗朗上口的常见诗词，常常在未入学的孩提时代，已被广泛诵读，读懂它似乎还比较容易。欣赏诗词，需要更多的知识储备、长期的阅读训练，即使有了这一切，遇到艰涩难懂的诗句，还是让人摸不着头脑，你可以隐隐约约地感受到它的美，它的某些信息片断，但你始终无法清晰地把握到它的确切内涵。“锦瑟无端五十弦，一弦一柱思华年。庄生晓梦迷蝴蝶，望帝春心托杜鹃。沧海月明珠有泪，蓝田日暖玉生烟。此情可待成追忆，只是当时已惘然”。李商隐这首《锦瑟》诗，千百年来几乎无人可以透彻确解。

诗词有结构之美。王昌龄《闺怨》“闺中少妇不知愁，春日凝妆上翠楼。忽见陌头杨柳色，悔教夫婿觅封侯”，是流水式结构；杜甫《绝句》“两个黄鹂鸣翠柳，一行白鹭上青天。窗含西岭千秋雪，门泊东吴万里船”，是并列式结构；王之涣《登鹳雀楼》“白日依山尽，黄河入海流。欲穷千里目，更上一层楼”，是前叙后议式结构；李白《黄鹤楼送孟浩然之广陵》“故人西辞黄鹤楼，烟花三月下扬州。孤帆远影碧空尽，惟见长江天际流”，是以景结情的结构，前三句写送别，最后一句写景。诗词之中的结构之美，远比这篇小文所说的复杂得多。诗词的结构之美，是文字、成语所不具备的，因为文字、成语是字、词，诗词是篇，二者不具备可比性。惟其如此，诗词更美，更耐咀嚼。

诗词有多重功能。诗词可抒情。李煜的《虞美人·春花秋月何时了》："春花秋月何时了，往事知多少。小楼昨夜又东风，故国不堪回首月明中。　雕阑玉砌应犹在，只是朱颜改。问君能有几多愁，恰似一江春水向东流。"故国的伤感，巨大的悲痛，难言的苦衷，诸味杂陈的滋味，岂是一字一词可以担当？诗词可以议论，王安石《叠题乌江亭》的"百战疲劳壮士哀，中原一败势难回。江东子弟今虽在，肯为君王卷土来"，力驳晚唐杜牧《题乌江亭》"胜败兵家事不期，包羞忍耻是男儿。江东子弟多才俊，卷土重来未可知"。在诗歌大家的手中，诗词无所不能，可叙事，可议论，可抒情。一切用散文表达的内容，诗词皆可表达。诗词可以表达哲理："欲穷千里目，更上一层楼"，"不识庐山真面目，只缘身在此山中"，都是人们熟知的诗句。

诗词有声韵之美。中国古典诗词讲究平仄、对仗、声律。如王昌龄《芙蓉楼送辛渐》：

寒雨连江夜入吴，平明送客楚山孤。
平仄平平仄仄平　平平仄仄仄平平
洛阳亲友如相问，一片冰心在玉壶。
仄平平仄平平仄　仄仄平平仄仄平

一联之中，出句与对句平仄相对；两联之中，上联第二句第二字与下联首句第二字平仄相同。全诗“吴”“孤”“壶”三个韵脚，皆属上平声七虞韵，全诗形成了平仄相对的声律之美，这是中国古典诗词独有的声韵之美。

一句话，集诸美于一身的诗词，永远是中华文化耀眼星空中最亮的星星。

王立群

目　录

耀眼星空中最美的星星…………………………… 王立群 1

嘉宾寄语……………………………………………………1

九宫格：请从以下9个字中识别一句诗词………………2

十二宫格：请从以下12个字中识别一句诗词 ………… 45

请说出诗词的上一句……………………………………… 77

请接续诗词的下一句……………………………………104

填空题……………………………………………………133

选择题……………………………………………………164

看图说诗…………………………………………………192

问答题……………………………………………………196

判断题……………………………………………………247

诗词作者及篇名索引……………………………………320

嘉宾寄语

董卿：“随意春芳歇，王孙自可留”，“明月松间照，清泉石上流”，还有那“浣纱”的女子，这一切看似平常的景象，在王维的笔下，多了一分远离喧嚣、洗去尘埃的意境。而诗人在文字背后，寄情山水的高洁品行，也给今天的我们带来一分启示，当下又该如何诗意地生活？

郦波：我觉得中国人要诗意地生活，首先是“行到水穷处，坐看云起时”，因为人生就是在路上；其次中国人的诗意，唯有诗词会“相看两不厌”。因为诗词所代表的中国人的诗意生活，其实是中国人自古以来的一种存在方式，更是一种生活方式。所以从美学的角度来看，国人灵魂深处的那种审美愉悦感，其实主要是来自于诗词的。

董卿：说得好！其实古今中外，人们都在寻找这样的一种状态。我记得海德格尔就曾经说过，人应该诗意地生活在大地上。人生苦短，这短暂的生活有很多的磨难，所以诗意的生活，多少可以让心灵获得自由和快乐。

九宫格：请从以下9个字中识别一句诗词

1

花	多	又
知	逢	时
雨	少	落

春晓

孟浩然

春眠不觉晓，处处闻啼鸟。
夜来风雨声，花落知多少。

嘉宾解读

诗句出自孟浩然的《春晓》。这首诗在中国妇孺皆知，其实并不是说一首诗复杂到什么程度就是最美的，简单就是最美的。（康震）

山水田园诗特别容易唤起我们对古人美好生活的向往。古人的生活有花、有鸟，很有春天的感觉，而且在这样的情景之下，才会有这种小小的哀伤——“夜来风雨声，花落知多少。”是诗跟情景结合的情感，哀而不伤；是敏感的，但不沉重。（蒙曼）

孟浩然这首诗写得特别好。我觉得这种诗是一种拟人诗，春天是不会睡觉的，但诗里却说春天会睡觉。（选手）

答案

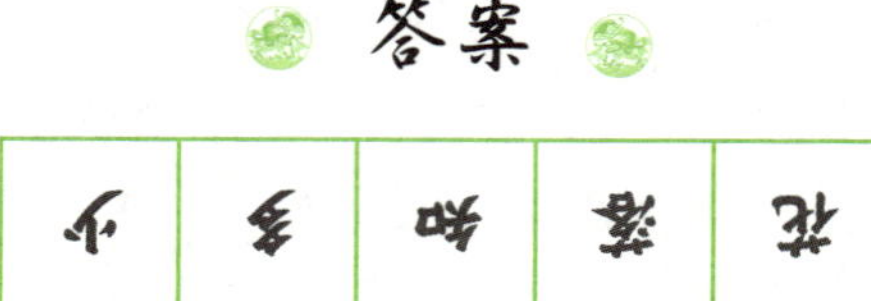

少	多	知	落	花

2

竟	思	最
相	长	安
物	夕	此

相思

王维

红豆生南国，春来发几枝？
愿君多采撷，此物最相思。

嘉宾解读

诗句出自王维的《相思》。这是一首情诗，出自一个著名的典故。说是战国时期有一个诸侯国的小伙子，到边地打仗去了，最后死在了边地，他太太就一直想他，流下的眼泪就变成红豆。后来，太太死后就变成了一棵树，那树上结的也是红豆，所以红豆又叫“相思子”，中国古人一直用这个典故来关合相思之情。王维是“红豆生南国”，后来《红楼梦》里写因相思而“泪抛红豆”。所以在中国，“红豆”在文学作品里没有别的，都是指的相思。（蒙曼）

其实，王维的情诗写得并不多，但他一写，就弄得你一点办法也没有。有人认为这不对啊，尤其是气候不对，树木结果子应该是秋天，怎么能叫“春来发几枝”？应该叫“秋来发几枝”才对啊。也有人说，相思季节应该是春季啊，所以称“思春”。但王维他就认为红豆树春、夏、秋、冬四季都可以结果，要不然他怎么能说“多采撷”呢。（康震）

答案

此	物	最	相	思

3

河	海	上
流	白	黄
远	江	入

登鹳雀楼

王之涣

白日依山尽，黄河入海流?
欲穷千里目，更上一层楼。

嘉宾解读

《登鹳雀楼》刚刚问世时，人们只觉得此诗朗朗上口，意境非凡，并不知道作者是谁。那个年代是一个以诗取士的时期，女皇帝武则天，读到此诗以后，也是喜不自禁，于是就问亲信大臣李峤：是哪位才子写下了这首绝句？朕要好好封赏他。李峤一听，心生邪念，当即回答是自己的好友朱佐日。武则天立刻将朱佐日召来，赏给了彩绸百匹，并赐封了御史官衔，以示对天下才子的嘉奖和恩宠。而此诗的真正作者王之涣，却因为无人器重，穷困潦倒到了极点。（康震）

王之涣今仅存六首诗，其中有两首极负盛名，一首就是《登鹳雀楼》。此诗意境雄浑壮阔，气势昂扬。其中的“欲穷千里目，更上一层楼”，更是千百年来，人人皆知的名言警句。全诗四句二十个字，无一字生僻，无一句难懂，但给读者展现出一幅一泻千里、气势磅礴的画面，这不能不说是才子佳作。王之涣的一首《登鹳雀楼》，也成就了千古名楼鹳雀楼。（蒙曼）

答案

黄	河	入	海	流

4

夜	钓	江
独	入	雪
连	雨	寒

江雪

柳宗元

千山鸟飞绝，万径人踪灭。

孤舟蓑笠翁，独钓寒江雪。

嘉宾解读

诗句出自柳宗元的《江雪》。这首诗大家比较熟悉，诗句为：“孤舟蓑笠翁，独钓寒江雪。”其实柳宗元写这首诗的时候，正被贬为永州司马，也就是相当于永州市的副市长。但他这个副市长做得很窝囊，由于他是被贬的，所以没有具体的职权，就一个人孤独地在江边“钓寒江雪”，只能与山水为伍，从山水中寻求慰藉，一切凄凉之感、愤激之情，也只能向山水发泄。因此，这时他笔下的山水，都饱含着深沉的酸甜苦辣。他在永州的住处门前有一条小河，原来叫“冉溪”，在那里住下后，他自比古代愚公，把小河改名“愚溪”；把溪边的小丘叫“愚丘”，把附近的清泉、小沟叫“愚泉”“愚沟”；砌石拦起一个水池，取名“愚池”；在池东造了一座小屋，叫“愚堂”；在池南建了个小亭，叫“愚亭”；又把池中的小岛，叫“愚岛”。这就是“永州八愚”，并创作有“八愚诗”。诗描绘的是一幅江乡雪景图，山山是雪，路路皆白。飞鸟绝迹，人踪湮没。遐景苍茫，迩景孤冷。意境幽僻，情调凄寂。渔翁形象，精雕细琢，清晰明朗，完整突出。诗采用入声韵，韵促味永，刚劲有力。他写的是雪的世界，在这个雪

的世界里，有一个超乎尘外的老头，他的心灵是纯净的，呈现给读者的是什么？是一种孤独的美。所以我觉得这首诗之所以能流传这么长时间，大家都非常喜欢，其内涵就在于此。（康震）

答案

独	钓	寒	江	雪

5

限	阳	下
几	好	西
时	无	夕

嘉宾解读

诗句出自李商隐的《登乐游原》。这是一首登高望远、即景抒情的诗。首二句写驱车登古原的原因：是“向晚意不适”。后二句写登上古原触景生情，精神上得到一种享受和满足。李商隐所处的时代，是国运将尽的晚唐，尽管他有抱负，但无法施展，很不得志，诗就很好地反映了他的伤感情绪。当诗人为排遣“意不适”的情怀而登上乐游原时，看到了一轮辉煌灿烂的黄昏斜阳，于是发乎感慨。有人认为夕阳是嗟老伤穷、残光末路之感叹；也有人认为此为诗人热爱生命、执着人间而心光不灭，是积极的乐观主义精神。千百年来，这两种观念争论不休，莫衷一是。（康震）

登乐游原

李商隐

向晚意不适，驱车登古原。
夕阳无限好，只是近黄昏。

答案

夕	阳	无	限	好

6

人	知	多
世	几	花
少	往	事

虞美人

李煜

春花秋月何时了，往事知多少。小楼昨夜又东风，故国不堪回首月明中。　雕阑玉砌应犹在，只是朱颜改。问君能有几多愁，恰似一江春水向东流。

嘉宾解读

词句出自李煜的《虞美人》。大家知不知道这首词对李煜来讲意味着什么？《虞美人》是李煜的代表作，也是他的绝命词。太平兴国三年（978）七夕，后主四十二岁生日，徐铉奉宋太宗之命探视李煜，李煜对徐铉叹曰：“当初我错杀潘佑、李平，悔之不已！”大概是在这种心境下，李煜写下了这首《虞美人》词。宋太宗恨他有“故国不堪回首月明中”之词，命人在酒中下牵机药将其毒死。李煜死后被追封为吴王，葬洛阳邙山。词作写的是作者处于“故国不堪回首”的境遇下，愁思难禁的痛苦。全词不加藻饰，不用典故，纯以白描手法直接抒情。寓景抒情，通过意境的创造以感染读者，集中地体现了

李煜词的艺术特色。通过今昔交错对比，表现了一个亡国之君的无穷哀怨。以“一江春水向东流”比愁思不尽，贴切感人。（郦波）

答案

往	事	知	多	少

7

白	云	处
山	深	不
知	人	家

寻隐者不遇

贾岛

松下问童子，言师采药去。
只在此山中，云深不知处。

嘉宾解读

诗句出自贾岛的《寻隐者不遇》。诗中为什么是采药去，怎么不是采花去呢？采药比采花更幽静。因为这是一种气韵，有道人的仙气，即要有仙风道骨。《红楼梦》里贾宝玉说：“药气比一切的花香果子香都雅……这屋里我正想各色都齐了，就只少药香。”所以晴雯生病的时候，他在屋里煎熬的药，不仅仅是给人治病的，也反映出一种高洁的情怀。（蒙曼）

贾岛早年出家为僧，法名无本，自号“碣石山人”，又称“苦吟诗人”。据说他在长安（今陕西西安）做和尚的时候，因当时有命令禁止和尚午后外出，贾岛就做诗发牢骚，被韩愈发现其才华。后来受教于韩愈，并还俗参加科举，但累举不中第。唐文宗的时候被排挤，贬做长江（今四川蓬溪）主簿。作“僧敲月下门”诗的时候，他还没有还俗。所以他有很多道士、和尚、隐士的朋友。诗首句写寻者问童子，后三句都是童子的答话，诗人采用了寓问于答的手法，把寻访不遇的焦急心情，描绘得淋漓尽致。全诗言繁笔简，情深意切，是一篇难得的言简意丰之作。（郦波）

答案

处	知	不	深	云

8

江	子	不
大	东	俊
多	过	肯

夏日绝句

李清照

生当作人杰，死亦为鬼雄。
至今思项羽，不肯过江东。

嘉宾解读

诗句出自李清照的《夏日绝句》。对于项羽乌江自刎，历来有两种态度，绝对是两种截然不同的立场，一种是“江东子弟多才俊，卷土重来未可知”；另外一种就是“至今思项羽，不肯过江东”。我很欣赏李清照，原因到底在哪？不在于会写“凄凄”，也不在于能写“绿肥红瘦”，而是她在大节面前的态度。我觉得李清照这个人真的是了不起，国破家亡，一个老太太了，她仍然希望“木兰横戈好女子，老矣谁

能志千里，但愿相将过淮水”。所以我想，这就是中国人的脊梁。（蒙曼）

我个人认为，诗词中论女中豪杰，第一个就是李清照。自古及今，综合判断，虽然秋瑾也堪称女杰，但综合评判李清照这首诗，不愧女中豪杰。“死亦为鬼雄”，说的就是她自己。（郦波）

答案

东	江	过	肯	不

9

天	时	比
涯	共	海
上	若	邻

送杜少府之任蜀州

王勃

城阙辅三秦，风烟望五津。与君离别意，同是宦游人。海内存知己，天涯若比邻。无为在岐路，儿女共沾巾。

嘉宾解读

诗句出自王勃的《送杜少府之任蜀州》。此诗是送别的名作，全诗开合顿挫，气脉流通，意境旷达，一洗古送别诗中的悲凉凄怆之气，音调爽朗，清新高远，独树碑石。首联严整对仗，颔联以散调承之，以实转虚，文情跌宕。颈联“海内存知己，天涯若比邻”，奇峰突起，高度地概括了“友情深厚，江山难阻”的情景，伟词自铸，传诵千古。尾联点出“送”的主题。（郦波）

答案

天	涯	若	比	邻

10

长	前	月
安	见	人
不	云	古

登幽州台歌

陈子昂

前不见古人，后不见来者。
念天地之悠悠，独怆然而涕下。

嘉宾解读

不见长安月。（选手）

错了！正确答案是“前不见古人”。你可以告诉我们，你选择的“不见长安月”出自哪一首诗？（董卿）

刚开始答题都非常紧张，加上长安经常出现在古人的诗里面，一看到长安两个字，就被误导了。古人诗词创作中的长安情结，是一种故都情结，“总为浮云能蔽日，长安不见使人愁”。你诗背的特别多，长安情结特别浓，上来就奔着长安去了。（郦波）

真的替你感到惋惜，这有点“出师未捷身先死”的味道。（董卿）

11

春	色	锦
江	入	天
地	年	旧

次北固山下

王湾

客路青山外，行舟绿水前。潮平两岸阔，风正一帆悬。海日生残夜，江春入旧年。乡书何处达？归雁洛阳边。

嘉宾解读

插一句不知道合适不合适？这一句诗，唐玄宗时的宰相张说非常喜欢，并将其挂到了政事堂中。（选手）

说得非常对！这一联历来脍炙人口。“海日生残夜，江春入旧年”：当残夜还未消退之时，一轮红日已从海上升起；当旧年尚未逝去，江上已呈现出春意。“日生残夜”“春入旧年”，都表示时序的交替，而且是那样匆匆不可待，这怎不让身在“客路”的诗人顿生思乡之情呢？这两句练字练句均极见功夫，作者从练意着眼，把“日”与“春”作为新生美好事物的象征，提到主语的位置而加以强调，并且用“生”字“入”字使之拟人化，赋予它们以人的意志和情思。妙在作者无意说理，却在描写景物、节令之中，蕴含着一种自然的理趣。海日生于残夜，将驱尽黑暗；江春，那江上景物所表现的“春意”，闯入旧年，将赶走严冬。不仅写景逼真，叙事确切，而且表现出具有普遍意义的生活真理，给人以乐观、积极、向上的艺术鼓舞力量。此句与“沉舟侧畔千帆过，病树前头万木春”有异曲同工之妙。王湾之后的当朝宰相张说，就曾把“海日生残夜，江春入旧年”一联写在办公的政事厅上，让人们好好学习，意义恐怕就不是单纯的艺术性问题了，张宰相更看重的是此诗道出的人生气度和胸怀。直到晚唐，诗人郑谷还在自编诗集卷末题道：“何如海日生残夜，一句能令万古传”，表达了对这两句诗的无限景慕。明代著名诗歌理论家胡应麟评说这句诗乃盛唐风格，认为唐诗初中唐的划分，就以这首诗为分界线。（郦波）

答案

江	春	入	旧	年

12

一	白	青
鹭	天	上
难	解	于

蜀道难（节选）

李白

噫吁嚱，危乎高哉！蜀道之难，难于上青天！蚕丛及鱼凫，开国何茫然！

嘉宾解读

《蜀道难》太有名了，是乐府古题，李白把原本短小的篇章，放成了长篇巨制，在文学史上占有特别重要的地位，以至于好多人认为“蜀道难”这个词就是李白说的。（郦波）

答案

难	于	上	青	天

13

醉	君	胡
秋	沙	场
点	笑	兵

破阵子·为陈同甫赋壮词以寄之

辛弃疾

醉里挑灯看剑，梦回吹角连营。八百里分麾下炙，五十弦翻塞外声。沙场秋点兵。　马作的卢飞快，弓如霹雳弦惊。了却君王天下事，赢得生前身后名。可怜白发生。

嘉宾解读

词句出自辛弃疾的《破阵子·为陈同甫赋壮词以寄之》。这首词特别之处在哪里？辛弃疾一辈子真正打仗，才打了一年上下，但这是他一生咀嚼不尽的英雄的资源，他一辈子都在渴望回到战场去。这在南宋那种政治局势下，是非常不容易的事情。所以，后来梁启超用“诗界千年靡靡风，兵魂销尽国魂空”评价辛弃疾词的文学史意义。（蒙曼）

答案

沙	场	秋	点	兵

影	解	来
对	暗	三
成	不	人

月下独酌四首·其一

李白

花间一壶酒，独酌无相亲。举杯邀明月，对影成三人。月既不解饮，影徒随我身。暂伴月将影，行乐须及春。我歌月徘徊，我舞影零乱。醒时同交欢，醉后各分散。永结无情游，相期邈云汉。

嘉宾解读

诗句出自李白的《月下独酌四首·其一》。“月下独酌”，诗人运用丰富的想象，表现出一种由独而不独，由不独而独，再由独而不独的复杂情感。表面看来，诗人真能自得其乐，可是内心深处却有无限的凄凉。诗人曾有一首《春日醉起言志》诗：“处世若大梦，胡为劳其生？所以终日醉，颓然卧前楹。觉来眄庭前，一鸟花间鸣。借问此何时？春风语流莺。感之欲叹息，对酒还自倾。浩歌待明月，曲尽已忘情。”试看其中“一鸟”“自倾”“待明月”等字眼，可以想见诗人是怎样的孤独了。孤独到了邀月与影那还不算，甚至于以后的岁月，也休想找到共饮之人，所以只能与月光、身影永远结游，并且相约在那邈远的上天仙境再见。结尾两句，点尽了诗人的踽踽凉凉之感。（郦波）

答案

返	深	人
青	林	山
入	知	景

鹿柴

王维

空山不见人，但闻人语响。
返景入深林，复照青苔上。

嘉宾解读

“景”应该是通“影”的。（蒙曼）

返影入深林。（郦波）

对这些古今通假字，没有学过音韵学的人会改一些字的读音。比如说把斜“xié”念成“xiá”，把还“huái”念成“hái”。而学过音韵学的，一般反对这种念法，都是照着汉语规定的读音念。因为古代许多字跟现代的读音不一样，所以没有必要为了和谐押韵把某些字改动了。我们心里知道是押韵的，哪个字是入声字，现在变成平声了，只要知道这些就行了，然后写诗的时候也能运用。（选手）

这不是那个问题。（蒙曼）

“返景入深林”，“景”确实是通影子的“影”，意思是回光返照，不一定是影。“返景入深林，复照青苔上”，又照到了青苔上，本来夕阳落下之后，太阳光就没了，这个返景是又返回来的，“复照青苔上”是这个意思，不一定是影。（选手）

与这个字相似，鹿柴“zhài”也不能读成鹿柴“chái”。（蒙曼）

这么说的话，衣裳，我们现在能读衣裳“shang”吗？必须要读衣裳“chāng”。（郦波）

我是觉得都可以。（选手）

裳这个字是多音字。（董卿）

念成轻声肯定是不对的，因为古代好像并没有轻声，比如说琵琶、葡萄等。“葡萄美酒夜光杯，欲饮琵琶马上催”，绝对是不念轻声的。（选手）

这个问题，我理解你的初衷，因为从音韵学的角度，古音跟这个差异很大，有一些共识性的东西。“鹿柴”肯定不读鹿柴“chái”，诗里头“霓裳羽衣舞”一定是读“chāng”。（郦波）

答案

16

舟	行	万
到	水	处
穷	送	故

终南别业

王维

中岁颇好道，晚家南山陲。兴来每独往，胜事空自知。行到水穷处，坐看云起时。偶然值林叟，谈笑无还期。

嘉宾解读

诗句出自王维的《终南别业》。这首诗写出了王维晚年的生活态度。王维早年积极入世，和一般人一样。但经过安史之乱的挫折以后，他晚年的生活发生了很大的变化。这两句诗最好的地方，就在于他“走”。诗表面说的是走一定

要走到水的尽头，坐要看云升起来，其实反映了什么？随性而行。（王立群）

后两句更体现出这个随性来了：“偶然值林叟，谈笑无还期。”（董卿）

完全处在随遇而安的生活状态之下。这实际上说明了一个问题，人生最重要的，就是你用什么态度来看待生活。在顺利或是逆境中，你怎么样看待生活？让自己活得更快乐。这是非常重要的。（王立群）

答案

处	穷	水	到	行

17

飞	鸟	心
恨	千	惊
众	别	绝

春望

杜甫

国破山河在，城春草木深。
感时花溅泪，恨别鸟惊心。
烽火连三月，家书抵万金。
白头搔更短，浑欲不胜簪。

嘉宾解读

诗句出自杜甫的《春望》。诗的前四句，写春日长安凄惨破败的景象，饱含着兴衰感慨；后四句写诗人挂念亲人、心系国事的情怀，充溢着凄苦哀思。诗格律严整，颔联分别以“感时花溅泪”应首联国破之叹，以“恨别鸟惊心”应颈联思家之忧，尾联则强调忧思之深，导致发白而稀疏。全诗对仗精巧，声情悲壮，表现了诗人的爱国之情。

（郦波）

答案

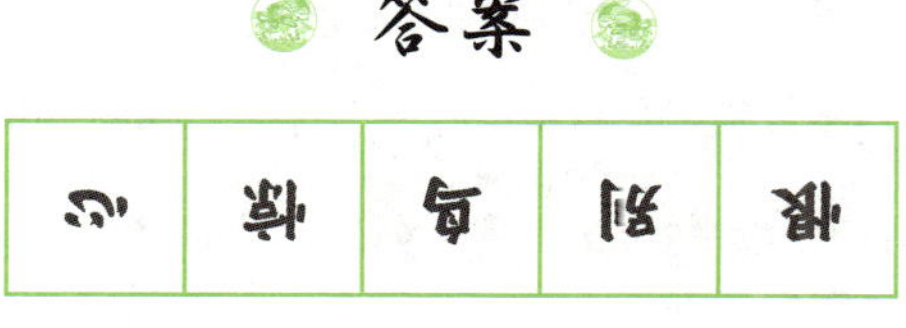

18

四	邀	为
田	无	闲
今	海	家

悯农二首

李绅

春种一粒粟，秋收万颗子。
四海无闲田，农夫犹饿死。

锄禾日当午，汗滴禾下土。
谁知盘中餐，粒粒皆辛苦。

嘉宾解读

诗句出自李绅的《悯农二首》（一作《古风二首》）。组诗选取了比较典型的生活细节和人们熟知的事实，集中刻画了当时的社会矛盾。全诗风格简朴厚重，语言通俗，音节和谐明快，并运用了虚实结合与对比手法，增强了诗的表现力。诗中具体而形象地描绘了到处硕果累累的景象，突出了农民辛勤劳动获得丰收却两手空空、惨遭饿死的现实问题。其次描绘了烈日当空的正午，农民在田里劳作的景象，概括地表现了农民终年辛勤劳动的生活，最后以“谁知盘中餐，粒粒皆辛苦”这样蕴意深远的格言，表达了诗人对农民真挚的同情之心。这两首诗不仅

在民间广泛流传，在文学史上也有一定影响，近代以来更不断作为思想教材被选入小学教科书。（王立群）

答案

19

三	发	得
丈	晖	唯
报	白	春

游子吟

孟郊

慈母手中线，游子身上衣。
临行密密缝，意恐迟迟归。
谁言寸草心，报得三春晖？

嘉宾解读

诗句出自孟郊的《游子吟》。这是一首母爱的颂歌，诗中亲切真淳地吟颂了伟大的人性美——母爱。全诗既无华丽的词藻，也无巧琢雕饰，于清新流畅、淳朴素淡的语言中，饱含着浓郁醇美的诗味，情真意切。千百年来，拨动多少读者的心弦，引起万千游子的共鸣。（康震）

答案

20

惊	只	鸟
中	月	山
在	无	此

嘉宾解读

诗句出自贾岛的《寻隐者不遇》。诗中以白云比隐者的高洁，以苍松喻隐者的风骨，写寻访不遇，愈衬出寻者对隐者的钦慕高仰之情。全诗遣词通俗清丽，言繁笔简，情深意切，白描无华。（康震）

寻隐者不遇

贾岛

松下问童子，言师采药去。
只在此山中，云深不知处。

答案

中	山	此	在	只

21

夜	上	日
潮	残	江
生	月	海

嘉宾解读

诗句出自王湾的《次北固山下》。为人、为文是两回事儿，为人要严谨，为文就要特别强调“放荡”。这两句诗我觉得出题人出得非常好。“海日生残夜”，诗中作者

次北固山下

王湾

客路青山外，行舟绿水前。
潮平两岸阔，风正一帆悬。
海日生残夜，江春入旧年。
乡书何处达？归雁洛阳边。

没有用升起的“升”，而是用的产生的“生”。如果用升起的“升”，就是升起来。产生的“生”，带来了什么效果呢？它是不可遏制地在残夜当中硬生生地闯了进来；加上后一句“江春入旧年”，一个“生”一个“入”，就应了当前最流行的一句话：长江后浪推前浪，前浪拍在沙滩上。因为海日生出来了，江春进入旧年了，所以旧年残夜必然被淘汰。（王立群）

诗以对偶句发端，既工丽，又跳脱。“客路”指作者要去的路，“青山”点题中“北固山”。作者乘舟，正朝着展现在眼前的“绿水”前进，驶向“青山”，驶向“青山”之外遥远的“客路”。这一联先写“客路”后写“行舟”，其人在江南、神驰故里的漂泊羁旅之情，已流露于字里行间，与尾联的“乡书”“归雁”，遥相照应。这首诗重要的地方在哪？王湾处的时代，由初唐进入盛唐，如果用四个字概括就是走向盛唐。当时既是宰相又是天下文宗的张说，特别喜欢这首诗，尤其喜欢“海日生残夜，江春入旧年”。据《河岳英灵集》记载：“海日生残夜，江春入旧年”，自古少有此句。张燕公（张说）手题政事堂，每示能文，令为楷式。（康震）

答案

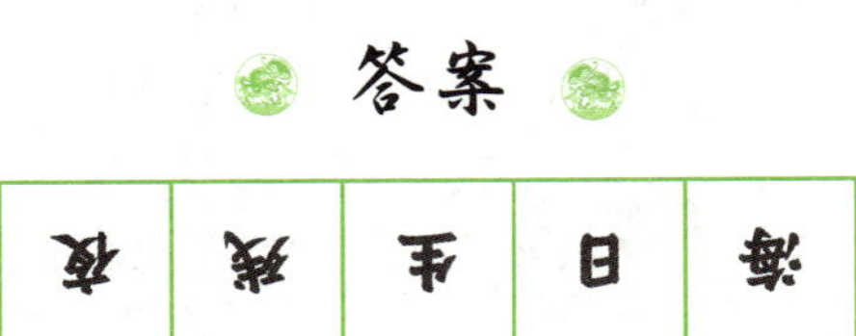

22

流	留	千
泪	惟	者
饮	有	行

江城子·乙卯正月二十日夜记梦

苏轼

十年生死两茫茫，不思量，自难忘。千里孤坟，无处话凄凉。纵使相逢应不识，尘满面，鬓如霜。　夜来幽梦忽还乡，小轩窗，正梳妆。相顾无言，惟有泪千行。料得年年断肠处，明月夜，短松冈。

嘉宾解读

词句出自苏轼的《江城子·乙卯正月二十日夜记梦》。宋神宗熙宁八年（1075），苏轼任密州（今山东诸城）知州时，年已四十。正月二十日这天夜里，他梦见爱妻王弗，便写下了这首“有声当彻天，有泪当彻泉”的悼亡词。苏轼的这首词是“记梦”，而且明确写了做梦的日子。但实际上，词中记梦境的只有下阕的五句，其他都是真挚朴素、沉痛感人的抒情文字。“十年生死两茫茫”，生死相隔，死者对人世是茫然无知了，而活着的人对逝者呢，不也同样吗？恩爱夫妻，一朝永诀，转瞬十年了。“不思量，自难忘”，人虽已亡，而过去美好的情景“自难忘”啊！上阕写词人对亡妻深沉的思念；下阕记述梦境，抒发了词人对亡妻执着不舍的深情。上阕纪实，下阕记梦，衬托出对亡妻的思念，加深了全词的悲伤基调。词中采用白描手法，出语如话家常，却字字从肺腑

镂出，自然而又深刻，平淡中寄寓着真淳。全词思致委婉，境界层出，情调凄凉哀婉，为脍炙人口的名作。（康震）

答案

23

长	不	尽
江	我	滚
头	住	尾

卜算子·我住长江头

李之仪

我住长江头，君住长江尾。日日思君不见君，共饮长江水。　此水几时休？此恨何时已？只愿君心似我心，定不负相思意。

嘉宾解读

词句出自《卜算子·我住长江头》，是宋代词人李之仪的作品。上阕写相离之远与相思之切。用江水写出双方的空间阻隔和情思联系，朴实中见深刻。下阕写女主人公对爱情的执着追求与热切期望。用江水之悠悠不断，喻相思之绵绵不已，最后以己之钟情期望对方，真挚恋情，倾口而出。（王立群）

北宋徽宗崇宁二年（1103），仕途不顺的李之仪被贬到太平州。祸不单行，先是女儿及儿子相继去世，接着与他相濡以沫四十年的夫人也撒手人寰。事业受到沉重打击，家人连遭不幸，李之仪跌落到了人生的谷底。这时一位年轻貌美的奇女子出现了，就是当地绝色歌伎杨姝。杨姝是个很有正义感的歌伎。早年，黄庭坚被贬到当涂做太守，只有十三岁的杨姝，就为黄庭坚的遭遇抱不平，并弹了一首古曲《履霜操》。《履霜操》，尹吉甫之子伯奇所作。伯奇无罪，遭后母所谗而被逐，最后“援琴鼓之而作此操。曲终”，投河而死。杨姝与李之仪偶遇，又弹起这首《履霜操》，正触动李之仪心中的痛处，李之仪对杨姝一见倾心，把她当知音，接连写下几首诗词听她弹琴。这年秋天，李之仪携杨姝来到长江边，面对知冷知热的红颜知己和滚滚东逝、奔流不息的江水，心中涌起万般柔情，写下了这首千古流传的爱情词。（康震）

答案

我	住	长	江	头

24

白	宫	头
对	女	更
短	搔	相

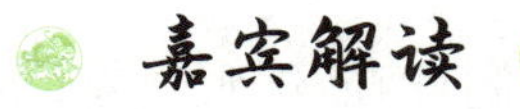

嘉宾解读

诗句出自杜甫的《春望》。天宝十四载（755）十一月，安禄山起

春望

杜甫

国破山河在，城春草木深。
感时花溅泪，恨别鸟惊心。
烽火连三月，家书抵万金。
白头搔更短，浑欲不胜簪。

兵叛唐。次年六月，叛军攻陷潼关，唐玄宗匆忙逃往四川。七月，太子李亨即位于灵武（今属宁夏），即唐肃宗，改元至德。杜甫闻讯，即将家属安顿在鄜州，只身一人投奔肃宗朝廷，结果不幸在途中被叛军俘获，解送至长安。后因官职卑微，才未被囚禁。至德二年春，身处沦陷区的杜甫目睹了长安城一片萧条零落的景象，家人杳无音信，百感交集，便写下了这首传诵千古的名作。诗中以明媚的春色、美好的事物来反衬，更为深刻地表达了强烈的情感，令人闻之不胜悲、诵之愁无限。正如郁达夫《奉赠》诗之五评论说：“一纸家书抵万金，少陵此语感人深。”（康震）

答案

25

君	地	明
疑	故	霜
月	是	上

静夜思

李白

床前明月光，疑是地上霜。
举头望明月，低头思故乡。

嘉宾解读

诗句出自李白的《静夜思》。这诗很有意思，虽然大家都很熟悉，但我们现在读到的这个版本，是明代人的版本，还有一个宋代人的版本，就是我们现在能看到的李白诗集最早的版本——四川地区使用的课本。这一版本是："床前看月光，疑是地上霜。举头望山月，低头思故乡。"显然，宋代的版本肯定更接近李白的原创。明代人总爱改古人的东西，比如唐诗，就改得很多。明代人好评唐诗，喜欢唐诗，并对诗歌的普及做了大量的工作，印刷了许多唐人的诗集，所以李白《静夜思》这首诗被改来改去，最后进入到大众视野的，实际上不是最接近于李白原来创作的版本了。但我们现在读明代的这个版本，觉得很顺溜。为什么？因为是修饰过的。这也就证明，经典是在流传的过程中，一步一步完善起来的。（康震）

答案

26

病	故	人
有	多	老
心	舟	孤

嘉宾解读

诗句出自杜甫的《登岳阳楼》。该诗作于唐代宗大历三年（768），杜甫时年五十八岁，距他生命的终结仅有一年。当时诗人处境艰难，凄苦不堪，年老体衰，患肺病及风

登岳阳楼

杜甫

昔闻洞庭水，今上岳阳楼。
吴楚东南坼，乾坤日夜浮。
亲朋无一字，老病有孤舟。
戎马关山北，凭轩涕泗流。

痹症，左臂偏枯，右耳已聋，靠吃药维持生命。大历三年，当时杜甫沿江由江陵、公安一路漂泊，来到岳州（今属湖南），登上神往已久的岳阳楼，凭轩远眺，面对烟波浩渺、壮阔无垠的洞庭湖，诗人发出由衷的礼赞。继而想到自己晚年漂泊无定，国家多灾多难，又不免感慨万千。该诗是一首即景抒情之作，诗人在作品中描绘了岳阳楼的壮观景象，反映了诗人晚年生活的不幸，抒发了诗人忧国忧民的情怀。（康震）

答案

舟	孤	有	病	老

27

声	泉	上
清	水	眼
流	无	石

山居秋暝

王维

空山新雨后，天气晚来秋。
明月松间照，清泉石上流。
竹喧归浣女，莲动下渔舟。
随意春芳歇，王孙自可留。

嘉宾解读

诗句出自王维的《山居秋暝》。此诗描绘了秋雨初晴后傍晚时分山村的旖旎风光和山居村民的淳朴风尚，表现了诗人寄情山水田园并对隐居生活怡然自得的满足心情，以自然美来表现人格美和社会美。全诗将空山雨后的秋凉，松间明月的光照，石上清泉的声音以及浣女归来竹林中的喧笑声，渔船穿过荷花的动态，和谐完美地融合在一起，给人一种丰富新鲜的感受。它像一幅清新秀丽的山水画，又像一支恬静优美的抒情乐曲，体现了王维诗中有画的创作特点。（康震）

28

晚	来	五
欲	月	路
雪	天	气

问刘十九

白居易

绿蚁新醅酒，红泥小火炉。晚来天欲雪，能饮一杯无？

嘉宾解读

诗句出自白居易的《问刘十九》。对于白居易，大家都比较熟悉，中学课本里的《卖炭翁》，就是白居易的诗。但白居易最为大家所喜爱的诗，还是类似于“晚来天欲雪，能饮一杯无”这样的诗，这叫“元和体”。所谓元和体，专指唐宪宗元和年间（806—820）开始流行的一种诗体。广义的元和体是指唐宪宗元和以来的各种新体诗文。狭义的元和体是指元稹、白居易诗歌创作中次韵相酬的长篇排律和包括绝体在内流连光景的中短篇杂体诗。他们非常喜欢写短小精悍、

反映士大夫情怀的小诗，而不是所谓高大上的，没有艰难困苦的内容。（康震）

答案

雪	欲	天	来	晚

29

白	河	日
长	山	落
尽	人	依

登鹳雀楼

王之涣

白日依山尽，黄河入海流。
欲穷千里目，更上一层楼。

嘉宾解读

诗句出自王之涣的《登鹳雀楼》。这首诗的作者其实还有一种说法，版本依据是《唐人选唐诗》，就是唐代人选当代作家的诗，其中有一本书叫《国秀集》，共三卷，唐人芮挺章编选。此书编于天宝三载（744），是在唐玄宗的授意下选编的一个诗集，选诗二百一十八首，作者八十八人，最早的为生活在高宗、武后期间的宫廷诗人李峤，最后为祖咏，大体以世次为先后，选诗标准为“风流婉丽”。所以集中所选多为音韵和谐的近体诗，其内容也以应制奉和、送往迎来的应酬之作为多，反映社会矛盾、风格豪放的作品很少。如李白、岑参这些诗人的作品则一首不选。王维入选七首，除“中岁颇好道”外，均非其代表作。八十八位入选者中，多是不入流的诗人。芮氏集中还选了自己两首诗，并选楼颖五首，故楼氏在《序》中对此选大加吹捧，开后世互相标榜之风。其中收王之涣诗三首，同时还收了一位叫朱斌的一首《登楼》诗。这首诗与目前流传的王之涣《登鹳雀楼》诗的前三句一样，只有第四句是“更上一重楼”。到了宋代，《登楼》诗的诗题就增加了“鹳雀”两个字，作者也换成了王之涣。这首诗后人之所以都认为是王之涣写的，受影响最大的是清代成书的两部书：《唐诗别裁集》和《唐诗三百首》。由于这两部书影响非常大，所以后来这首诗的作者为王之涣，就几乎成了定论。

（王立群）

答案

白	日	依	山	尽

30

声	鸡	月
五	山	茅
店	雪	更

> **商山早行**
>
> 温庭筠
>
> 晨起动征铎，客行悲故乡。
> 鸡声茅店月，人迹板桥霜。
> 槲叶落山路，枳花明驿墙。
> 因思杜陵梦，凫雁满回塘。

嘉宾解读

诗句出自温庭筠的《商山早行》。诗描写了早行旅途中寒冷凄

清的景色，整首诗文中虽然没有出现一个“早”字，但通过霜、茅店、鸡声、人迹、板桥、月这六个意象，把初春山村黎明特有的景色，细腻而又精致地描绘了出来。全诗语言明净，结构缜密，情景交融，含蓄有致，字里行间流露出游子旅途的失意、无奈和浓浓的思乡之情。（王立群）

“鸡声茅店月，人迹板桥霜”两句诗，可分解为代表十种景物的十个名词：鸡、声、茅、店、月、人、迹、板、桥、霜。对于早行者来说，板桥、霜和霜上的人迹，也都是有特征性的景物。作者于雄鸡报晓、残月未落之时上路，也算得上“早行”了；然而已经是“人迹板桥霜”，这真是“莫道君行早，更有早行人”啊！这两句纯用名词组成的诗句，写早行情景宛然在目，确实称得上“意象俱足”的佳句。（康震）

答案

31

江	荒	清
人	大	近
流	月	平

宿建德江

孟浩然

移舟泊烟渚，日暮客愁新。
野旷天低树，江清月近人。

嘉宾解读

诗句出自孟浩然的《宿建德

江》。孟浩然于唐玄宗开元十八年（730）离乡赴洛阳，再漫游吴越，借以排遣仕途失意的悲愤，《宿建德江》当作于作者漫游吴越时。这首诗写得非常妙，“野旷天低树，江清月近人”，视觉的差别，天比树还要低，树反而到天上去了。因为“野旷”所以天低于树，因为“江清”所以月能近人，天和树、人和月的关系，写得恰切逼真，反映的是一种非常旷远的境界，有种久居山林的隐士的感觉。全诗先写羁旅夜泊，再叙日暮添愁，然后写到宇宙广袤宁静，明月伴人更亲，一隐一现，虚实相间，两相映衬，互为补充，构成一种特殊的意境。诗中虽只有一个愁字，却把诗人内心的忧愁写得淋漓尽致。（康震）

答案

江	清	月	近	人

萧	边	下
无	马	班
鸣	萧	落

送友人

李白

青山横北郭，白水绕东城。此地一为别，孤蓬万里征。浮云游子意，落日故人情。挥手自兹去，萧萧班马鸣。

嘉宾解读

诗句出自李白的《送友人》。唐代士人多喜漫游，有些人漫游是为

了自然风光，有些人却是为了寻找机遇。像李白这样天天都想着能够出人头地的人，他的友人估计跟他也差不多，所以这首诗里，既有些许的忧伤、沉郁，也有一些昂扬的因素。这首送别诗写得新颖别致，不落俗套。诗中青山、流水、红日、白云，相互映衬，色彩璀璨，班马长鸣，形象新鲜活泼，组成了一幅有声有色的画面。（康震）

答案

鸣	马	班	萧	萧

33

江	愁	流
日	天	暮
客	外	地

汉江临眺

王维

楚塞三湘接，荆门九派通。
江流天地外，山色有无中。
郡邑浮前浦，波澜动远空。
襄阳好风日，留醉与山翁。

嘉宾解读

诗句出自王维的《汉江临眺》。山翁，一作“山公”，指山简，三国魏晋时期竹林七贤之一山涛的幼子，西晋将领，曾镇守襄阳，有政绩，好酒，每饮必醉。《晋书·山简传》说他曾任征南将军，镇守襄阳。当地习氏的园林，风景很好，山简常到习家池上大醉而归。这里借指襄阳地方官。一说是作者以山简自喻。唐玄宗开元二十八年（740），时任殿中侍御史的王维，因公务去南方，途经襄阳。此诗是诗人在襄阳城欣赏汉江景色时所作。诗以淡雅的笔墨，描绘了汉江壮丽的景色，表达了诗人追求美好境界、希望寄情山水的思想情感，也隐含了歌颂地方行政长官的功绩之意。（王立群）

答案

江	流	天	地	外

34

可	留	孙
送	春	王
去	又	子

草

白居易

离离原上草，一岁一枯荣。
野火烧不尽，春风吹又生。
远芳侵古道，晴翠接荒城。
又送王孙去，萋萋满别情。

嘉宾解读

诗句出自白居易的《草》。这道题出错不大应该，因为这首诗太有名，大家太熟悉了。这是一首应考习作，相传为白居易十六岁时所作。按科举考试规定，凡指定的试题，题目前须加“赋得”二字，作法与咏物诗相类似。诗题一作《赋得古原草送别》。诗通过对古原上野草的描绘，抒发送别友人时的依依惜别之情。全诗章法谨严，用语自然流畅而又工整，写景抒情水乳交融，意境浑成，在“赋得体”中堪称绝唱。据宋人尤袤的《全唐诗话》记载：白居易十六岁时从江南到长安，带了诗

文谒见当时的大名士顾况。顾况看了名字，开玩笑说：“长安米贵，居大不易。”但当翻开诗卷，读到这首诗中“野火烧不尽，春风吹又生”两句时，不禁连声赞赏说：“有才如此，居亦何难！”连诗坛老前辈也被折服了，可见此诗的艺术造诣之高。（王立群）

答案

去	孙	王	送	又

35

国	江	陵
三	应	故
千	里	情

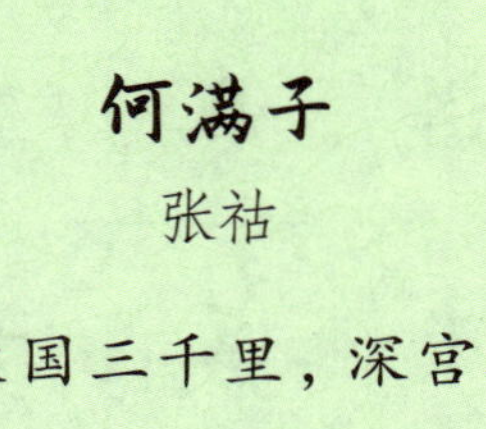

何满子

张祜

故国三千里，深宫二十年。一声《何满子》，双泪落君前。

嘉宾解读

诗句出自张祜的《何满子》。这是一首短小的宫怨诗。一般宫怨诗，多写宫女失宠或不得幸之苦。此诗却一反其俗，写在君前的挥泪怨恨，还一个被夺去幸福与自由女性的本来面目。全诗只用了“落”字一个动词，其他全部以名词组成，因而显得特别简括凝练，强烈有力；又每句嵌入数目字，把事件表达得清晰而明确。（康震）

答案

里	千	三	国	故

36

梅	数	秋
里	角	枝
墙	千	间

梅花

王安石

墙角数枝梅，凌寒独自开。
遥知不是雪，为有暗香来。

嘉宾解读

诗句出自王安石的《梅花》。王安石自幼记忆力超强，有过目不忘的本领。他学习认真、刻苦，又酷爱读书，经常手不释卷。到了青少年的时候，就早已成为远近闻名的才子了。在他二十二岁那一年，参加了科举考试。但他吃亏就吃在了说话正直，且文笔犀利。阅卷老师原本评定结果为：王安石第一名，王珪第二名，韩绛第三名，杨寘第四名，但等到张榜公布的结果，状元却成了别人的。王安石一没作弊，二没违反政策，更没什么不符合报考的条件，为什么到手的状元却成了原本名列第四的杨寘的呢？这第四名的杨寘，是当朝的显贵兼本次考试的主考官晏殊家女婿杨察的弟弟，也就是晏殊女儿的小叔子。也亏得晏殊的人品不错，要不然还不早走了后门儿？杨察很关心自己的亲弟弟，就从他老岳父那儿打探出了杨寘等人的考试成绩。你说临场发挥不咋的吧，他还自得其乐呢，杨寘本以为第一非他莫属，没成想哥哥的一盆冷水把他浇了个透心儿凉。大话已经吹出去了，就只好解一解嘴气喽。

瞧瞧他与酒友们喝酒时的那股气哼哼的劲儿:“嘭”的一声拍案而起,嘴里还不干不净地骂骂咧咧:这第一就应该是我的,也不知道是哪头驴抢走了我的状元!看,状元两字儿就好像已经贴在了他脑门儿上似的!再说了,凭什么就该是你的呀?也该着王安石倒霉。当主考官将考卷呈给宋仁宗看时,皇上对王安石文章里的一句“孺子其朋”感到很不满意,说:好你个毛头小子,羽翼尚未丰满,就想在朕面前指手画脚!哼!简直是不自量力嘛。于是,仁宗二话没说,就把王安石的第一给划掉了。实际上王安石也很冤,他没别的意思,也是从经典上引用的,但没想到竟触到了皇帝的忌讳,结果丢掉了本该属于自己的状元郎。按照大宋的科考规定:凡是参加考试的官宦子弟,一律没有夺得状元桂冠的资格。即使成绩优异,也要降低名次,然后再依次递补其他参考举子为状元。那么,王安石被淘汰出局以后,第二的王珪和第三的韩绛二人都是官宦之家,当然没有获得状元的资格。所以歪打正着,状元还是被杨寘给顺手牵羊地捡走了。王安石的心态真好!他觉得,状元又有什么了不起的呢,那也不过是人们一时口口相传、过眼云烟的佳话罢了。问题的关键是,求得一份正当职业才是硬道理。不过,是金子总会发光的,不是状元又怎样?后来,他照样成为北宋历史上的一代名相!(康震)

王安石在文学上成就突出,其散文论点鲜明、逻辑严密,有很强的说服力,充分发挥了古文的实际功用;小文简洁峻切、短小精悍,名列“唐宋八大家”。其诗“学杜得其瘦硬”,擅长于说理与修辞,晚年诗风含蓄深沉、深婉不迫,以丰神远韵的风格在北宋诗坛自成一家,世称“王荆公体”。他潜心研究经学,著书立说,被誉为“通儒”，创“荆公新学”，促进宋代疑经变古学风的形成。哲学上，用“五行说”阐述宇宙生成，丰富和发展了中国古代朴素唯物主义思想；其哲学命题“新故相除”，把中国古代辩证法推到一个新的高度。（王立群）

梅	枝	数	角	墙

37

落	旗	长
照	日	河
山	天	圆

使至塞上

王维

单车欲问边，属国过居延。征蓬出汉塞，归雁入胡天。大漠孤烟直，长河落日圆。萧关逢候骑，都护在燕然。

嘉宾解读

诗句出自王维的《使至塞上》。无边无际的大漠中，烽火台上的一缕孤烟，直上青天；长河似带，落日异常浑圆。这两句诗，凸现了大漠的粗犷、强毅。诗句语不惊奇，朴实无华，却能状难言之景于目前，含不尽之意于言外，达到了浑成的境界，显示了诗人的深厚功力。（康震）

答案

圆	日	落	河	长

发	高	明
镜	白	三
里	知	不

秋浦歌十七首·其十五

李白

白发三千丈，缘愁似个长。
不知明镜里，何处得秋霜？

嘉宾解读

诗句出自李白的《秋浦歌》。这首诗大约作于唐玄宗天宝末年，这时唐朝政治腐败，国家危机四伏，诗人对整个局势深感忧虑。此时，李白已经五十多岁了，理想不能实现，反而受到压抑和排挤，怎不使诗人愁生白发、鬓染秋霜呢？诗采用浪漫夸张的手法，抒发了诗人怀才不遇的苦衷。开篇便是大胆的夸张“白发三千丈”，次句点出原因，化无形之愁为有形之物。末两句将万端心绪汇于一问之中，言尽而蕴意不尽。诗人的“愁”，让人看得见、摸得着，该诗也因此成为言愁的千古名句。（蒙曼）

答案

不	知	明	镜	里

39

题破山寺后禅院

常建

清晨入古寺，初日照高林。曲径通幽处，禅房花木深。山光悦鸟性，潭影空人心。万籁此都寂，惟馀钟磬音。

嘉宾解读

诗句出自常建的《题破山寺后禅院》。常建虽还算是比较有名的诗人，但对一般大众来讲，这个人就没有什么名气了。他的诗以田园、山水为主要题材，风格接近王（维）、孟（浩然）一派。他善于运用凝练简洁的笔触，表达出清寂幽邃的意境。这类诗中往往流露出“澹泊”襟怀。其实他对现实并未完全忘情，而是有所感慨，有所期望，也有所指责，这在占相当比重的边塞诗中尤为明显。此诗抒写清晨游破山寺后禅院的观感，以凝练简洁的笔触描写了一种景物独特、幽深寂静的境界，表达了诗人游览名胜的喜悦和对高远意境的强烈追求。全诗笔调古朴，层次分明，兴象深微，意境浑融，简洁明净，感染力强，艺术上相当完整，是唐代山水诗中独具一格的名篇。（康震）

欧阳修后来也仿作过，“曲径通幽处”这一句话一再被山寨，山寨来山寨去，没有哪一句能替代这句，因为这是在作者的笔下自然而然地“流”出来的。（蒙曼）

他的诗其实有一点像王维，但是不到位。对此，纪晓岚曾说：其诗意境清迥，语言洗练自然，艺术上有独特造诣。现存诗57首，数量虽不多，而“卓然与王（维）、孟（浩然）抗行者，殆十之六七”。常建的诗题材比较狭隘，虽然也有一些优秀的边塞诗，但绝大部分属描写田园风光、山林逸趣之作。（康震）

答案

处	幽	通	径	曲

40

锦	虽	花
乐	丝	重
城	官	然

春夜喜雨

杜甫

好雨知时节，当春乃发生。随风潜入夜，润物细无声。野径云俱黑，江船火独明。晓看红湿处，花重锦官城。

嘉宾解读

诗句出自杜甫的《春夜喜雨》。平常之景最难写，能写难状之景如在目前，且如此真切入微，令人如临其境，只有大诗人能够做到。这首五律诗前两联用流水对，把春雨的神韵一气写下，尾联写一种骤然回首的惊喜，格律严谨而浑然一体。诗人是按先“倾耳听雨”、再“举首望雨”、后“闭目想象”的过程和角度，去表现春夜好雨的。诗从听觉写至视觉，乃至心理感觉，从当夜想到清晨，结构严谨，描写细腻；语言锤炼精工；巧妙地运用了拟人、对比等

具有较强表现力的艺术手法。诗中句句绘景，句句写情，不用喜悦欢愉之类词汇，却处处透露出喜悦的气息和明快的情调。（蒙曼）

答案

花	重	锦	官	城

41

动	有	莲
如	神	洲
笔	渔	下

奉赠韦左丞丈二十二韵（节选）

杜甫

读书破万卷，下笔如有神。赋料扬雄敌，诗看子建亲。李邕求识面，王翰愿卜邻。自谓颇挺出，立登要路津。致君尧舜上，再使风俗淳。

嘉宾解读

诗句出自杜甫的《奉赠韦左丞丈二十二韵》。虽然大家都熟悉“读书破万卷，下笔如有神”，但杜甫写这首诗的时候一点也不神奇。蒙老师也知道，杜甫一生有一个阶段叫“长安十年”。这十年里头，他在长安什么收获都没有，叫天天不应，叫地地不灵。这首诗虽是叙写作者自己的才学以及生平志向和抱负，倾吐了仕途失意、生活困顿的窘状，并且抨击了当时黑暗的社会和政治现实。但实际上是写给那帮在位的官员看的，言外之意似乎在说：赶紧给我一个机会，我会大有作为的。杜甫作为一名儒家的信徒，能说出这样的话来，实在是走投无路。“下笔如

有神”，实际是在向别人极力推荐自己。由此我们可以看出唐朝人的另一面，像“万国衣冠拜冕旒”“大道如青天，我独不得出”，他们虽然历经坎坷磨难，遭遇不幸，但依然很阳光，这是盛唐时人一个很大的特点。所以杜甫这首诗，等于给我们展示了盛唐人在面对挫折之时的那一面。这是他们本质的、主导的一面，是“长风破浪会有时，直挂云帆济沧海”——实现我理想的那一天会来到的，我将大显身手、大展宏图。（康震）

“下笔如有神”这句特别了不起，其中所体现的“自信”和“长风破浪会有时”是一样的。杜甫的经历比李白要丰富得多，他“读书破万卷，下笔如有神”，文才好，有思想。他立志“致君尧舜上，再使风俗淳”，虽然“朝扣富儿门，暮随肥马尘。残杯与冷炙，到处潜悲辛”，但他仍不忘君、不忘亲，更不想埋没自己。所以“白鸥没浩荡，万里谁能驯”？实际上代表了杜甫的精神，将诗人高洁的情操、宽广的胸怀、刚强的性格，表现得辞气喷薄，跃然纸上。（蒙曼）

答案

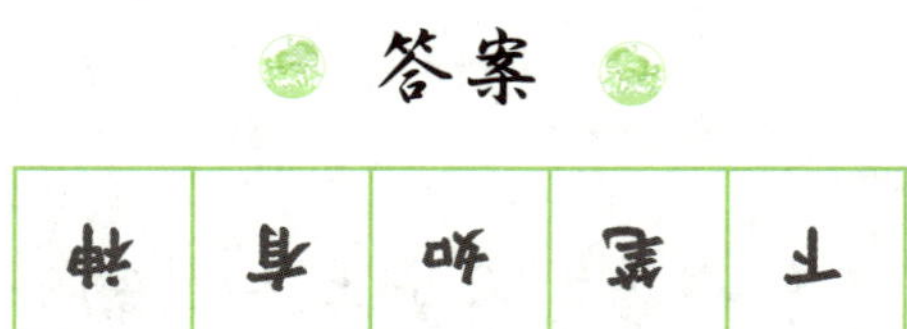

十二宫格：请从以下12个字中识别一句诗词

42

千	众	飞	常
花	百	里	入
寻	姓	度	他

青玉案·元夕

辛弃疾

东风夜放花千树。更吹落、星如雨。宝马雕车香满路。凤箫声动，玉壶光转，一夜鱼龙舞。　蛾儿雪柳黄金缕。笑语盈盈、暗香去。众里寻他千百度。蓦然回首，那人却在，灯火阑珊处。

嘉宾解读

词句出自辛弃疾的《青玉案·元夕》。这首词我说一点。辛弃疾是一个大英雄，他不仅是一个文学家，也是一个军事家。辛弃疾出生时，北方就已沦陷于金人之手。他的祖父辛赞虽在金国任职，却一直希望有机会能够拿起武器和金人决一死战。因为辛弃疾的先辈和金人有不共戴天之仇，并常常带着辛弃疾"登高望远，指画山河"。同时，辛弃疾也不断亲眼目睹汉人在金人统治下所受的屈辱与痛苦。这一切使他在青少年时代，就立下了恢复中原、报国雪耻的志向，因而他骨子里有一种燕赵奇士的侠义之气。但他又是一个孤独的英雄，现实对辛弃疾是残酷的。他虽有出色的才干，但他豪迈倔强的性格和执着北

伐的热情，却使他难以在官场上立足。弃疾初到南方时，对南宋朝廷的怯懦和畏缩并不了解，加上宋高宗赵构曾赞许过他的英勇行为，宋孝宗也一度表现出想要恢复失地、报仇雪耻的锐气，所以他在南宋任职的前一时期中，曾写了不少有关抗金北伐的建议。但已经不愿意再打仗的朝廷却反应冷淡，只是对辛弃疾在建议书中所表现出的实际才干很感兴趣，于是先后把他派到江西、湖北、湖南等地担任转运使、安抚使一类重要的地方官职，去治理荒政、整顿治安。这显然与辛弃疾的理想大相径庭，虽然他干得很出色，但由于深感岁月流逝、人生短暂而壮志难酬，内心也越来越感到压抑和痛苦。（康震）

答案

众	里	寻	他	千	百	度

43

风	遥	水	杏
村	酒	花	牧
童	旗	指	郭

嘉宾解读

诗句出自杜牧的《清明》。这首诗很有意思，中国人都很熟悉。断

清明

杜牧

清明时节雨纷纷，路上行人欲断魂。借问酒家何处有？牧童遥指杏花村。

魂，我记得老舍曾写过一篇小说叫《断魂枪》，描写主人翁的枪法非常厉害。但古诗里写断魂的时候，往往是销魂，就是被清明时节的纷纷细雨陶醉了。可是觉得还缺了点东西——缺酒。这里面有雨，有行人，有酒家，有牧童，有杏花村，就像是一幅水墨画。所以诗未必一定实写，但一旦写出来，就要让人如临其境。（康震）

中国古代，清明时节不只有扫墓这一个民俗。原来清明和上巳两个分开的节日，后来合并到一块儿了。上巳节在中国传统历法的三月初三，这是一个踏青的娱乐性节日，后来合并于清明节，这个节日就有了两个含义：一方面是祭祀，一方面是踏青。所以，在这个节日喝酒，就可能包含两个方面的原因：一是祭祀，有点借酒消愁的含义；二是游春，就是喝酒助兴了。（蒙曼）

答案

村	花	杏	指	遥	童	牧

44

停	眠	车	枫
渔	坐	愁	火
对	爱	江	林

诗句出自张继的《枫桥夜泊》。

枫桥夜泊

张继

月落乌啼霜满天，江枫渔火对愁眠。姑苏城外寒山寺，夜半钟声到客船。

这首诗也是唐诗中流传最广的一首诗，好像韩国和日本的小学课本里都选了这首诗。正因为这个原因，所以现在寒山寺的游客特别多。但是也有一个遗憾，就是寒山寺的大钟被日本人偷走了，直到现在仍下落不明。（蒙曼）

所以像这首诗与《春江花月夜》等诗一样，一个作者一辈子只作一首好诗就足够了，让人们一千年以后还难以忘怀。（康震）

答案

眠	愁	对	火	渔	枫	江

45

醉	笑	场	出
去	卧	莫	仰
门	沙	天	君

凉州词

王翰

葡萄美酒夜光杯，欲饮琵琶马上催。醉卧沙场君莫笑，古来征战几人回？

嘉宾解读

诗句出自王翰的《凉州词》。王翰是一位非常豁达的边塞诗人，边塞诗人写的诗可能是比较残酷的，或者是苍凉、苍茫的那种感觉。但是王翰的诗，却在苍茫之中还带有一种嘻笑怒骂的感觉。会给人一种不光是看破世事，而且还有积极奋进之感。（选手）

我打断你一下，由于王翰流传到后代的作品只有十四首诗，所以大多数人都不太解他，只知道他的《凉州词》。王翰，唐睿宗景云元年

（710）中进士，玄宗时做过官，后被贬为道州司马，死于贬所。他人品好，性豪放，喜游乐饮酒，能写歌词，并自歌自舞。其诗题材大多吟咏沙场少年、玲珑女子以及欢歌饮宴等，表达对人生短暂的感叹和及时行乐的旷达情怀。词语似云铺绮丽，霞叠瑰秀；诗音如仙笙瑶瑟，妙不可言。所以当时有一位“名人”叫杜华，杜华的母亲崔师曾说过这样一句话：吾闻孟母三迁，使我的儿子能与王翰为邻，足矣。（郦波）

答案

醉	卧	沙	场	君	莫	笑

46

此	三	曲	上
白	行	青	应
天	有	一	鹭

绝句

杜甫

两个黄鹂鸣翠柳，一行白鹭上青天。窗含西岭千秋雪，门泊东吴万里船。

嘉宾解读

诗句出自杜甫的《绝句》。这个题出得特别有意思。“此曲只应天上有，人间难得几回闻”，这两个放在一起，我读诗特别容易联想，实际上诗也容易让人联想。一行白鹭为什么上青天？因为此曲只应天上有，那是上天听曲去了。很有意思。（郦波）

答案

东	二	刀	月
剪	周	便	与
不	春	风	郎

赤壁

杜牧

折戟沉沙铁未销，自将磨洗认前朝。东风不与周郎便，铜雀春深锁二乔。

嘉宾解读

诗句出自杜牧的《赤壁》。这道题其实最具“时代特征”，在当前诗坛上的青年诗人中，有一件很有趣的事情，就是对这首诗进行的各种改编，如：“东风不与便周郎，铜雀春深锁上桑。”类似这样的改编还有很多。可能朋友们对于现在诗词创作的人不太了解，认为他们很古板，一本正经。也有人感觉这圈子里的人非常幽默，他们不仅学问广博，而且思维很敏捷，跟他们聊天觉得非常有趣。这首诗挺好玩的，涉及对周瑜在赤壁之战中的评价。由于现在人们受《三国演义》的影响，一说赤壁之战谁打的？好像就是诸葛亮打的，诸葛亮对曹操。其实那时候哪有诸葛亮什么事啊？都是周瑜啊！周瑜也不算少爷，三十多岁，正是最好的年华。在唐朝，其实没有人这么认为，我看过很多唐诗，没有一首唐诗把诸葛亮的功劳放在第一位。但是后来，小说的力量就大了。另外还有一个特好玩的事情，看见这个二乔，我想起一件事来，我们家乡那边姐妹的丈夫，互称“两乔”或者是“连乔”。这是怎么回事？就是大乔小乔，孙策和周瑜，所以就从那时候开始，人们就把这种姐妹的丈夫形成的姻亲，叫“两乔”。因此现在民间的一些说法，其实有着非常古雅的含义。只不过你问老百姓，他可能并不知道，就是日用而不知了。（蒙曼）

刚才讲的我也感触特深，当年我读这首诗的时候，一看“东风不与周郎便”，总感觉借东风没有诸葛亮啥事儿。《三国志》里面讲的是东南风，《周瑜传》里也说是东南风，实际上没有诸葛孔明任何事情。所以真正的赤壁之战，那是周公瑾当年的风采。而且周瑜也不像《三国演义》里所说的“三气周瑜”那样小肚鸡肠，而是胸怀特别大的人。《三国志》里就说他“文武筹略”“万人之英”“器量广大”，所以小说刚好把这个人物完全颠倒了。（郦波）

答案

便	郎	周	与	不	风	东

48

月	曾	明	水
海	泪	为	经
上	难	沧	珠

离思五首·其四

元稹

曾经沧海难为水，除却巫山不是云。取次花丛懒回顾，半缘修道半缘君。

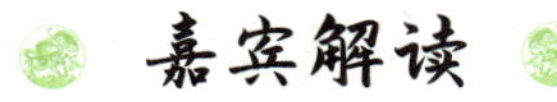

嘉宾解读

诗句出自元稹的《离思五首·其四》。诗是元稹写给韦丛的，我觉得元稹是历史上著名的深情、但不专情的人。这首诗足以表明他对韦

从的情也确实深，但他一生爱的人不止这一个。此诗的受诗人究竟是谁？有人说：“此为悼念亡妻韦丛之作”，显然与事实不符。《全唐诗》于《离思五首》题下注云：“一本并前首作六首。”所谓前首，即《莺莺诗》，诗题下亦注云：“一作《离思》诗之首篇。”据陈寅恪《元白诗笺证稿》考订：此诗乃“为其少日之情人所谓崔莺莺者而作”。而所谓崔莺莺者，实即名为“双文”的寒族女子。尽管她才艺双绝，仍终被元稹离弃。元稹为了飞黄腾达，不惜忍心负情，另婚高门女韦丛。由此足见：元稹对双文的感情，并不像他在此诗中所表示的那般忠诚。原因何在？正如元好问在《论诗三十首》中所说：“心画心声总失真，文章宁复见为人？”可见，元稹的双重性格，在不同时期有不同的表演。他弃双文另娶，固是大谬不然，但当时的社会风气，也应该负很大部分的罪责。我觉得元稹多情是事实，深情也是事实。（蒙曼）

我补充一个小的细节，这首诗是悼亡诗中非常有名的，但其实元稹在他自己编的文集中，并没有把《离思五首》归入他的悼亡诗那一类。（郦波）

答案

水	为	难	海	沧	经	曾

49

孤	远	寒	山
石	片	城	上
仞	斜	万	一

嘉宾解读

诗句出自王之涣的《凉州词》。这既是一首诗，也是一首词。据唐人薛用弱《集异记》记载：开元年间（713—741），王之涣与高适、王昌龄到旗亭饮酒，遇梨园伶人唱曲宴乐，三人便私下约定以伶人演唱各人所作诗篇的情形定诗名高下。王昌龄的诗被唱了两首，高适也有一首诗被唱到，王之涣接连落空。轮到诸伶中最美的一位女子演唱了，她唱的正是“黄河远上白云间”，于是王之涣甚为得意。这就是著名的“旗亭画壁”故事。（郦波）

凉州词

王之涣

黄河远上白云间，一片孤城万仞山。羌笛何须怨《杨柳》，春风不度玉门关。

诗每一句的字数是固定的，到词了，就变成了长短句。“黄河远上白云间，一片孤城万仞山。羌笛何须怨《杨柳》，春风不度玉门关”。这是唐代著名诗人王之涣写的《凉州词》。传说有一次，清朝的乾隆皇帝来到大臣纪晓岚家里，看到纪晓岚正在练习书法，便顺手把手中的纸扇交给纪晓岚，让他在上面题一首诗。纪晓岚接过纸扇，只见上面有远山近城、杨柳春风。他略加思索，便龙飞凤舞地写下了王之涣的《凉州词》。纪晓岚题完诗，乾隆拿起纸扇，大加赞赏：“龙飞凤舞，一气呵成，妙！真妙！”乾隆再仔细一看，发现诗中缺少了一个“间”字，大怒说：“你故意漏字欺骗朕，该当何罪！”说着，把纸扇扔给了纪晓岚。纪晓岚拿起纸扇一看，果真漏掉了一个“间”字，他立即镇定地说：“万岁息怒！我写的不是王之涣的《凉州词》，而是根据他的诗，重新写的一首词。”说罢，朗声读道：“‘黄河远上，白云一片，孤城万仞山。羌笛何须怨，杨柳春风，不度玉门关。’词是长短句，既然叫凉州词，应该这样改才是。”乾隆佩服，满意而去。纪晓岚只改动了一下原诗中的标点

符号，不仅让王之涣的名诗变成了名词，还让自己化险为夷，可见标点符号的魅力无穷啊！（王立群）

答案

一	片	孤	城	万	仞	山

50

闻	忽	声	风
夜	水	一	琵
琶	春	如	来

白雪歌送武判官归京

岑参

北风卷地白草折，胡天八月即飞雪。忽如一夜春风来，千树万树梨花开。散入珠帘湿罗幕，狐裘不暖锦衾薄。将军角弓不得控，都护铁衣冷难着。瀚海阑干百丈冰，愁云惨淡万里凝。中军置酒饮归客，胡琴琵琶与羌笛。纷纷暮雪下辕门，风掣红旗冻不翻。轮台东门送君去，去时雪满天山路。山回路转不见君，雪上空留马行处。

嘉宾解读

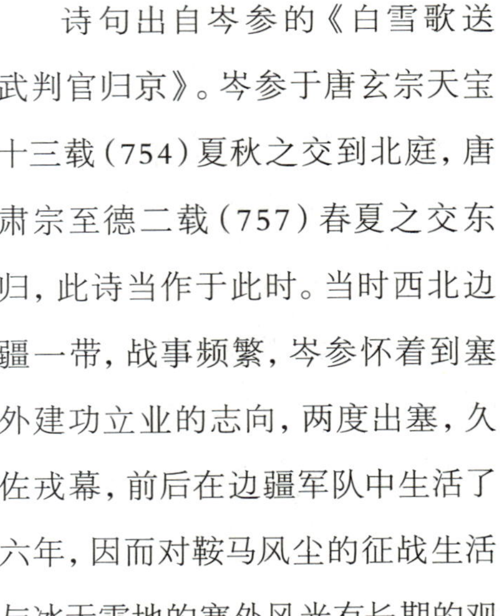

诗句出自岑参的《白雪歌送武判官归京》。岑参于唐玄宗天宝十三载（754）夏秋之交到北庭，唐肃宗至德二载（757）春夏之交东归，此诗当作于此时。当时西北边疆一带，战事频繁，岑参怀着到塞外建功立业的志向，两度出塞，久佐戎幕，前后在边疆军队中生活了六年，因而对鞍马风尘的征战生活与冰天雪地的塞外风光有长期的观

察与体会。天宝十三载这次，是岑参第二次出塞充任安西北庭节度使封常清的判官（节度使的僚属），而武判官即其前任，诗人在轮台送他归京（唐代都城长安）而写下了此诗。（王立群）

答案

忽	如	一	夜	春	风	来

51

烟	万	古	人
上	消	使	尔
愁	江	波	同

黄鹤楼

崔颢

昔人已乘黄鹤去，此地空余黄鹤楼。黄鹤一去不复返，白云千载空悠悠。晴川历历汉阳树，芳草萋萋鹦鹉洲。日暮乡关何处是？烟波江上使人愁。

嘉宾解读

诗句出自崔颢的《黄鹤楼》。我发现九宫格跟十二宫格命题的难易程度，实际上取决于命题人，取决于命题人对难易程度的掌控。怎么掌控？第一行最关键。如果说命题人想增加难度，就把误导词更多地出现在第一行，一下子就把答题者误导了。如果命题人想让闯关者过关容易一点，他就不把误导词过多地放在第一行。如果第一行误导词非常多，一看有这么多熟悉的词，闯关者就可能顺着这个思路下去了，结果就错了，等你再改就没有时间了。所以降低难度最好的方

法，就是在第一行少出现误导词，这样一来闯关者就少犯错误了。（王立群）

正确答案是“烟波江上使人愁”，这个“愁”字，的确在诗词当中出现的频率太高了。（董卿）

其实唐人写愁，有时候并不一定真的在生活中愁，愁就是个意象，就是个说法。（康震）

“问君能有几多愁”。（董卿）

“恰似一江春水向东流”。（康震）

“一种相思，两处闲愁”。“白发三千丈，缘愁似个长”。（董卿）

52

下	裳	花	容
云	三	衣	扬
月	州	明	烟

黄鹤楼送孟浩然之广陵

李白

故人西辞黄鹤楼，烟花三月下扬州。孤帆远影碧空尽，惟见长江天际流。

嘉宾解读

诗句出自李白的《黄鹤楼送孟浩然之广陵》。唐玄宗开元十五年（727），二十七岁的李白东游归来，至湖北安陆，“酒隐安陆，蹉跎十年”，期间很多时候以诗酒会友，在外游历。也就是寓居安陆期间，李白结识了长他十二岁的孟浩然。孟浩然对李白非常赞赏，两人很快成了挚友。开元十八年（730）三月，李白得知孟浩然要去广陵（今江苏扬州），便托人带信，约孟浩然在江夏（今湖北武汉武昌区）相会。几天后，孟浩然乘船东下，李白亲自送到江边。送别时写下了这首诗。（康震）

答案

烟	花	三	月	下	扬	州

53

寺	始	千	开
水	深	桃	流
花	尺	盛	潭

赠汪伦

李白

李白乘舟将欲行，忽闻岸上踏歌声。桃花潭水深千尺，不及汪伦送我情。

嘉宾解读

诗句出自李白的《赠汪伦》。这桃花潭我去过，水不是太深，人跳进去也就到胸部。李白这个人写诗很夸张，为什么夸张？就是想突出他跟汪伦的感情很好。汪伦，黟县人，曾任泾县县令。卸任后，由于留恋桃花潭，特将其家由黟县迁往了泾县。唐天宝年间，汪伦听说大诗人李白旅居南陵其叔父李阳冰家，便写信邀请李白到家中做客。信上说：“先生好游乎？此处有十里桃花。先生好饮乎？此处有万家酒店。”李白素好饮酒，又闻有如此美景，欣然应邀而至，却未见信中所言盛景。汪伦盛情款待，搬出用桃花潭水酿成的美酒与李白同饮，并笑着告诉李白：

“桃花者，十里外潭水名也，并无十里桃花。万家者，开酒店的主人姓万，并非有万家酒店。”李白听后大笑不止，并不以为被愚弄，反而被汪伦的盛情所感动。适逢春风桃李花开日，群山无处不飞红，加之潭水深碧，清澈晶莹，翠峦倒映，汪伦留李白连住数日，每日以美酒相待，别时李白送汪伦名马八匹、官锦十端。一匹马一万钱不算多，八匹多少钱？八万。如果再加上十匹官锦，就算一匹官锦一千钱，十匹下来也有一万。你看李白多豪爽！“天生我材必有用，千金散尽还复来”嘛！（康震）

我再说一个例子。柳宗元的《小石潭记》是一篇文字精美、情景交融的山水游记。全文193字，用移步换景、特写、变焦等手法，有形、有声、有色地刻画出小石潭的动态美，写出了小石潭环境景物的幽美和静穆。其实真到永州去，你根本就找不到小石潭在哪里。也许当时柳宗元写《小石潭记》的时候，小石潭可能就是很小的一汪水，因他写了这篇著名的散文，小石潭就名声大震了。所以，很多文学作品中描写的名胜，如果真去考察一番的话，有时你会很失望的。（王立群）

答案

桃	花	潭	水	深	千	尺

54

心	鸟	草	犀
点	一	寸	通
别	灵	惊	有

嘉宾解读

诗句出自李商隐的《无题二首·其一》。这是一首恋情诗，诗人追忆昨夜参与的一次贵家后堂之宴，表达了与意中人席间相遇、旋成间

无题二首·其一

李商隐

昨夜星辰昨夜风，画楼西畔桂堂东。身无彩凤双飞翼，心有灵犀一点通。隔座送钩春酒暖，分曹射覆蜡灯红。嗟余听鼓应官去，走马兰台类转蓬。

阻的怀想和惆怅。但对这首诗的理解和看法历来众说纷纭，有人说是君臣遇合之作，有人说是窥贵家姬妾之作，还有人说是追想京华游宴之作……但羁宦思乐境也好，觊觎貌美女郎也罢，诗中所表达的可望而不可即的嗟然心态，力透纸背，那些寻常或普通的意象，被有规律地置放在短短八句五十六字当中，表现了一种追寻的热切和悲哀的失落。（康震）

答案

心	有	灵	犀	一	点	通

55

十	人	凋	来
稀	使	生	听
朱	颜	古	七

曲江二首·其二

杜甫

朝回日日典春衣，每日江头尽醉归。酒债寻常行处有，人生七十古来稀。穿花蛱蝶深深见，点水蜻蜓款款飞。传语风光共流转，暂时相赏莫相违。

嘉宾解读

诗句出自杜甫的《曲江二首·其

二》。“人生七十古来稀”，我们现场观众当中年纪最大的老白，今年五十五。现场还真有一位“人生七十古来稀”的人，你们知道是谁吗？他就是王立群老师。看不出来，王老师真的是非常年轻，神采奕奕。在知道了您的年龄之后，我就特别感动，因为录制节目特别辛苦，经常到深夜甚至后半夜，还要做第二天的准备工作。可是我们没有看到王老师有任何的倦怠和懈怠，所以是不是把掌声送给王立群老师！这句诗的上一句是“酒债寻常行处有”。（董卿）

我从二十岁教书，到今年教了50年书，其中有14年是从事基础教育。从小学一年级开始教起，教了七年小学。然后教了三年的初中。又教了四年的高中。我是以高中毕业生的同等学历，跨过大学本科四年，直接考上研究生的。研究生毕业以后留校，教过大专、本科、硕士、博士、博士后。我从小学一年级到博士后，整个给捋了一遍，这是特殊年代造成的。（王立群）

太了不起了，真是桃李满天下！而且您看您教的学生有小学生，也有博士后。（董卿）

我的学生年龄比较大了，当时比我就小六七岁，现在他们也六十多了。（王立群）

这是您的教学史，也是个人的成长史、奋斗史。个人的人生经历，相信其中一定会有很多感人的教学故事，应该有很多学生是听着您的教诲长大的，我觉得这是当老师最幸福的地方。（董卿）

我的年龄与王老师没法比，教学的时间也没有那么长，但的确，人世间很大的幸福，就是看着一个个年轻人，从什么都不太懂，到最后慢慢成长为一个很成熟的人，成为一个真正的知识分子。你看着他成长，自己也在成长，虽非常辛苦，但也很幸福，很充实。（康震）

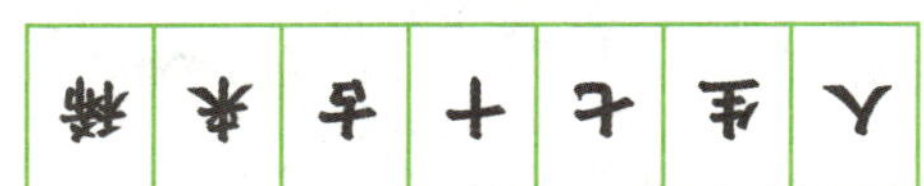

上	此	霓	曲
羽	裳	惊	天
只	破	有	应

赠花卿

杜甫

锦城丝管日纷纷，半入江风半入云。此曲只应天上有，人间能得几回闻？

嘉宾解读

诗句出自杜甫的《赠花卿》。花卿是指成都尹崔光远的部将花敬定，曾平定段子璋之乱。此诗约作于唐肃宗上元二年（761）。花敬定因平叛立功，居功自傲，骄恣不法，放纵士卒大掠东蜀；又目无朝廷，僭用天子音乐。杜甫赠此诗，予以委婉的讽刺。全诗四句，前两句对乐曲作具体形象的描绘，是实写；后两句以天上的仙乐相夸，是遐想。因实而虚，虚实相生，将乐曲的美妙赞誉到了极度。但诗的弦外之音是意味深长的，这可以从“天上”和“人间”两词看出端倪。“天上”，实际上指天子所居皇宫；“人间”，指皇宫之外，这是封建社会极常用的双关语。说乐曲属于“天上”，且加“只应”一词限定，既然是“只应天上有”，那么“人间”当然就不应“得闻”。不应“得闻”而竟然“得闻”，不仅“几回闻”，而且“日纷纷”，于是，作者的讽刺之旨就从这种矛盾的对立中，既含蓄婉转又确切有力地显现出来了。（王立群）

答案

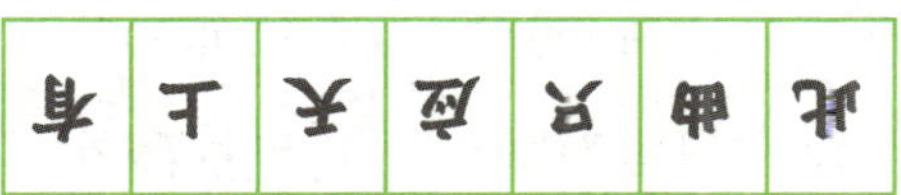

57

马	上	佳	无
每	思	逢	节
倍	纸	相	亲

九月九日忆山东兄弟

王维

独在异乡为异客，每逢佳节倍思亲。遥知兄弟登高处，遍插茱萸少一人。

嘉宾解读

诗句出自王维的《九月九日忆山东兄弟》。这首诗流传得很广，其中非常值得我们关注的地方，是诗中所表达的思乡之情，对家乡亲人的思念之情。这个首句写得很特别，“独在异乡为异客”，特别提醒他是自己一个人，异乡异客。这里边透露出来一个什么意思呢？中国人经常爱说的一句话：家乡在哪？其实家和乡有很大的区别。家是什么？家是你到了一个地方，有那么一套房子是属于你自己的，甚至你租一个房子，就可以建一个“家”。比如说你家在京城，但并不代表你的“乡”就在京城。所以虽然王维在京城长安有了家，但他仍感到是异乡异客。家乡，是指自己小时候生长的地方，又被称为“故乡”“老家”“故园”等。古往今来，家乡一直是文人骚客们谈论的亘古不变的话题，树高千尺，落叶归根，故乡之思，永远都是游子的至诚抒怀。在他们看来，家乡是他们心灵的依靠、感情的寄托。家乡是缕阳光，冷寂时可以寻得温暖；家乡是个港湾，孤单时可以停泊靠岸。他们借诗言志，表达自己对家乡的思恋。由此便衍生出了无数千古动人的诗章，在汩汩流淌的华夏文化长河中，卷起层层浪波。

此诗是王维十七岁时的作品，当时独自一人漂泊在洛阳与长安之间。他是蒲州（今山西永济）人，蒲州在华山东面，所以称故乡的兄弟为山东兄弟。九月九日是重阳节，中国有些地方有登高的习俗。登高时佩带茱萸囊，据说可以避灾。茱萸，又名越椒，是一种有香气的植物。写这首诗时，王维正在长安谋取功名。繁华的帝都对当时热衷仕进的年轻士子虽有很大吸引力，但对一个少年游子来说，毕竟是举目无亲的“异乡”；而且越是繁华热闹，在茫茫人海中的游子，就越显得孤孑无亲。第一句用了一个“独”字，两个“异”字，分量下得很足。对亲人的思念，对自己孤孑处境的感受，都凝聚在这个“独”字里面。“异乡为异客”，不过说他乡作客，但两个“异”字所造成的艺术效果，却比一般地叙说他乡作客要强烈得多。这首抒情小诗，虽写得非常朴素，但千百年来，人们在作客他乡的情况下读这首诗，都能强烈地感受到它的力量。（王立群）

答案

每	逢	佳	节	倍	思	亲

去	一	不	鹤
飞	黄	昔	返
人	尚	乘	已

嘉宾解读

诗句出自崔颢的《黄鹤楼》。题目涉及到江南的三大名楼黄鹤楼、岳阳楼、滕王阁。这三座名楼有一个共同特点，就是古人留下

黄鹤楼

崔颢

昔人已乘黄鹤去，此地空余黄鹤楼。黄鹤一去不复返，白云千载空悠悠。晴川历历汉阳树，芳草萋萋鹦鹉洲。日暮乡关何处是？烟波江上使人愁。

来的题咏特别多。如果没有这些古代文人的著名题咏，三大名楼就不能称其为名楼了。这就说明一个道理，真正的文化遗迹，那些优秀的文化遗迹，其实都是无数文人用自己的诗词赞美、装扮的，是历代文人雅士留下来的许许多多的名篇，才成就了一个又一个名胜古迹。如果名胜古迹离开了文人雅士的题咏，就名不符实了。

（王立群）

答案

59

清	城	动	城
明	花	京	开
节	纷	时	纷

嘉宾解读

诗句出自刘禹锡的《赏牡丹》。

赏牡丹

刘禹锡

庭前芍药妖无格，池上芙蕖净少情。唯有牡丹真国色，花开时节动京城。

此诗描绘了唐朝特有的观赏牡丹的习俗，诗以芍药的“妖无格”和芙蕖的“净少情”，衬托牡丹之高贵和富于情韵之美，其中也蕴含了诗人心中的理想人格精神。全诗用对比和抑彼扬此的艺术手法，肯定了牡丹“真国色”的花界地位，真实地写出了当年牡丹盛开时节，引起京城轰动的巨大效应。（康震）

答案

花	开	时	节	动	京	城

60

江	日	胜	关
风	出	花	火
红	乡	何	暮

忆江南·江南好

白居易

江南好，风景旧曾谙。日出江花红胜火，春来江水绿如蓝。能不忆江南？

嘉宾解读

诗句出自白居易的《忆江南·江南好》。诗写的是杭州，白居易做过杭州刺史，并修筑了白堤。白居易这个人，现在我们感觉没有李白、杜甫的名气大，但在唐代的时候，白居易在海外的影响比李白、杜甫要大得多，尤其是在诗歌创作方面。宋代的苏轼，就特别仰慕他。按理说，从诗文风格上讲，苏轼应该喜欢李白，但他偏偏喜欢白居易。苏轼的诗词创作，没有那么多奔放、艰难和苦难，有的是对生活的享受。这点像王维。（康震）

北宋初年，在诗歌创作上“白体”很流行，影响波及海外，包括日

本。当时在日本列岛，最受推崇的唐代诗人，不是李、杜，而是白居易。

（王立群）

答案

日	出	江	花	红	胜	火

61

为	嫁	得	伊
消	古	憔	衣
人	悴	作	他

蝶恋花·伫倚危楼风细细

柳永

伫倚危楼风细细。望极春愁，黯黯生天际。草色烟光残照里。无言谁会凭阑意？　拟把疏狂图一醉。对酒当歌，强乐还无味。衣带渐宽终不悔，为伊消得人憔悴。

嘉宾解读

词句出自柳永的《蝶恋花·伫倚危楼风细细》。这是一首怀人之作。词人把漂泊异乡的落魄感受，同怀念意中人的缠绵情思结合在一起，采用“曲径通幽”的表现方式，抒情写景，感情真挚。词人对待“春愁”“终不悔”的果决态度是为什么？是“为伊”，这就一语道破春愁难遣、为春愁憔悴无悔的隐秘：为了她——那“盈盈仙子”的坚贞情爱，我也值得憔悴、瘦损，以生命相托！语直情切，挟带着市民式的激情，真可谓荡气回肠！全词成功地刻画出一个志诚男子的形象，心理描写充分细腻，尤其是词的最后两句，直抒胸臆，画龙点睛般地揭示出主人公的精神境界，被王国维称

为“专作情语而绝妙者”。（康震）

王国维将这首词应用于古典诗词的理解上，认为作者创作的时候要表达的是一种意思，读者理解的时候往往会赋予另一种意思。所以读者在阅读古诗词的时候，其实是一种二次创作。你可以赋予作品一种新的意义，这个意义可能是作者在创作的时候没有展开，但在读的时候，可以赋予他新的意义。这样读古诗词，就不仅仅是一个记诵、理解的过程，还是一个践行、赋予新意的过程。这就需要把学习古诗词与当今的社会生活实际联系在一起。（王立群）

答案

为	伊	消	得	人	憔	悴

62

浊	潦	一	杯
酒	落	家	长
万	倒	新	里

嘉宾解读

词句出自范仲淹的《渔家傲·秋思》，为其著名的一首词。范仲淹作为一个文人无人不知、无人不晓，但作为一个军事长官却是很多人不

渔家傲·秋思

范仲淹

塞下秋来风景异，衡阳雁去无留意。四面边声连角起，千嶂里，长烟落日孤城闭。浊酒一杯家万里，燕然未勒归无计。羌管悠悠霜满地，人不寐，将军白发征夫泪。

知道、不太了解的。范仲淹生活的那个时代，北宋面临着来自两个方面的威胁：北方是契丹族建立的辽，西北方是党项人建立的西夏。就在范仲淹任职期间，1038年，党项人元昊建立了西夏政权。范仲淹就在这个时候，和另一个大臣韩琦被派到西北主持边防事务，并在完善北宋的西北军事防务方面做出了很大的贡献。因为他实实在在地经历过边地军事战争，很了解戍边将士的辛苦，所以《渔家傲·秋思》才写得这么漂亮。这与他从军生涯的经历密不可分。（王立群）

答案

浊	酒	一	杯	家	万	里

63

一	枝	出	意
红	来	闹	春
梅	杏	头	风

玉楼春·春景

宋祁

东城渐觉风光好，縠皱波纹迎客棹。绿杨烟外晓寒轻，红杏枝头春意闹。　浮生长恨欢娱少，肯爱千金轻一笑？为君持酒劝斜阳，且向花间留晚照。

嘉宾解读

词句出自宋祁的《玉楼春·春景》。词上片从游湖写起，讴歌春色，描绘出一幅生机勃勃、色彩鲜明的早春图。下片则一反上片的明艳色彩、健朗意境，言人生如梦，虚无缥缈，匆匆即逝，因而应及时行乐，反映出“浮生若梦，为欢几何”的消极思想。作者宋祁也因词中“红杏枝头春意闹”一句而名扬词坛，被世人称作“红杏尚书”。（康震）

答案

64

玉	谁	泥	笛
新	家	飞	燕
无	声	啄	春

钱塘湖春行

白居易

孤山寺北贾亭西，水面初平云脚低。几处早莺争暖树，谁家新燕啄春泥？乱花渐欲迷人眼，浅草才能没马蹄。最爱湖东行不足，绿杨阴里白沙堤。

嘉宾解读

诗句出自白居易的《钱塘湖春行》。这首诗不但描绘了西湖旖旎骀荡的春光，以及世间万物在春色沐浴下的勃勃生机，而且将诗人陶醉在这良辰美景中的心态和盘托出，使人在欣赏西湖醉人风光的同时，也在不知不觉中深深地被作者那对春天、对生命的满腔热情所感染和打动了。这里的“新燕”很容易出错，很多学生往往把“新燕”写成“春燕”。（王立群）

答案

春	风	江	先
鸭	绿	蓝	水
得	来	暖	知

惠崇春江晚景二首·其一

苏轼

竹外桃花三两枝，春江水暖鸭先知。蒌蒿满地芦芽短，正是河豚欲上时。

嘉宾解读

诗句出自苏轼的《惠崇春江晚景二首·其一》。大师就是不一样，看到这首诗，就想起杜甫“便从襄阳下洛阳”一共连了好几个地名，你看苏轼这首诗，里头出现了好几种动物和植物，有竹子、鸭子、蒌蒿，还有河豚等，错落有致，竹外的桃花、蒌蒿满地芦芽短。诗人先从身边写起：初春，大地复苏，竹林已被新叶染成一片嫩绿，更引人注目的是桃树上也已绽开了三两枝早开的桃花，色彩鲜明，向人们报告春的信息。接着，诗人的视线由江边转到江中，那在岸边期待了整整一个冬季的鸭群，早已按捺不住，抢着下水嬉戏了。诗人又由江中写到江岸，更细致地观察描写初春景象：由于得到了春江水的滋润，满地的蒌蒿长出了新枝，芦芽儿吐尖了。这一切无不显示了春天的活力，惹人怜爱。诗人进而联想到，这正是河豚肥美上市的时节，引人更广阔地遐想。全诗洋溢着一股浓郁而清新的生活气息。（康震）

答案

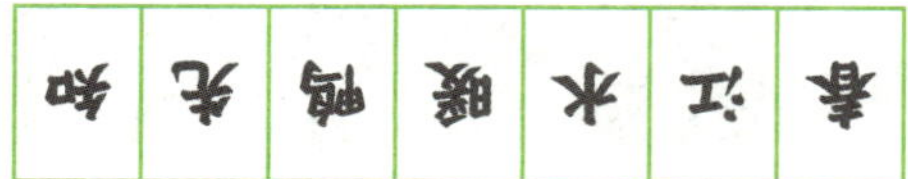

66

云	炙	百	里
月	八	和	麾
路	明	千	分

满江红·写怀

岳飞

怒发冲冠，凭栏处、潇潇雨歇。抬望眼、仰天长啸，壮怀激烈。三十功名尘与土，八千里路云和月。莫等闲、白了少年头，空悲切。　靖康耻，犹未雪；臣子恨，何时灭！驾长车，踏破贺兰山缺。壮志饥餐胡虏肉，笑谈渴饮匈奴血。待从头、收拾旧山河，朝天阙。

嘉宾解读

词句出自岳飞的《满江红·写怀》。关于此词的创作时间，历来有如下几种说法：第一种说法认为是岳飞第一次北伐，即岳飞三十岁出头时所作。如邓广铭先生就持此说。第二种说法认为是1136年（绍兴六年）。这年，岳飞第二次出师北伐，攻占了洛阳、商州和虢州，继而围攻陈、蔡地区。但岳飞很快发现自己已是孤军深入，既无援兵，又无粮草，不得不撤回鄂州（今湖北武昌）。此次北伐，岳飞壮志未酬，镇守鄂州时，写下了这首千古绝唱的名词《满江红》。第三种说法认为《满江红》创作的具体时间应该是在岳飞入狱前不久。词中有多处可以用来证明这一观点。“三十功名尘与土，八千里路云和月”这两句，历来是考证《满江红》

作者问题最为关键的内容。第四种说法认为《满江红》的作者根本就不是岳飞，因为词里头的一些词句，与南宋当时的实际史实有矛盾。其实这些都无关紧要，最重要的是要看这首诗所洋溢着的那种临危不惧，面对国破家亡的危机关头，诗人所显示出的义无反顾的决绝决心。这首词，代表了岳飞“精忠报国”的英雄之志，表现出一种浩然正气的英雄气质和报国立功的信心以及乐观主义精神。“壮志饥餐胡虏肉，笑谈渴饮匈奴血”，“待从头、收拾旧山河”，把收复山河的宏愿，把艰苦的征战，以一种乐观主义精神表现了出来。读了这首词，使人体会，只有胸怀大志、思想高尚的人，才能写出这样感人的词句。在岳飞的这首词中，词里句中无不透出雄壮之气，充分表现了作者忧国报国的壮志胸怀。这首词是中华民族历史上最具盛名的表现民族气节和奋斗精神的杰作。宋代以来，每到民族危亡之际，岳飞此词，都能激励起中华民族的爱国心。抗战期间，这首词以其低沉而雄壮的歌音，感染了中华儿女，奋起投入挽救民族危亡的抗战洪流中。（康震）

正是因为岳飞巨大的人格魅力，后世才在各地建庙纪念他。如河南汤阴的岳飞庙、开封的岳飞庙，以及浙江杭州西湖的岳飞庙等。历代文人雅士、志士仁人，在岳飞庙中留下了众多的纪念题刻。这些都给后人留下了巨大的精神财富。（王立群）

答案

67

敲	桃	落	棋
闲	流	鱼	去
花	也	春	水

浪淘沙·帘外雨潺潺

李煜

帘外雨潺潺，春意阑珊。罗衾不耐五更寒。梦里不知身是客，一晌贪欢。　独自莫凭阑，无限江山。别时容易见时难。流水落花春去也，天上人间。

嘉宾解读

词句出自李煜的《浪淘沙·帘外雨潺潺》。李煜的词，前面曾介绍过。虽然他是一个亡国之君，却是艺术上的一朵奇葩。他把生活和政治中的痛，酿成了艺术上的美，但这种美却是同时带着喜和泪的。他在艺术上的造诣确实很高，“梦里不知身是客”，觉得挺美，醒来以后，却是无限梦想付敌手，用寻常话语，传递出了不寻常的信息。（康震）

《浪淘沙》，原为唐教坊曲，又名《浪淘沙令》《卖花声》等。唐人多用七言绝句入曲，五代南唐李煜始演为长短句，双调，五十四字（宋人有稍作增减者），平韵，此调又由柳永、周邦彦演为长调《浪淘沙慢》。（蒙曼）

答案

流	水	落	花	春	去	也

68

两	长	计	此
情	可	若	是
除	久	无	消

一剪梅·红藕香残玉簟秋

李清照

红藕香残玉簟秋。轻解罗裳，独上兰舟。云中谁寄锦书来？雁字回时，月满西楼。　花自飘零水自流。一种相思，两处闲愁。此情无计可消除，才下眉头，却上心头。

嘉宾解读

词句出自李清照的《一剪梅·红藕香残玉簟秋》。李清照是千古才女，这是一首工巧的别情词作。李清照和赵明诚婚后，夫妻感情非常好，家庭生活充满了学术和艺术气氛，十分美满。所以，两人一经离别，两地相思，这是不难理解的。特别是李清照对赵明诚更为仰慕钟情，这在她的许多词作中都有所流露。这首词就是作者以灵巧之笔，抒写她如胶似漆的思夫之情的，反映出初婚少妇沉溺在情海之中的纯洁心灵。这种题材，在宋词中为数不少，若处理不好，必落俗套。然而，李清照这首词在艺术构思和表现手法上都有自己的特色，因而富有艺术感染力，仍不失为一篇杰作。其特点是：一、词中所表现的爱情是旖旎的、纯洁的、心心相印的。二、作者大胆地讴歌自己的爱情，毫不扭捏，磊落大方。三、语言明白如话，多用如“轻解罗裳，独上兰舟”“一种相思，两处闲愁”“才下眉头，却上心头”等偶句，读之朗朗上口，声韵和谐。（康震）

答案

除	消	可	计	无	情	此

69

千	一	里	广
江	安	陵	万
得	间	厦	日

嘉宾解读

诗句出自杜甫的《茅屋为秋风所破歌》。这是杜甫很著名的代表作，全诗叙述作者的茅屋被秋风所破以致全家遭雨淋的痛苦经历，抒

茅屋为秋风所破歌

杜甫

八月秋高风怒号，卷我屋上三重茅。茅飞渡江洒江郊，高者挂罥长林梢，下者飘转沉塘坳。南村群童欺我老无力，忍能对面为盗贼，公然抱茅入竹去。唇焦口燥呼不得，归来倚杖自叹息。俄顷风定云墨色，秋天漠漠向昏黑。布衾多年冷似铁，娇儿恶卧踏里裂。床头屋漏无干处，雨脚如麻未断绝。自经丧乱少睡眠，长夜沾湿何由彻？安得广厦千万间，大庇天下寒士俱欢颜，风雨不动安如山！呜呼！何时眼前突兀见此屋，吾庐独破受冻死亦足！

发了自己内心的感慨，体现了诗人忧国忧民的崇高思想境界，是杜诗中的典范之作。全篇可分为四段，第一段写面对狂风破屋的焦虑；第二段写面对群童抱茅的无奈；第三段写遭受夜雨的痛苦；第四段写期盼广厦，将苦难加以升华。前三段是写实式的叙事，诉述自家之苦，情绪含蓄压抑；后一段是理想的升华，直抒忧民之情，情绪激越轩昂。（康震）

像宋朝的知识分子。（蒙曼）

像生活在唐朝的宋代人。宋代的知识分子大都以天下为己任，如苏轼在《王定国诗集叙》中所说“古今诗人众矣，而杜子美为首，岂非以其流落饥寒，终身不用，而一饭未尝忘君也欤”。宋代知识分子大力提倡自杜诗以来一脉相承的“发于性止于忠孝”的传统。（康震）

答案

请说出诗词的上一句

请听题：“报得三春晖”，请说出上一句？

游子吟

孟郊

慈母手中线，游子身上衣。临行密密缝，意恐迟迟归。谁言寸草心，报得三春晖？

嘉宾解读

诗句出自孟郊的《游子吟》。这首诗大家都非常熟悉，但熟悉的诗往往你可能并不了解它背后的故事。“谁言寸草心，报得三春晖”？大家一般都会认为是年轻人写给母亲的。其实这是孟郊在四十六岁时写的。他考进士总考不中，考中的时候已经四十六岁了。考中进士后，他得了一个很小的官叫县尉，自己虽并不满意，但为了母亲，还是去上任了，并把母亲接来孝顺。四十六岁的人写出这样的诗，读后的确感觉到母爱如春光一样照在我们身上。我们必须佩服诗人的才华，并佩服诗人对母亲的孝顺。其实，他这个人做官很不安心，他任职的溧阳县郊区有一片水，就相当于现在的湿地一样，他上班的时候老到那里徘徊作诗，就耽误了很多公务，县令特别着急，就找了个人代他的班，俸禄当然也就被他俩人私下分了。没有了生活来源，孟郊的生活就比较穷困潦倒。苏轼说郊寒岛瘦，原因可能也就在这里。（康震）

而且我觉得正因为孟郊一生贫困，常年颠沛流离，所以更能够感受到亲情母爱的珍贵。（董卿）

答案

请听题：“对影成三人”，请说出上一句？

月下独酌四首·其一

李白

花间一壶酒，独酌无相亲。举杯邀明月，对影成三人。月既不解饮，影徒随我身。暂伴月将影，行乐须及春。我歌月徘徊，我舞影零乱。醒时同交欢，醉后各分散。永结无情游，相期邈云汉。

嘉宾解读

老师，我想请教一下，中国的诗词可以用方言来读吗？（选手）

这倒是法律上没有严格规定，只要你喜欢，用什么样的方言去读都可以。因为诗本来就是抒发性情的，只是别把人家的句子读错就可以了。（康震）

吟诵本来就有不同的版本，咱们北京的吟诵调和浙江、广东的吟诵调有特别大的差别。（蒙曼）

举杯邀明月

请听题：“二月春风似剪刀”，请说出上一句？

咏柳

贺知章

碧玉妆成一树高，万条垂下绿丝绦。不知细叶谁裁出，二月春风似剪刀。

嘉宾解读

诗句出自贺知章的《咏柳》。《咏柳》是盛唐诗人贺知章写的一首七言绝句，是一首咏物诗。诗的前两句连用两个新美的喻象，描绘春柳的勃勃生机，葱翠袅娜；后两句更别出心裁地把春风比喻为“剪刀”，将视之无形、不可捉摸的“春风”形象地表现了出来，不仅立意新奇，而且饱含韵味。柳树就像一位经过梳妆打扮的亭亭玉立的美女。柳，单单用碧玉来比有两层意思：一是碧玉这名字和柳的颜色有关，“碧”和下句的“绿”是互相生发、互为补充的。二是碧玉这个词在人们头脑中永远留下年轻的印象。“碧玉”二字用典而不露痕迹，南朝乐府有《碧玉歌》，其中“碧玉破瓜时”已成名句。还有南朝萧绎《采莲赋》有“碧玉小家女”，也很有名，后来形成“小家碧玉”这个成语。诗中把比喻和设问结合起来，用拟人手法刻画春天的美好和大自然的工巧，新颖别致，把春风孕育万物，形象地表现出来了，烘托出无限的美感。（康震）

答案

不知细叶谁裁出

请听题：“心有灵犀一点通”，请说出上一句？

无题二首·其一（节选）

李商隐

昨夜星辰昨夜风，画楼西畔桂堂东。身无彩凤双飞翼，心有灵犀一点通。

嘉宾解读

诗句出自李商隐的《无题》。无题诗是李商隐创的，是描写爱情的典范。需要说明的是，虽然所有的无题诗都是在写爱情，但并不意味着每一首都是写的李商隐自己的爱情经历，每天都在谈恋爱。无题诗的诗意很难解，比如这首诗，“身无彩凤双飞翼，心有灵犀一点通”，在美丽的房子里举行宴会，不可能像彩凤那样比翼双飞，只能以心灵沟通。这里描写的是一种可遇不可求的感觉：可

能是一次具体的恋爱，可能也指的是机遇，包括官场的机遇，可能指的是君臣之间，也可能指朋友之间，总之无题写的是一种非常难解的人生困惑，我觉得这是比较准确的一种解读。大家都在说他到底说了什么，古时候人说诗无达诂，解诗是没有准确答案的，有一千个读者就可能有一千个哈姆雷特，所以我们应该从这个方式去解读无题诗，他以诗的方式承载了人生的难题。（康震）

其实，就与“春蚕到死丝方尽，蜡炬成灰泪始干”一样，写的是什么已经不重要了，重要的是作者通过作品，抒发出的一种新境界。所以我想，中国的古诗词之所以能够流传到今天，也是因为这个道理。如果诗作只是局限于一时一地一人的话，就不可能感动一千年之后人的心灵。（蒙曼）

答案

请听题：“蜡炬成灰泪始干”，请说出上一句？

无题

李商隐

相见时难别亦难，东风无力百花残。春蚕到死丝方尽，蜡炬成灰泪始干。晓镜但愁云鬓改，夜吟应觉月光寒。蓬山此去无多路，青鸟殷勤为探看。

嘉宾解读

诗句出自李商隐的《无题》。这诗现在一般认为是形容老师的，但李商隐写的时候，更多地把这首《无题》定义为情诗，正确答案是：“春蚕到死丝方尽，蜡炬成灰泪始干。”特别喜欢李商隐的诗，有人说，李商隐的诗因为处于牛李党争时期，有很多事情他不能说，他的每首诗，很多时候给人以欲说还休的那种感觉。好的诗词，像是一面镜子，读者从中就能看到自己想看到的东西。所以李商隐的诗，就是一面适合很多人的镜子，能够让人们从中看到自己很多想看到的东西，美好也好，失落也罢；感慨也好，惆怅也罢。（选手）

诗词就是生活。这一首《无题》确实如选手所说，李商隐写了很多《无题》诗，大概有十五六首之多。也有后来学者总结说，七律无题诗格，就是从李商隐开始的，所以我读李商隐的无题诗就很感慨。古人写无题诗，有隐约不可明说的情感表达，为数众多的隐情诗，就是从他开始的。我猜想，李商隐的名字里有一个“隐”字，大概是冥冥中注定的。（郦波）

后人讲，“诗家都爱西昆好，只恨无人作郑笺”。大家都说西昆体太好了，实际上这一诗体的祖宗，就是李商隐。总得有人给诗作注释啊，但有谁能像郑玄那样有学问，像注经那样注诗？这没人。但我觉得这首诗让我特别感慨的是“晓镜但愁云鬓改，夜吟应觉月光寒”，这就是中国古代的忠恕之道。“晓镜但愁云鬓改”，我早上起来一照镜子，天呐，我已经如此憔悴了！自己为爱情已经如此憔悴，这就是忠，尽己之为忠，也就是尽自己之力去爱了。后来一转又转到了对方：我想，你应该是在夜里苦苦地吟诗，感觉非常寒冷，这叫“恕”，推己之为恕。这诗里有很多让我们想象的东西。其实，中国的诗美好，就美好在此。（蒙曼）

答案

春蚕到死丝方尽

请听题：“天气晚来秋”，请说出上一句？

嘉宾解读

诗句出自王维的《山居秋暝》。这是一首山水名诗，于诗情画意中

山居秋暝

王维

空山新雨后，天气晚来秋。明月松间照，清泉石上流。竹喧归浣女，莲动下渔舟。随意春芳歇，王孙自可留。

寄托了诗人的高洁情怀和对理想的追求。首联写山居秋日薄暮之景，山雨初霁，幽静闲适，清新宜人。颔联写皓月当空，青松如盖，山泉清冽，流于石上，清幽明净的自然美景。颈联写听到竹林喧声，看到莲叶分披，发现了浣女、渔舟。尾联写此景美好，是洁身自好的所在。全诗通过对山水的描绘寄慨言志，含蕴丰富，耐人寻味。“明月松间照，清泉石上流”，实乃千古佳句。住在山里头，王维跟我们现在一样，大城市已经没法生活了，“天气晚来秋”，只能到山里头呼吸一点新鲜空气了。（郦波）

怎么样才能有诗一样的生活？那先得把环境搞好了。《楚辞·招隐士》中说“王孙兮归来，山中兮不可以久留”，写了各种的鬼怪、山石；到王维这里就不一样了“空山新雨后，天气晚来秋。明月松间照，清泉石上流”，还有“竹喧归浣女，莲动下渔舟”，漂亮的姑娘生活在这里，连王孙都愿意留下来了，为什么非要到朝廷去做官呢？其实，《招隐士》是汉朝的作品。经历了南北朝之后，唐朝人和汉朝人的心境已经有所不同了，汉朝人在往前冲，唐朝人在王维的境界里冲了一阵子就返回来了，这就是儒家和道家结合在了一起，很有意思的。（蒙曼）

答案

请听题：“惟见长江天际流”，请说出上一句？

黄鹤楼送孟浩然之广陵

李白

故人西辞黄鹤楼，烟花三月下扬州。孤帆远影碧空尽，惟见长江天际流。

嘉宾解读

关于这首诗我插一句话：作为一个来自南京的学者，我说说古代扬州与南京的关系。在隋唐之前，扬州治所确实在南京，有人论证古代的扬州在南京时，举李白的这首诗就不对了。这首诗题目明确说是《黄鹤楼送孟浩然之广陵》，所以到这个时候广陵就是现代的扬州了。隋之前，所谓扬州刺史，治所都在南京。唐之后，扬州确实是现代的扬州了。现在经常见有人为此打笔墨官司。（郦波）

答案

孤帆远影碧空尽

请听题：“古来征战几人回”，请说出上一句？

凉州词

王翰

葡萄美酒夜光杯，欲饮琵琶马上催。醉卧沙场君莫笑，古来征战几人回？

嘉宾解读

诗句出自王翰的《凉州词》。我还想说说丝绸之路，如“葡萄美酒夜光杯”，就属于沿着丝绸之路而来的舶来品。其实这首诗的名字，也

来自丝绸之路上，为什么这样说呢？唐代开元年间，陇右节度使郭知运搜集了一批西域的曲谱，进献给了唐玄宗。唐玄宗交给教坊翻成中原的曲谱，并配上新的歌词演唱，就以这些曲谱产生的地名为曲调名。后来许多诗人都喜欢“凉州词”这个曲调，为其填写新词，因此唐代许多诗人都写有《凉州词》，如王之涣、王翰、张籍等。从内容看，葡萄酒是当时西域的特产，夜光杯是西域所进，琵琶更是西域所产，这些无一不与西北边塞风情相关。诗渲染了出征前盛大华贵的酒筵以及战士们痛快豪饮的场面，表现了战士们将生死置之度外的旷达、奔放的思想感情。该诗慷慨悲壮，广为流传，被明代王世贞推为唐代七绝的压卷之作。（蒙曼）

答案

醉卧沙场君莫笑

请听题：“谁家新燕啄春泥”，请说出上一句？

钱塘湖春行

白居易

孤山寺北贾亭西，水面初平云脚低。几处早莺争暖树，谁家新燕啄春泥？乱花渐欲迷人眼，浅草才能没马蹄。最爱湖东行不足，绿杨阴里白沙堤。

嘉宾解读

诗句出自白居易的《钱塘湖春行》。白居易被贬官，在杭州任职三年，真给杭州办了很多好事儿。第一个好事儿是修白堤，开挖了很多水道，让水能够从西湖流到杭州城里。最重要的好事儿，还是给杭州留下了十几首诗。当然还有词，就是《忆江南》：“江南好，风景旧曾谙。日出江花红胜火，春来江水绿如蓝。能不忆江南？”所以，文人雅士和一个城市之间的关系，是一种能动的关系，杭州西湖为什么那么有名，就和众多文人雅士留下的大量赞美的诗句和活动足迹有关。武汉的东湖，比西湖还要浩渺，为何没有杭州的西湖有名气，原因也就在这里。（蒙曼）

各地都有被称为西湖的湖泊，天下西湖三十六，唯独杭州的西湖最有名，原因也在这里。白居易在西湖修了白堤，苏东坡在西湖修了苏堤。（郦波）

答案

请听题：“天下谁人不识君”，请说出上一句？

嘉宾解读

诗句出自高适的《别董大》。唐朝诗人与歌唱家和艺术家的关系都特别密切，这是高适别董大，

> **别董大**
>
> 高适
>
> 千里黄云白日曛，北风吹雁雪纷纷。莫愁前路无知己，天下谁人不识君？

之前还讲过王维与李龟年，江上赠李龟年的红豆，“红豆生南国”，杜甫也有《江南逢李龟年》等。其实那个时候，诗和歌、诗和音乐是一体的。如果现在的诗人都能参与歌词创作的话，歌词肯定能提高非常多。（蒙曼）

答案

莫愁前路无知己

请听题：“飞入寻常百姓家”，请说出上一句？

嘉宾解读

诗句出自刘禹锡的《乌衣巷》。

董卿问我感触最深的是什么？我想从生活感触上说。（郦波）

因为你生活在南京？（董卿）

我经常从朱雀桥边走过，有时候心情一好，我就到那故居里去看看。（郦波）

现在朱雀桥是什么样子？（董卿）

那地方开发成了旅游景点，面貌改变不大，这说明现代人对传统文化保护的重视。我很感慨，我们的城市化进程是很快的，但一个城市不仅仅是单体建筑的简单集合，不仅仅是高楼大厦、立交桥、高架桥，更是一股从远古吹向未来的心灵之风，是一个民族生存发展的记忆载体。每个时代都在城市建设中留下了自己的痕迹，而保存城市的记忆，保护历史的延续性，保留人类文明发展的脉络，是人类现代文明发展的需要。人就像一滴水，很容易被蒸发。但在传统里就不会被蒸发，而是汇入大河大海，这样你就会获得一种永恒和不朽。我们的城市化进程，高楼大厦修了很多，历史的遗迹、文化的遗迹也在飞快地消失。这些，城市的建设者得反思。（郦波）

乌衣巷

刘禹锡

朱雀桥边野草花，乌衣巷口夕阳斜。旧时王谢堂前燕，飞入寻常百姓家。

我补充两句，刘禹锡的“旧时王谢堂前燕，飞入寻常百姓家”是史诗，是经典。因为这首诗最经典的，就是这两句话，就是“飞入寻常百姓家”。因为这两句话，揭示了中国古代非常重要的另外两句话“君子之泽，五世而斩；小人之泽，五世而斩”。王谢这两个大家族，到唐代都变成了寻常百姓之家，说明单纯依靠祖辈的辉煌，无法延续子孙后世的功业。子孙后世必须要付出自己的努力，否则你祖上即使是王谢那

样的世家大族也不行。（王立群）

答案

请听题："随风直到夜郎西"，请说出上一句？

闻王昌龄左迁龙标遥有此寄

李白

杨花落尽子规啼，闻道龙标过五溪。我寄愁心与明月，随风直到夜郎西。

嘉宾解读

诗句出自李白的《闻王昌龄左迁龙标遥有此寄》。其实我特别喜欢这首诗，感觉其情感非常流畅。"我寄愁心与明月，随风直到夜郎西"，最深的感情是最朴素的，这里几乎一个形容情感的词都没有，但你读起来就感觉，王昌龄人还没有到龙标，李白的心已经到了。他的心情蕴含着一种朴素的表现力，没有用特别煽情的口吻和凝重的语气表达离别，是侃侃而谈。（选手）

你对李白诗的风格把握得比较准确。李白就是这样一个人，写出来像说白话一样，感情却很深，看起来毫无雕饰，但里面的情很深，而且是一般人很难达到的那种境界。即使你想学这个风格，也是很难学到的。如果你有写作古典诗词的经验，你会体会得更深。（王立群）

我也很喜欢这首诗，不是钦佩诗里流露出来的才情，而是同情王昌龄。他和李白为什么是知己？两个人的命运差不多，都是倒霉命，都没有什么好运气。王昌龄比李白还倒霉，一辈子基本上都是在不停地被贬官，到最后也死得很惨。回老家的时候，路上为亳州刺史闾丘晓所忌恨，把他害死了。虽然王昌龄命运不济，但他有很多粉丝。他有一个铁杆

粉丝叫张镐，最终找了个机会替他报了仇，杖杀了闾丘晓。（郦波）

答案

请听题：“青山郭外斜”，请说出上一句？

过故人庄

孟浩然

故人具鸡黍，邀我至田家。绿树村边合，青山郭外斜。开轩面场圃，把酒话桑麻。待到重阳日，还来就菊花。

嘉宾解读

诗句出自孟浩然的《过故人庄》。这是一首田园诗，是作者孟浩然隐居鹿门山时，对去姓田的朋友家做客这件事的描写。既描写农家恬静闲适的生活情景，也写老朋友的情谊。通过写田园生活的风光，写出作者对这种生活的向往。诗由“邀”到“至”到“望”又到“约”一径写去，自然流畅，语言朴实无华，意境清新隽永。（郦波）

答案

请听题：“恨不相逢未嫁时”，请说出上一句？

节妇吟·寄东平李司空师道

张籍

君知妾有夫，赠妾双明珠。感君缠绵意，系在红罗襦。妾家高楼连苑起，良人执戟明光里。知君用心如日月，事夫誓拟同生死。还君明珠双泪垂，恨不相逢未嫁时。

嘉宾解读

诗句出自张籍的《节妇吟·寄东平李司空师道》。这首诗很有名，诗中讲了一个非常重要的意思，就两个字“节制”。节制是很高的境界，人都有欲望，面对欲望的时候，懂得节制，往往是很难做到的。所以节制是人生很高的一个境界。这首诗表达的就是这么一个意思。（王立群）

这首诗是唐诗中的佳作，具有双层面的内涵，全诗以比兴手法，委婉地表明态度，语言上极富民歌风味，对人物刻画细腻传神。在文字层面上，描写了一位忠于丈夫的妻子，经过思想斗争后终于拒绝了一位多情男子的追求，守住了妇道；在喻义层面上，表达了作者忠于朝廷、不被藩镇高官拉拢、收买的决心。（康震）

答案

还君明珠双泪垂

请听题：“还来就菊花”，请说出上一句？

过故人庄

孟浩然

故人具鸡黍，邀我至田家。绿树村边合，青山郭外斜。开轩面场圃，把酒话桑麻。待到重阳日，还来就菊花。

赛场花絮

昨天不就是重阳节？昨天晚上我给学生上课的时候，还有人给我送了非洲菊，没什么味道，特别鲜艳、特金黄的颜色。后来我说，这玩意插在瓶里几年？学生说：老师你是乐天派。我说，没事多过一天重阳，内心充满了快乐。（康震）

我正好想跟你们分享一下，王老师，你有没有遇到过收到特别有意义的礼物，或者是让你特别感动，和

学生之间发生的故事？（董卿）

学生把他的专著送给我，特别高兴。自己的学生写出来相当有水平、有质量的学术著作，做老师的觉得特别有成就感。（王立群）

"春蚕到死丝方尽，蜡炬成灰泪始干"，前面的节目中，我们曾经感谢过父母，今天不妨借这个机会，用我们自己最好的表现，来谢谢我们的老师，谢谢！（董卿）

答案

待到重阳日

请听题："莫待无花空折枝"，请说出上一句？

嘉宾解读

诗句出自杜秋娘的《金缕衣》。这两句诗意思是说爱情花朵绽开的时候，要勇敢地去摘取它。不要等到爱情的机遇走掉了才想到，那时候就只空留枝叶的摇荡了。（康震）

花开不多时，堪折直须折，莫待无花空折枝。（王立群）

这首诗收在清代康熙年间编的《全唐诗》面，但《全唐诗》有一个问题，就是版本并不是经过精心校勘的。比如说李白，所收李白名下的诗，有些就不是他创作的。所以，要经过校勘。杜秋娘这首诗是不是她本人所作，也有争议。有人认为是她作的，也有人认为不是她作的。但谁作的都不是特别重要。（选手）

杜秋娘是确有其人的。（董卿）

从我们看到的情况来说，在命题时，对诗是经过了考证的。也就是

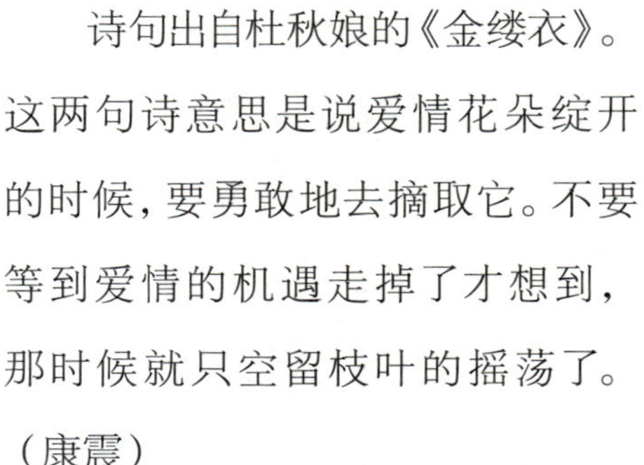

金缕衣

杜秋娘

劝君莫惜金缕衣，劝君惜取少年时。花开堪折直须折，莫待无花空折枝。

说，我们应当相信命题组在这方面是把关的。（王立群）

杜牧有一首诗就叫《杜秋娘》，很长的长诗，写了一个少女，然后到皇妃，到保姆，到最后被逐出宫。再读这首诗，就会有更深的体会。（董卿）

这些女诗人，因为是女性，本身在当时的社会里不可能有机会出来做官，最主要的任务就是相夫教子。因此对爱情的期待、渴望和失望，成了她们最核心的主题，就跟李清照一样。像杜秋娘的这首富有哲理性、涵义深永的小诗一样，它告诫人们不要重视荣华富贵，而要爱惜少年时光，可以说它劝喻人们要及时摘取爱情的果实，也可以说是启示人们要及时建立功业。正因为它没有说得十分具体，反而更觉内涵丰富。（康震）

答案

花开堪折直须折

请听题：“草色遥看近却无”，请说出上一句？

早春呈水部张十八员外

韩愈

天街小雨润如酥，草色遥看近却无。最是一年春好处，绝胜烟柳满皇都。

嘉宾解读

诗句出自韩愈的《早春呈水部张十八员外》。此诗作于唐穆宗长庆三年（823）早春，当时韩愈已经五十六岁，任吏部侍郎。虽然时间不长，但此时心情很好。此前不久，镇州（今河北正定）藩镇叛乱，韩愈奉命前往宣抚，最终说服叛军，平息了一场叛乱。穆宗非常高兴，把他从兵部侍郎任上调为吏部侍郎。此诗是写给当时任水部员外郎的诗人张籍的。张籍在兄弟辈中排行十八，故称“张十八”。大约是韩愈约张籍

游春，张籍因以事忙年老推辞，韩愈于是作这首诗寄赠，极言早春景色之美，希望触发张籍的游兴。（康震）

答案

请听题：“客舍青青柳色新”，请说出上句？

送元二使安西

王维

渭城朝雨浥轻尘，客舍青青柳色新。劝君更尽一杯酒，西出阳关无故人。

嘉宾解读

诗句出自王维的《送元二使安西》（一作《谓城曲》）。此诗是王维送朋友去西北边疆时作的诗，诗题又名“赠别”，后有乐人谱曲，名为“阳关三叠”，大约作于安史之乱前。安西，是唐中央政府为统辖西域地区而设的安西都护府的简称，治所在龟兹城（今新疆库车）。这位姓元的友人是奉朝廷的使命前往安西的。唐代从长安往西去的，多在渭城送别。渭城即秦都咸阳故城，在长安西北的渭水北岸。该诗的三四两句非常有名，构成一个整体。要深切理解这临行劝酒中蕴含的深情，就不能不涉及“西出阳关”。处于河西走廊西尽头的阳关，和它北面的玉门关相对，从汉代以来，一直是内地通往西域的要道。唐代国势强盛，内地与西域往来频繁，从军或出使阳关之外，在盛唐人心目中是令人向往的壮举。但当时阳关以西还是穷荒绝域，风物与内地大不相同。朋友“西出阳关”，虽是壮举，却又不免经历万里长途的跋涉，备尝独行穷荒的艰辛寂寞。因此，这临行之际“劝君更尽一杯酒”，就像是浸透了诗人全部丰富深挚情谊的一杯浓郁的感情琼浆。这里面，不仅有依依惜别的情谊，而且包含着对远行者处境、心情的深情体贴，包含着前路珍重的殷切祝愿。对于送行者来说，劝对方“更尽一杯酒”，不只是让朋友多带走自己的一份情谊，而且有意无意地延宕分手的时间，好让对方再多留一刻。“西出阳关无故人”之感，不只属于行者。临别依依，要说的话很多，但千头万绪，一时竟不知从何说起。这种场合，往往会出现无言相对的沉默，“劝君更尽一杯酒”，就是不自觉地打破这种沉默的方式，也是表达此刻丰富复杂感情的方式。（王立群）

答案

请听题：“农夫犹饿死”，请说出上一句？

嘉宾解读

诗句出自李绅的《悯农二首·其一》。李绅不仅是中唐时期新乐府运动的倡导者之一，而且是写新乐府诗的最早实践者。元稹曾说过：“予友李公垂，贶予乐府新题二十首。雅有所谓，不虚为文。予取其病时之尤急者，列而和之，盖十二而已。”所谓“不虚为文”，就含有“文章合为时而著，歌诗合为事而作”的意思。他的这首名诗提出了一个发人深省的问题：春种一粒粟，秋收万颗子，既然风调雨顺，五谷丰登，又是“四海无闲田”，大丰收为什么还会饿死人？那么丰收的粮食都到哪里去了呢？直接指出了社会问题，是朝廷有问题，说明政策有问题，人们不难知作者之意：“苛政猛于虎也！”诗人委婉而深刻地揭露了统治者、剥削者残酷剥

悯农二首·其一

李绅

春种一粒粟，秋收万颗子。四海无闲田，农夫犹饿死。

夺农民劳动果实的罪恶。所以这样的诗开了新的题材，是政府官员的良心发现，指出了失政的弊端。（康震）

答案

请听题：“夜静春山空”，请说出上句？

鸟鸣涧

王维

人闲桂花落，夜静春山空。月出惊山鸟，时鸣春涧中。

嘉宾解读

诗句出自王维的《鸟鸣涧》。此诗当作于唐玄宗开元年间作者游历江南时，当时大唐盛世，安定统一。这是王维寓居今绍兴东南五云溪（即若耶溪）时，题友人皇甫岳所居的云溪别墅所写的组诗《皇甫岳云溪杂题五首》中的第一首。描绘的是山间春夜中幽静美丽的景色，侧重于表现夜间春山的宁静幽美。全诗紧扣一“静”字着笔，极似一幅风景写生画。诗人用花落、月出、鸟鸣等活动着的景物，突出地显示了月夜春山的幽静，取得了以动衬静的艺术效果，生动地勾勒出一幅“鸟鸣山更幽”的诗情画意图。（康震）

答案

请听题：“海上明月共潮生”，请说出上一句？

嘉宾解读

诗句出自张若虚的《春江花月夜》。此诗共三十六句，每四句一换韵，以富有生活气息的清丽之笔，创造性地再现了江南春夜的景色，如同月光照耀下的万里长江画卷，同时寄寓着游子思归的离别相思之苦。诗篇意境空明，缠绵悱恻，洗净

春江花月夜（节选）

张若虚

春江潮水连海平，海上明月共潮生。滟滟随波千万里，何处春江无月明！

九月九日忆山东兄弟

王维

独在异乡为异客，每逢佳节倍思亲。遥知兄弟登高处，遍插茱萸少一人。

了六朝宫体的浓脂腻粉，词清语丽，韵调优美，脍炙人口，乃千古绝唱，素有“孤篇盖全唐”之誉。（康震）

答案

请听题：“每逢佳节倍思亲”，请说出上一句？

嘉宾解读

诗句出自王维的《九月九日忆山东兄弟》。这个题目还是深有感触的。我出国留学一年多，一次家也没有回过，直至录节目到现在，也没时间回。那天一位选手说了关于母亲的事儿，给我感触也很深。像我们这一代90年左右出生的人，很多都是独生子女，父母只有我们这一个孩子，假如我们要出国的话，万一他们真的需要我们，我能否赶回来真的是一个未知数。（朱文浩）

答案

独在异乡为异客

请听题：“便引诗情到碧霄”，请说出上一句？

嘉宾解读

诗句出自刘禹锡的《秋词二首·其一》。唐代诗人都有绰号，像

秋词二首·其一

刘禹锡

自古逢秋悲寂寥，我言秋日胜春朝。晴空一鹤排云上，便引诗情到碧霄。

“诗骨”陈子昂、“诗杰”王勃、“诗狂”贺知章、“诗家天子”“七绝圣手”王昌龄、“诗仙”李白、“诗圣”杜甫、“诗囚”孟郊、“诗奴”贾岛、“诗豪”刘禹锡、“诗佛”王维、“诗魔”白居易、“五言长城”刘长卿、“诗鬼”李贺、“杜紫微”杜牧、“温八叉”温庭筠等。刘禹锡为什么是“诗豪”？他这个人命不好，与柳宗元一样，三十多岁因为犯了事儿，主要是政治上的问题，就被流放了，用他自己的话说，就是“巴山楚水凄凉地，二十三年弃置身”，意思是自己被贬谪到巴山楚水这些荒凉的地区，二十三年被弃置在这里。虽然流放，但他依然没有忘记诗歌创作，模仿当地民歌，作《竹枝词》十一首。《竹枝词》是古代四川东部的一种民歌，人们边舞边唱，用鼓和短笛伴奏。赛歌时，谁唱得最多，谁就是优胜者。刘禹锡任夔州刺史时，非常喜爱这种民歌，他学习屈原作《九歌》的精神，采用了当地民歌的曲谱，制成新的《竹枝词》，描写当地的山水风俗和男女爱情，富于生活气息。这就是诗豪的本色。（康震）

这和刘禹锡的性格有关。刘禹锡和柳宗元一样，都是“八司马事件”的主要人物，唐顺宗永贞元年（805），刘禹锡参加王叔文政治革新失败后，被贬离长安做连州刺史，半途又被贬为朗州司马。到了元和十年（815），朝廷有人想起用他以及和他同时被贬的柳宗元等人，于是他从朗州被召回京。这首诗，就是他从朗州回到长安时所写。诗通过人们在长安一座道士庙——玄都观中看花这样一件生活琐事，讽刺了当时的朝廷新贵。由于这首诗刺痛了当权者，他和柳宗元等再度被派为远州刺史。官是升了，政治环境却无改善。柳宗元这一贬没有熬过去，就死在了远州。而刘禹锡则经过了十四年，又回来了，又写了一首名为《再游玄都观》的诗。在这十四年中，皇帝由宪宗、穆宗、敬宗而文宗，换了四个，人事变迁很大，但政治斗争仍在继续。作者写这首诗，是有意重提旧事，向打击他的权贵挑战，表示决不因为屡遭报复就屈服妥协。刘禹锡这个人的性格非常好，好在什么地方？他把所有的事情都看得很透。其实人的一生中，坎坷、磕磕绊绊的事情非常多，最重要的是你个人的看法，你看开了，轻轻一笑就过去了，看不开，柳宗元最后就死了，很可惜。但是刘禹锡看得很开，晚年到了东都洛阳，还与白居易作诗唱和，一直到晚年还能活得很好。若要问刘禹锡长寿的秘诀是什么？我觉得很大程度上，他长寿的秘诀，就在于他看得开，把什么事情都能够看开，看得很轻。这样的诗人，让他写出来伤春悲秋的诗是不可能的，他觉得春不用伤、秋不必悲。刘禹锡对待生活的态度，非常值得我们学习。（王立群）

答案

晴空一鹤排云上

请听题：“蓝田日暖玉生烟”，请说出上一句？

锦瑟

李商隐

锦瑟无端五十弦，一弦一柱思华年。庄生晓梦迷蝴蝶，望帝春心托杜鹃。沧海月明珠有泪，蓝田日暖玉生烟。此情可待成追忆，只是当时已惘然。

嘉宾解读

诗句出自李商隐的《锦瑟》。

这首诗是李商隐最享盛名的代表作，但就诗的内容，又是最不易理解的一篇难诗。有人说是写给令狐楚家一个名叫“锦瑟”的侍女的爱情诗；有人说是睹物思人，写给亡妻王氏的悼亡诗；也有人认为中间四句诗可与瑟的适、怨、清、和四种声情相合，从而推断为描写音乐的咏物诗；此外还有影射政治、自叙诗歌创作等许多种说法，千百年来众说纷纭，莫衷一是。大体而言，还是以“悼亡”和“自伤”为主题的。（康震）

 答案 

沧海月明珠有泪

请听题：“江月年年只相似”，请说出上一句？

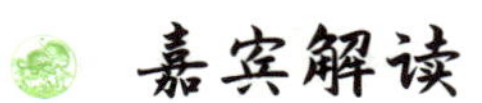

嘉宾解读

诗句出自张若虚的《春江花月夜》。《春江花月夜》为乐府吴声歌曲名，相传为南朝陈后主所作，原词已不传。《旧唐书·音乐志二》说：“《春江花月夜》《玉树后庭花》《堂堂》，并陈后主所作。叔宝常与宫中女学士及朝臣相和为诗，太乐令何胥又善于文咏，采其尤艳丽者以为此曲。”后来，隋炀帝又曾作过此曲。《乐府诗集》卷四十七收《春江花月夜》七篇，其中有隋炀帝的两篇。张若虚的这首为拟题做诗，虽与原先的曲调已不同，却是最有名的。（康震）

春江花月夜（节选）

张若虚

江天一色无纤尘，皎皎空中孤月轮。江畔何人初见月？江月何年初照人？人生代代无穷已，江月年年只相似。不知江月待何人，但见长江送流水。

答案

人生代代无穷已

请听题：“遥知不是雪，为有暗香来”，请说出上一联？

梅花

王安石

墙角数枝梅，凌寒独自开。遥知不是雪，为有暗香来。

嘉宾解读

诗句出自王安石的《梅花》。王安石不仅是政治家、改革家，在诗词创作上也有很深的造诣。此诗最妙在哪里呢？妙在后面的两句“遥知不是雪，为有暗香来”，绽放的梅花，是沁人心脾的。王安石写得非常好，原来以为是飘落的雪花，其实不是，因为雪花没有香味。沙宝亮也有一首歌叫《暗香》，香怎么称暗香呢？意思是香味悠悠，沁人心脾。（康震）

王安石的变法主张被推翻，两次辞相两次再任，最终放弃了改革。这首诗是王安石罢相之后退居钟山所作。王安石的诗词写得最好的，是他晚年的作品。作者在北宋极端复杂和艰难的局势下，积极改革，而得不到支持，其孤独的心态和艰难处境，与梅花自然有共通的地方。这首小诗通过对梅花不畏严寒高洁品性的赞赏，用雪喻梅的冰清玉洁，又用“暗香”点出梅胜于雪，说明坚强高洁的人格所具有的伟大魅力。首二句写墙角梅花不惧严寒，傲然独放，末二句写梅花洁白鲜艳，香气远布，赞颂了梅花的风度和品格，这正是诗人幽冷倔强性格的写照。（王立群）

答案

墙角数枝梅

凌寒独自开

请听题：“长使英雄泪满襟”，请说出上一句？

蜀相

杜甫

丞相祠堂何处寻？锦官城外柏森森。映阶碧草自春色，隔叶黄鹂空好音。三顾频烦天下计，两朝开济老臣心。出师未捷身先死，长使英雄泪满襟。

嘉宾解读

诗句出自杜甫的《蜀相》。锦官城，古代成都的别称，也简称“锦城”。三国蜀汉时期，因成都蜀锦出名，成为蜀汉政权的重要财政收入，蜀汉曾设锦官和建立锦官城以保护蜀锦生产，锦官城的称呼便由此产生并声名远扬。《蜀相》是唐代诗人杜甫定居成都草堂后，翌年游览武侯祠时创作的一首咏史怀古诗。此诗借游览古迹，表达了诗人对蜀汉丞相诸葛亮雄才大略、辅佐两朝、忠心报国的称颂以及对他出师未捷而身死的惋惜之情。（王立群）

答案

出师未捷身先死

请听题：“王孙自可留”，请说出上一句？

山居秋暝

王维

空山新雨后，天气晚来秋。明月松间照，清泉石上流。竹喧归浣女，莲动下渔舟。随意春芳歇，王孙自可留。

嘉宾解读

诗句出自王维的《山居秋暝》。王维这个人很奇妙，既是诗人，又是大画家。他在陕西辋川有别业（别墅），别业的设计图就是他自己绘制的，我们有理由相信，他是一个自然景观的设计师。放现在，肯定也是持证上岗的设计师。这说明在唐代，像王维这样的大文人、大官员，是具备多方面才能的。苏轼说他“画中有诗，诗中有画”，像“明月松间照，清泉石上流”，有动、有静、有色彩，在这一首诗里面构成了完美的布局。（康震）

这首诗一个重要的艺术手法，是以自然美来表现诗人的人格美和一种理想中的社会之美。表面看来，这首诗只是用“赋”的方法模山范水，对景物作细致感人的刻画，实际上通篇都是比兴。诗人是通过对山水的描绘寄慨言志，在那貌似“空山”之中又找到了一个称心的世外桃源，诗人情不自禁地说：“随意春芳歇，王孙自可留！”本来，《楚辞·招隐士》说：“王孙兮归来，山中兮不可久留！”诗人的体会恰好相反，他觉得“山中”比“朝中”好，洁净纯朴，可以远离官场而洁身自好，所以就决然归隐了。（王立群）

答案

随意春芳歇

请听题：“孤帆一片日边来”，请说出上一句？

望天门山

李白

天门中断楚江开，碧水东流至此回。两岸青山相对出，孤帆一片日边来。

嘉宾解读

诗句出自李白的《望天门山》。此诗是开元十三年（725）李白初出巴蜀乘船赴江东，经当涂（今属安徽）途中行至天门山，初次见到天门山时有感而作。诗通过对天门山景象的描述，赞美了大自然的神奇壮丽，表达了作者初出巴蜀时乐观豪迈的感情，展示了作者自由洒脱、无拘无束的精神风貌。（康震）

答案

两岸青山相对出

请听题：“野渡无人舟自横”，请说出上一句？

滁州西涧

韦应物

独怜幽草涧边生，上有黄鹂深树鸣。春潮带雨晚来急，野渡无人舟自横。

嘉宾解读

诗句出自韦应物的《滁州西涧》。唐德宗建中二年（781）韦应物任滁州刺史时，时常独步郊外，这是他游览至滁州西涧时写下的诗情浓郁的小诗。此诗写的虽是平常的景物，但经诗人的点染，却成了一幅意境幽深的有韵之画，还蕴含了诗人一种不在其位、不得其用的无奈与忧伤情怀，也就是作者对自己怀才不遇的不平。（康震）

答案

春潮带雨晚来急

请听题：“夜阑卧听风吹雨，铁马冰河入梦来”，请说出上一联？

十一月四日风雨大作二首·其二

陆游

僵卧孤村不自哀，尚思为国戍轮台。夜阑卧听风吹雨，铁马冰河入梦来。

嘉宾解读

诗句出自陆游的《十一月四日风雨大作二首·其二》。这诗特好玩，大家都知道“夜阑卧听风吹雨，铁马冰河入梦来”这两句，谁知道第一首吗？（蒙曼）

铁马秋风大散关。（选手）

不是，是“溪柴火软蛮毡暖，我与狸奴不出门”。意思是：这么大的风这么大的雪，我和我家小猫不出门了。一个诗人面对同一件事儿，有时也会产生不同的情绪。（蒙曼）

陆游这人，一辈子也挺窝囊的，不过这不是他自己造成的，是时代让他窝囊的。这一点，他与辛弃疾不一样。陆游毕竟是一个文人，是一介书生。他自南宋孝宗淳熙十六年（1189）罢官后，闲居家乡山阴农村。此诗作于南宋光宗绍熙三年（1192）十一月四日，当时诗人已经六十八岁，虽然年迈，但爱国情怀丝毫未减，日夜思念报效祖国。诗人收复国土的强烈愿望，在现实中已不可能实现，于是，在一个“风雨大作”的夜里，触景生情，由情生思，在梦中实现了自己金戈铁马、驰骋中原的愿望。（康震）

答案

僵卧孤村不自哀
尚思为国戍轮台

请听题：“小荷才露尖尖角，早有蜻蜓立上头”，请说出上一联？

嘉宾解读

诗句出自杨万里的《小池》。杨万里，也称“诚斋先生”。因宋光宗曾为其书“诚斋”，故有此称呼。他的诗歌学习江西诗派，诗法自然，对哲理性的感悟都不是生憋出来的，而是从自然景物当中领悟出来的，最终摆脱了前人的束缚而自成一家，取得了更高的成就。如“小荷才露尖尖角，早有蜻蜓立上头”等，在他看来，小荷刚刚长出的那“尖尖角”，是新生力量的代表。其特点：一是诗人把自己的主观情感最大程度地投射在客观事物上。二是作诗想象奇特，不用奇奥生僻的字句，而是用浅近明白的语言和流畅的章法，近于口语。杨万里并不仅是一位只会吟诗

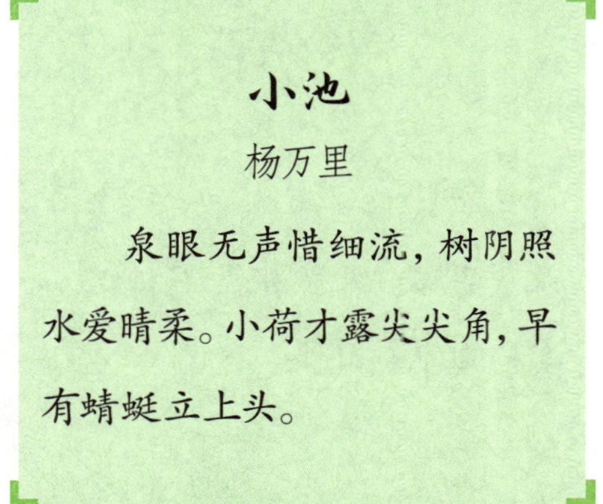

赋词、风花雪月的诗人，还是一位学者，不仅在诗歌创作上创造了自成风格的“诚斋体”，而且还有较为深厚的思想修养。在社会政治思想、理学思想、易学思想等方面，都形成了较为系统的体系。（康震）

答案

泉眼无声惜细流
树阴照水爱晴柔

请接续诗词的下一句

请听题：“少小离家老大回”，请接下一句？

> **回乡偶书**
>
> 贺知章
>
> 少小离家老大回，乡音无改鬓毛衰。儿童相见不相识，笑问客从何处来？

嘉宾解读

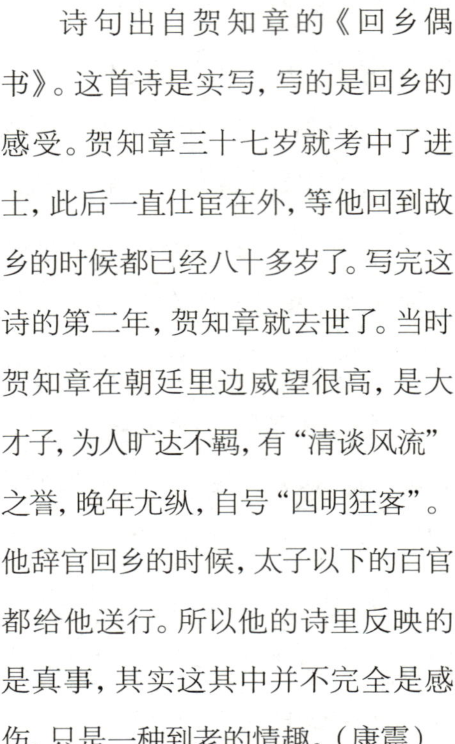

诗句出自贺知章的《回乡偶书》。这首诗是实写，写的是回乡的感受。贺知章三十七岁就考中了进士，此后一直仕宦在外，等他回到故乡的时候都已经八十多岁了。写完这诗的第二年，贺知章就去世了。当时贺知章在朝廷里边威望很高，是大才子，为人旷达不羁，有“清谈风流”之誉，晚年尤纵，自号“四明狂客”。他辞官回乡的时候，太子以下的百官都给他送行。所以他的诗里反映的是真事，其实这其中并不完全是感伤，只是一种到老的情趣。（康震）

我一直觉得这个人很顽固，他在朝廷为官这么多年，是要学官话的。以浙江口音，在朝廷里，大家是听不懂的。但他到老了还没有忘记自己的家乡话，我估计他是在两种语音中流走，这实际上也是很好玩的。（蒙曼）

答案

乡音无改鬓毛衰

请听题：“葡萄美酒夜光杯”，请接下一句？

凉州词

王翰

葡萄美酒夜光杯，欲饮琵琶马上催。醉卧沙场君莫笑，古来征战几人回？

嘉宾解读

诗句出自王翰的《凉州词》。王瀚在当时是一个非常著名的诗人，为人洒脱，不拘小节。这首诗属于边塞诗，边塞诗一般都是写生活很辛苦、打仗很残酷。可是你看这首诗“葡萄美酒夜光杯”，非常美，而打仗一般都在边疆地区，所以“欲饮琵琶马上催”——正要喝，催着打仗开始了。“醉卧沙场君莫笑”，我喝醉了，你可别笑，打仗能有几个人回来？战争很残酷，可在诗里却感觉不到一点残酷，诗人是很乐观的、非常向上的，使读者感觉到人生应当如此，不惧生死。什么叫浪漫？本来面对的是生死抉择，表现出的却不是凝重，而是轻快，所以这就是大唐的气象。（康震）

答案

欲饮琵琶马上催

请听题：“在天愿作比翼鸟”，请接下一句？

长恨歌（节选）

白居易

七月七日长生殿，夜半无人私语时。在天愿作比翼鸟，在地愿为连理枝。天长地久有时尽，此恨绵绵无绝期。

嘉宾解读

这是《长恨歌》里的诗句。这首诗，我觉得真是把杨贵妃和唐明皇给救了。因为这是一个很悲惨的故事，一个是几乎亡了国的君主，一个是被杀的宠妃，这在古代是属于红颜祸水的故事。但是《长恨歌》一出来，大家就知道了一个凌驾于一切的爱情故事，穿越时空、政治较量等等。现在我们记住的都是“在天愿作比翼鸟，在地愿为连理枝”，所以说一个文学作品的力量有多大，从这首诗里就可以看得出来了。（蒙曼）

其实，《长恨歌》就是长爱歌，是因为爱而不能相聚，才生出种种的长恨，所以能够爱的时候要多爱一点，以免留下遗恨。（康震）

答案

我们常说的“剪不断，理还乱，是离愁”出自李后主词，请问：该句的下一句是什么？

A. 恰似一江春水向东流

B. 自是人生长恨水长东

C. 别是一般滋味在心头

相见欢·无言独上西楼

李煜

无言独上西楼，月如钩。寂寞梧桐深院锁清秋。　剪不断，理还乱，是离愁。别是一般滋味在心头。

嘉宾解读

词句出自李煜的《相见欢·无言独上西楼》，为五代时期南唐后主李煜（存疑）被囚于宋国时所作的名篇。词牌名虽为《相见欢》，咏的却是离怨别愁。上片选取典型景物为感情抒发渲染铺垫，下片借用形象比喻委婉含蓄地抒发真挚的感情。

词中的缭乱离愁，不过是他宫廷生活结束后的一个插曲。由于当时已经归降宋朝，词里所表现的是他离乡去国的锥心怆痛。词作感情真实，深沉自然，突破了花间词以绮丽腻滑笔调专写“妇人语”的风格，是宋初婉约派词的开山之作。（康震）

答案

C

请听题：“两情若是久长时”，请接下一句？

嘉宾解读

词句出自秦观的《鹊桥仙·纤云弄巧》。看到这道题就乐了，也不知道今天的题出得为何这么有心？这是一首著名的写给异地恋人的词：“两情若是久长时，又岂在、朝朝暮暮？”（选手）

写给异地恋人的叫《鹊桥仙》，它在中国诗词中的情词排名榜上排前10名。《鹊桥仙》这个词牌，秦观之所以写得那么好，是因为他老师苏东坡；苏东坡之所以写得那么好，因为这个词是苏东坡的老师欧阳修首创的，经过三代人的积累，到秦观，就写出了巅峰之作。（郦波）

中国很早就有写情诗的传统，《古诗十九首》里面就有“迢迢牵牛星，皎皎河汉女”。但这一系列的作品，都是在述说欢乐太短了。到秦观，一下子翻上来了：欢乐短不重要，重要的是情分长，抵得上多少朝

鹊桥仙·纤云弄巧

秦观

纤云弄巧，飞星传恨，银汉迢迢暗度。金风玉露一相逢，便胜却、人间无数。　柔情似水，佳期如梦，忍顾鹊桥归路。两情若是久长时，又岂在、朝朝暮暮？

朝暮暮？所以词作一下子就提升到了很高的境界。（蒙曼）

请听题："月落乌啼霜满天"，请接下一句？

枫桥夜泊

张继

月落乌啼霜满天，江枫渔火对愁眠。姑苏城外寒山寺，夜半钟声到客船。

嘉宾解读

诗句出自张继的《枫桥夜泊》，为唐朝安史之乱后，诗人张继途经寒山寺时，写下的一首羁旅诗。在这首诗中，诗人精确而细腻地讲述了一个客船夜泊者对江南深秋夜景的观察和感受，勾画出了月落乌啼、霜天寒夜、江枫渔火、孤舟客子等景象，有景、有情、有声、有色。此外，这首诗也将作者的羁旅之思、家国之忧，以及身处乱世、尚无归宿的顾虑充分地表现出来，是写愁的代表作。有关这首诗，还有一个特别有名的历史典故。传说，唐代的武宗皇帝酷爱张继的《枫桥夜泊》诗，在他猝死前的一个月，还敕命京城第一石匠吕天方精心刻制了一块《枫桥夜泊》诗碑，当时还说自己升天之日，要将此石碑一同带走。于是在唐武宗驾崩后，此碑被殉葬于武宗地宫，置于棺床上首。并且，唐武宗临终颁布遗旨：《枫桥夜泊》诗碑只有朕可勒石赏析，后人不可与朕齐福，若有乱臣贼子擅刻诗碑，必遭天谴，万劫不复！因为这诗太好了，后人又想翻刻，但是北宋的王珪、明代的文徵明，包括清代的国学大师俞樾，都因书刻此诗不得好死。以至于抗日战争的时候，松井石根想抢夺这块碑的时候，还很害怕这个诅咒。（郦波）

答案

江枫渔火对愁眠

请听题：“感时花溅泪”，请接下一句？

嘉宾解读

这是杜甫《春望》里的“感时花溅泪，恨别鸟惊心”。这首诗中学语文课本里有，诗词鉴赏时，老师会说“感时花”怎么会掉泪？鸟怎么会惊心？实际上这是一种拟人手法。（选手）

这不是拟人的手法，是看花而溅泪，闻鸟而惊心。看春不当春，这是因为什么？因为国家破了，这些东西都没有了。天宝十四载（755）十一月，安禄山起兵叛唐。次年六月，叛军攻陷潼关，唐玄宗匆忙逃往四川。七月，太子李亨即位于灵武（今属宁夏），改元至德。至德二年春，身处沦陷区的杜甫目睹了长安城一片萧条零落的景象，百感交集，便写下了这首传诵千古的名作。所以我觉得如果要是真像你说的这样，那老师可是误导了好多人啊！（蒙曼）

《春望》是唐朝诗人杜甫的一首五言律诗。诗的前四句写春日长安凄惨破败的景象，饱含着兴衰感慨；后四句写诗人挂念亲人、心系国事的情怀，充溢着凄苦哀思。这首诗格律严整，颔联分别以“感时花溅泪”应首联国破之叹，以“恨别鸟惊心”应

春望

杜甫

国破山河在，城春草木深。感时花溅泪，恨别鸟惊心。烽火连三月，家书抵万金。白头搔更短，浑欲不胜簪。

颈联思家之忧。尾联则强调忧思之深导致发白而稀疏，对仗精巧，声情悲壮，表现了诗人的爱国之情。（郦波）

请听题：“亲朋无一字”，请接下一句？

登岳阳楼

杜甫

昔闻洞庭水，今上岳阳楼。吴楚东南坼，乾坤日夜浮。亲朋无一字，老病有孤舟。戎马关山北，凭轩涕泗流。

嘉宾解读

诗句出自杜甫的《登岳阳楼》。这首五言律诗写于诗人逝世前一年，即768年（唐代宗大历三年）。当时杜甫由夔州出三峡，暮冬腊月，泊舟岳阳城下，登楼远眺，触景生情，写下这首感怀之作。此诗开头写早闻洞庭盛名，然而到暮年才实现目睹名湖的愿望，表面看有初登岳阳楼之喜悦，其实意在抒发早年抱负至今未能实现之情。颔联写洞庭的浩瀚无边。颈联写政治生活坎坷，漂泊天涯，怀才不遇的心情。尾联写眼望国家动荡不安，自己报国无门的哀伤。（郦波）

答案

老病有孤舟

请听题：“松下问童子”，请接下一句。

嘉宾解读

诗句出自贾岛的《寻隐者不遇》。这首诗小学语文课本里有。（选手）

你会怎么样给学生讲解这首诗？（董卿）

寻隐者不遇

贾岛

松下问童子，言师采药去。只在此山中，云深不知处。

讲解时我把它编成小故事来教。你比如说，贾岛不是曾经出过家吗？是和尚。他兴致一来，就想去山中寻找自己的朋友。在去朋友住处的山路上，看到一个童子，问：你师父去哪里了？师父在家吗？童子对贾岛说：我师父没在家，采药去了。（选手）

你这个故事说得很一般。听听两位老师怎么说。（董卿）

蒙老师曾讲过，师父为什么是采药去而不是采花去了？其实这问题很有意思。我记得我读这首诗的时候，总容易把它想成松下问童子，总容易想成松子，每次吃松子的时候，想到这诗，就把松子和松下问童子连在一起，这诗其实给人一个想象的空间。（郦波）

诗中的“松”和“药”字不是白写的，是为了衬托隐士的“真”，松是青的，药是真的。这是隐士应有的风范，否则没有这样的心情，白白跑到山里，就索然无味了。（蒙曼）

答案

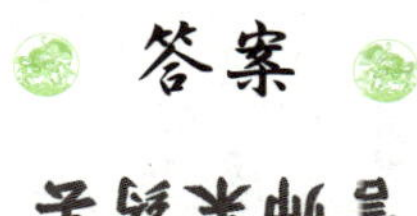

请听题：“故人西辞黄鹤楼”，请接下一句？

嘉宾解读

诗句出自李白的《黄鹤楼送孟浩然之广陵》。李白其实特别喜欢扬州，他早年出川之后，次年春天就到了扬州。为什么？当时扬州是国内除京城之外最繁华的地方，有“扬一益二”之说，也就是说扬州是天下

黄鹤楼送孟浩然之广陵

李白

故人西辞黄鹤楼，烟花三月下扬州。孤帆远影碧空尽，惟见长江天际流。

最繁华的地方，相当于现在全世界来看纽约。李白作为一个来自西部的青年，其实不是北漂，是东漂，一下漂到扬州去了，就像是现在的北漂来北京。（郦波）

答案

烟花三月下扬州

请听题：“洛阳亲友如相问”，请接下一句？

嘉宾解读

诗句出自王昌龄的《芙蓉楼送辛渐》。诗大约作于天宝元年（742）王昌龄出为江宁（今南京市）丞时。开元十五年（727），王昌龄进士及第，开元二十七年（739）远谪岭南，次年北归，自岁末起任江宁丞，仍属谪宦。辛渐是王昌龄的朋友，这次拟由润州渡江，取道扬州，北上洛阳。王昌龄可能陪他从江宁到润州，然后在此分手。诗当为此时所作。（蒙曼）

还有一点，诗里提到的芙蓉楼，历史上一共有两座。王昌龄的一首《芙蓉楼送辛渐》使芙蓉楼天下闻名，成为名胜古迹。如今，两

芙蓉楼送辛渐

王昌龄

寒雨连江夜入吴，平明送客楚山孤。洛阳亲友如相问，一片冰心在玉壶。

处芙蓉楼，分别在江苏镇江和湖南洪江。1.唐天宝七载（748），诗人王昌龄由江宁丞谪贬为龙标尉，龙标为唐代县名，今湖南黔阳，治所在今湖南黔阳黔城镇。2.李白为好友王昌龄贬官而作《闻王昌龄左迁龙标遥有此寄》。其中的“夜郎”指隋代的夜郎县，其地当在今湖南辰溪一带；而龙标恰恰在辰溪以西，所以有“直到夜郎西”的说法。（郦波）

答案

一片冰心在玉壶

请听题：“野旷天低树”，请接下一句？

宿建德江

孟浩然

移舟泊烟渚，日暮客愁新。
野旷天低树，江清月近人。

嘉宾解读

诗句出自孟浩然的《宿建德江》。“野旷天低树，江清月近人”，古人经常能发现这种美，今人就很难发现。为什么？“移舟泊烟渚”，那时交通工具都很缓慢，古人出行，经常就像我们这个LOGO的图片上显示的“扁舟一叶”，很舒缓的。即使人在旅途，那心境也是非常舒缓的，往往会用诗词表现自己的情感、生活。我们今天匆匆忙忙地在地铁、公交里都埋头看手机，都在找WIFI信号、免费的上网信号，这种心境使人的整个生活的审美就变了。看看古人的审美情趣，我们都丢失了些什么？（郦波）

诗里有种入骨的孤独，“野旷天低树，江清月近人”，周围环境是如此的空旷，大江是如此的浩瀚，谁来和人亲近？只有一轮明月看起来和人越来越近了。可能今天的我们早已远离了这样的环境，进入到更

喧嚣的环境中，孤独不是一下子像孟浩然这样能感觉到的，很多时候在喧嚣人群中会更感孤独。有的时候，反倒不如这种在与大自然亲近时产生的既孤独但又宁静的心绪。（蒙曼）

答案

请听题：“柴门闻犬吠”，请接下一句？

> **逢雪宿芙蓉山主人**
>
> 刘长卿
>
> 日暮苍山远，天寒白屋贫。
> 柴门闻犬吠，风雪夜归人。

嘉宾解读

诗句出自刘长卿的《逢雪宿芙蓉山主人》。对这首诗的词句释义和意境理解，历来众说纷纭，莫衷一是。此诗表面看似乎字字“明白”，实则言简意约，含而不露，“情在景中，事在景中”，而情非直抒、事不明写，这给解读带来难度，歧义难免，多解必然。大约在唐代宗大历八年（773）至十二年（777）间的一个秋天，刘长卿受鄂岳观察使吴仲儒的诬陷获罪，因监察御史苗丕明镜高悬，才从轻发落，贬为睦州司马。《逢雪宿芙蓉山主人》写的是严冬，应在遭贬之后。上半首似言自己被害得走投无路，希望获得一席净土，可在冷酷的现实之中，哪有自己的立身之所？下半首似言绝望中遇上救星苗丕，给自己带来了一点可以喘息的光明，当然也包含无限的感激之情。以此看来，这首诗不仅是一幅优美的风雪夜归图，而且也反映了诗人政治生涯的艰辛。（郦波）

答案

风雪夜归人

请听题："会当凌绝顶"，请接下一句？

望岳

杜甫

岱宗夫如何？齐鲁青未了。造化钟神秀，阴阳割昏晓。荡胸生层云，决眦入归鸟。会当凌绝顶，一览众山小。

嘉宾解读

诗句出自杜甫的《望岳》。中国古代，"五岳四渎"都是帝王祭祀的地方，所以这些地方也成为很多文人墨客游览的地方。杜甫这首诗，在游泰山诗中很有名。这诗最好的地方在哪里？最后两句，写得非常漂亮！诗句反映了一个问题：一个人的高度，决定了他的眼界。这两句恰恰就印证了这一点：你只有站得高，才能看得更远。（王立群）

所以要登高。（郦波）

虽然这道题是"会当凌绝顶，一览众山小"，但今天能见到三位老师，我有一种"白日放歌须纵酒，青春作伴好还乡"的感觉。（选手）

答案

一览众山小

请听题："此情可待成追忆"，请接下一句？

嘉宾解读

诗句出自李商隐的《锦瑟》。我特别想问一下选手："只是当时已惘然"和"只是当时成惘然"两句哪个更好一些？（郦波）

我认为"只是当时成惘然"好。因为李商隐有豪情的一面，但纳兰性德可能更加深沉一点，"只是当时已惘然"，回首往事的时候还有一点淡然的从容，就惘然了。如果说你没有惘然，沉迷在其中，你就

锦瑟

李商隐

锦瑟无端五十弦，一弦一柱思华年。庄生晓梦迷蝴蝶，望帝春心托杜鹃。沧海月明珠有泪，蓝田日暖玉生烟。此情可待成追忆，只是当时已惘然。

感觉不到惘然，因为你还沉迷在里面。感觉惘然的时候，我感觉他已经有脱身于此时之外的一种感觉了。这句诗既非悼亡也不谈感情，而是喜怒哀乐的情绪。惘然者，已无踪迹。当时的心情可以回忆起来，但是当时的情景已经没有了踪迹。（选手）

纳兰更深情。（郦波）

答案

只是当时已惘然

请听题：“云横秦岭家何在”，请接下一句？

嘉宾解读

诗句出自韩愈的《左迁至蓝关示侄孙湘》。“云横秦岭家何在，雪拥蓝关马不前”，我非常喜欢的七律。它在一定程度上代表了中国自古至今文官——知识分子的骨气在里面。“欲为圣明除弊事”，国家命运比自己的生命更重要，这从一定意义上甚至可以说是韩愈的绝笔诗，因为他被贬到潮州后，没几年就

左迁至蓝关示侄孙湘

韩愈

一封朝奏九重天，夕贬潮州路八千。欲为圣明除弊事，肯将衰朽惜残年！云横秦岭家何在？雪拥蓝关马不前。知汝远来应有意，好收吾骨瘴江边。

去世了。我非常喜欢他，也很喜欢这首诗。（选手）

元和十四年（819）正月，唐宪宗命宦官从凤翔府法门寺真身塔中将所谓的释迦文佛的一节指骨迎入宫廷供奉，并送往各寺庙，要求官民敬香礼拜。时任刑部侍郎的韩愈，看到这种佞佛行为，便写了一篇《谏迎佛骨表》，劝谏阻止唐宪宗。指出信佛对国家无益，而且说自东汉以来信佛的皇帝都短命，结果触怒了唐宪宗，导致韩愈几乎被处死。经裴度等人说情，最后韩愈被贬为潮州刺史，责求即日上道。韩愈大半生仕宦蹉跎，五十岁才擢升刑部侍郎，两年后又遭此难，情绪十分低落，满心委曲、愤慨、悲伤。潮州州治潮阳在广东东部，距离当时的京师长安有千里之遥。韩愈只身一人，仓促上路，走到蓝田关口时，他的妻儿还没有跟上来，只有他的侄孙跟了上来，所以他写下这首诗。（郦波）

韩愈在中国儒学传播史上应当是非常重要的。他自己也很自负，认为自己是道统的继承者。中国儒家知识分子人格的建立，首推孟子，孟子在儒家人格的建立上发挥了巨大的作用。韩愈大力提倡儒学，以继承儒学道统自居，开宋明理学之先声。（王立群）

韩愈是古文运动的倡导者，主张继承先秦两汉散文传统，反对专讲声律对仗而忽视内容的骈体文。韩愈的文章气势雄伟，说理透彻，逻辑性强，被尊为“唐宋八大家”之首，时人有“韩文”之誉。杜牧把韩文与杜诗并列，称为“杜诗韩笔”；苏轼称他“文起八代之衰”。韩柳倡导的古文运动，开辟了唐以来古文的发展道路。（郦波）

答案

雪拥蓝关马不前

请听题："谁家玉笛暗飞声"，请接下一句？

春夜洛城闻笛

李白

谁家玉笛暗飞声，散入春风满洛城。此夜曲中闻《折柳》，何人不起故园情。

嘉宾解读

诗句出自李白的《春夜洛城闻笛》。李白的这类七言绝句写得都非常清爽，读了以后，让人觉得把心里的思念表达了出来。"洛城闻笛"这一类的题目，一看就是在他乡思念远方亲人的。诗中"此夜曲中闻《折柳》，何人不起故园情"，《折柳》一支给亲人，想让你留，你并不留。（康震）

这首诗是唐玄宗开元二十三年（735），李白游洛城（即洛阳）时所作。洛阳在唐代是一个很繁华的都市，时称"东都"。当时李白客居洛城，大概在客栈里，因偶然听到笛声而触发故园之情。（王立群）

答案

请听题："东风不与周郎便"，请接下一句？

赤壁

杜牧

折戟沉沙铁未销，自将磨洗认前朝。东风不与周郎便，铜雀春深锁二乔。

嘉宾解读

诗句出自杜牧的《赤壁》。这是诗人经过著名的赤壁（今湖北武昌西南赤矶山）古战场，有感于三国时代的英雄成败而写下的诗篇。诗人以小见大，即物感兴，托物咏史，点明赤壁之战关系到国家存亡、社稷安危；同时暗指自己胸怀大志不被重用。杜牧在此诗里，通过“铜雀春深”这一富于形象性的诗句，即小见大，这正是他在艺术处理上独特的成功之处。另外，此诗过分强调东风的作用，又不从正面歌颂周瑜的胜利，却从反面假想其失败。杜牧通晓政治军事，对当时中央与藩镇、汉族与吐蕃的斗争形势，有相当清楚的了解，并曾经向朝廷提出过一些有益的建议。如果说，孟轲在战国时代就已经知道“天时不如地利，地利不如人和”的原则，而杜牧却还把周瑜在赤壁战役中的巨大胜利，完全归之于偶然的东风，这是很难想象的。他之所以这样地写，恐怕用意还在于自负知兵，借史事以吐其胸中的抑郁不平之气。（康震）

答案

铜雀春深锁二乔

请听题：“何当共剪西窗烛”，请接下一句？

夜雨寄北

李商隐

君问归期未有期，巴山夜雨涨秋池。何当共剪西窗烛，却话巴山夜雨时。

嘉宾解读

诗句出自李商隐的《夜雨寄北》。这首诗在构思上非常巧妙，而且后面两句很有名，我记得前些年有一部电影叫《巴山夜雨》，年轻人记不得，当时我印象很深刻，大概就是“文化大革命”结束不久公映的。（王立群）

是反映“文化大革命”中对知识分子迫害的故事。（康震）

这首诗是晚唐诗人李商隐身居异乡巴蜀，写给远在长安的妻子（或友人）的一首抒情七言绝句，是诗人给对方的复信。诗即兴写来，写出了诗人刹那间情感的曲折变化。语言朴实，在遣词、造句上看不出修饰的痕迹。与李商隐的大部分诗词表现出来的辞藻华美，用典精巧，长于象征、暗示的风格不同，这首诗却质朴、自然，同样也具有“寄托深而措辞婉”的艺术特色。全篇构思新巧，跌宕有致，言浅意深，语短情长，具有含蓄的力量，千百年来吸引着无数读者，令人百读不厌。（王立群）

答案

却话巴山夜雨时

请听题：“白发三千丈”，请接下一句？

嘉宾解读

诗句出自李白的《秋浦歌十七首·其十五》。夸张是浪漫主义文学的重要表现手法之一，李白最善用之。如“高堂明镜悲白发，朝如青丝暮成雪”；“燕山雪花大如席”；“飞流直下三千尺，疑是银河落九天”等。这首诗大约作于唐玄宗李隆基的天宝末年，这时候唐朝政治腐败，诗人对整个局势深感忧虑。此时，李白已经五十多岁了，理想不能实现，反而受到压抑和排挤。这怎不使诗人愁生白发、鬓染秋霜呢？诗人用夸张的手法，抒发了他怀才不遇的苦衷。首句“白发三千丈”作了奇妙的夸张，似乎不近情理，一个人七尺身躯，而有三千丈的头发，根本不可能，那是白发魔女对不对？读到下句“缘愁似个长”才豁然明白，

秋浦歌十七首·其十五

李白

白发三千丈，缘愁似个长。
不知明镜里，何处得秋霜？

因为愁思像这样长。白发因愁而生，因愁而长，有形的白发被无形的愁绪所替换，于是这三千丈的白发，很自然地被理解为艺术的夸张。后两句通过向自己的提问，进一步加强对“愁”的刻画，抒写了诗人愁肠百结、难以自解的苦衷。“秋霜”代指白发，更具有忧伤憔悴的感情色彩。（康震）

答案

缘愁似个长

请听题：“嫦娥应悔偷灵药”，请接下一句？

嫦娥

李商隐

云母屏风烛影深，长河渐落晓星沉。嫦娥应悔偷灵药，碧海青天夜夜心。

嘉宾解读

诗句出自李商隐的《嫦娥》。嫦娥：古代神话中的月中仙女。《淮南子·览冥训》记载：“羿请不死之药于西王母，恒娥窃以奔月。”恒又作“姮”。云母屏风，嵌着云母石的屏风。此言嫦娥在月宫中独处，夜晚唯烛影和屏风相伴。长河句是说银河逐渐向西倾斜，晓星也将隐没，又一个孤独的夜过去了。碧海，《十洲记》：“扶桑在东海之东岸，岸直，陆行登岸一万里，东复有碧海，海广狭浩汗，与东海等，水既不咸苦，正作碧色。”此诗咏叹嫦娥在月中的孤寂情景，抒发了诗人的自伤之情。前两句分别描写室内、室外的环境，渲染空寂清冷的气氛，表现主人公怀思的情绪；后两句是主人公在一宵痛苦的思忆之后产生的感想，表达了一种孤寂感。（王立群）

答案

碧海青天夜夜心

请听题:“正是江南好风景”,接下一句?

江南逢李龟年

杜甫

岐王宅里寻常见,崔九堂前几度闻。正是江南好风景,落花时节又逢君。

嘉宾解读

诗句出自杜甫的《江南逢李龟年》。此诗作于唐代宗大历五年(770)杜甫在长沙的时候。李龟年是唐玄宗开元时期“特承顾遇”的著名歌唱家,常在贵族豪门歌唱。杜甫初逢李龟年,是在“开口咏凤凰”的青年时期,正值所谓“开元全盛日”。当时王公贵族普遍爱好文艺,杜甫即因才华早著而受到岐王李隆范和中书监崔涤的延接,得以在他们的府邸欣赏李龟年的歌唱。而一位杰出的艺术家,既是特定时代的产物,也往往是特定时代的标志和象征。在杜甫心目中,李龟年正是和鼎盛的开元时代、也和他自己充满浪漫情调的青少年时期的生活,紧紧联结在一起的。安史之乱后,杜甫漂泊到江南一带,和流落此地的宫廷歌唱家李龟年重逢,他乡遇见了故知,回忆起在岐王和崔涤的府第频繁相见和听歌的情景而感慨万千写下了这首诗。(康震)

答案

请听题:“南朝四百八十寺”,请接下一句?

嘉宾解读

诗句出自杜牧的《江南春》,写作时间应该是在唐武宗灭佛期间,或之后的唐宣宗大中时期。诗将自然风光和人文景观交织起来进行描写,把美丽如画的江南自然风景和

江南春

杜牧

千里莺啼绿映红，水村山郭酒旗风。南朝四百八十寺，多少楼台烟雨中。

烟雨蒙蒙中南朝的人文景观结合起来。在烟雨迷蒙的春色之中，渗透出诗人对历史兴亡盛衰的感慨和对晚唐国运的担忧。（王立群）

答案

多少楼台烟雨中

请听题：“此曲只应天上有”，请接下一句？

嘉宾解读

诗句出自杜甫的《赠花卿》。杨慎《升庵诗话》说：“花卿在蜀颇僭用天子礼乐，子美作此讥之，而意在言外，最得诗人之旨。”耐人寻味的

赠花卿

杜甫

锦城丝管日纷纷，半入江风半入云。此曲只应天上有，人间能得几回闻？

是，作者并没有对花卿明言指斥，而是采取了一语双关的巧妙手法，予以委婉的讽刺。（王立群）

答案

人间能得几回闻

请听题：“去年今日此门中”，请接下一句？

嘉宾解读

诗句出自崔护的《题都城南庄》。围绕这首诗，还有一个著名的故事。说的是唐朝的博陵（今河北安平）有一青年名叫崔护，容貌英俊，文才出众，来到都城长安参加进士

考试，结果名落孙山。由于距家路途遥远，便寻居京城附近，准备来年再考。清明时节，他一个人去都城南门外郊游，在一户庄园里，邂逅一位姿色艳丽、神态妩媚的少女。两人相互注视许久，两情相悦，崔护一步三回首，怅然而归。第二年清明节，崔护忽然想起此女，思念之情无法控制，于是直奔城南去找她。到那里一看，门庭庄园一如既往，但是大门已上了锁。崔护便在左边一扇门上题了这首《题都城南庄》诗。过了几天，他又来到城南，去寻找那位女子。听到门内有哭的声音，叩门询问时，有位老父走出来说："你是崔护吗？"答道：

题都城南庄

崔护

去年今日此门中，人面桃花相映红。人面不知何处去，桃花依旧笑春风。

"正是。"老父又哭着说："是你杀了我的女儿。"崔护又惊又怕，不知该怎样回答。老父说："我女儿已经成年，知书达理，尚未嫁人。自从去年清明开始，经常神情恍惚、若有所失。那天陪她出去散心，回家时，见在左边门扇上有题字，读完之后，她便一病不起，绝食而死。我老了，只有这么个女儿，迟迟不嫁的原因，就是想找个可靠的君子，借以寄托我的余生。如今她竟不幸去世，这不是你害死她的吗？"说完又扶着崔护大哭。崔护也十分悲痛，请求进去一哭亡灵。死者仍安然躺在床上，崔护抬起她的头让其枕着自己的腿，哭着祷告道："我在这里，我在这里！"不一会儿，女子睁开了眼睛。过了半天，便复活了。老父大为惊喜，便将女儿许配给了崔护。这个故事以及崔护的题诗后来衍生了一个典故，即"人面桃花"，被用来形容男女邂逅分离后男子追念的情形，用于泛指所爱慕而不能再见的女子，也形

容由此而产生的怅惘心情。后世文人创作，常用到这个典故。如晏几道的《御街行》、袁去华的《瑞鹤仙》等。（康震）

答案

请听题：“无边落木萧萧下”，请接下一句？

登高

杜甫

风急天高猿啸哀，渚清沙白鸟飞回。无边落木萧萧下，不尽长江滚滚来。万里悲秋常作客，百年多病独登台。艰难苦恨繁霜鬓，潦倒新停浊酒杯。

嘉宾解读

诗句出自杜甫的《登高》。这是杜甫非常有名的七律诗，诗中提到浊酒，李白的诗中也有清酒的说法。清酒和浊酒有何区别？解决这个问题，先要了解中国酒的历史及演变。酒的演变，在中国大致经历了三个阶段，即果酒、黄酒、烧酒（白酒）。原始社会初期，当人类还处于采集经济的时期，就发现吃了天然发酵的野果，会产生一种神奇的疗效，即医学上所说的“舒经活血”，于是原始人类便开始有意识地对采集来的野果进行人工发酵，这样最早的酒——果酒便产生了，它的酒精含量一般在15度左右。随着农耕时代的到来，粮食产量增加，在果酒的基础上，夏商时人们开始了谷物酿酒，原料主要为黍和稻，古代称为黍酒，其实就是我们今天所说的黄酒。浊酒就是没有经过过滤的黍酒，因为有酒渣在里面。而清酒就是滤去渣的酒。古代有专门过滤酒的器具。而陶渊明用脏兮兮的头巾滤酒（萧统《陶渊明传》）而饮，则展现的是无拘无束的名士风

度。古代常以酒的清与浑作为区别酒质量好坏的标准，清酒质量好，浑酒质量差。至于白酒什么时候出现，目前学术界有争议。李时珍《本草纲目》记载："烧酒非古法也，自元始创其法。"也就是说白酒在中国的发展最多有六七百年的历史。李白《行路难》"金樽清酒斗十千，玉盘珍馐值万钱"句，写李白离别京城，亲朋好友为他设宴饯行。金樽、玉盘，说明饮食器具的精美，"珍馐"说明菜肴也很珍贵。这样的宴席上，酒一定是上好的清酒，所以才能"斗十千"。而杜甫由于生活拮据，就只能饮价格低廉的浊酒了。但宋代以后，诗人在自己的作品中，往往清酒、浊酒分得不是那么清楚，有时候为了强调作品的效果，即使饮的是档次很高的清酒，也使用"浊酒"名称。因此大家不必拘泥于这个词的字面，其中包含着诗人自己对生活的一种感知。所以凡遇到古诗词中出现清酒和浊酒的时候，解读要特别小心，说清酒未必都是清酒，说浊酒未必是浊酒。（王立群）

答案

不尽长江滚滚来

请听题："君自故乡来"，请接下一句？

杂诗

王维

君自故乡来，应知故乡事。来日绮窗前，寒梅著花未？

嘉宾解读

诗句出自王维的《杂诗》。"君自故乡来，应知故乡事"，描写出诗人的踌躇、对方的诧异。这一问，看起来是问家乡的情况，但诗人只是笼统地以“故乡事”来设问，心里满腹的问题一时竟不知从何问起了。“来日绮窗前，寒梅著花未”？这一问倒令对方感到困惑，不问人事而问物事。可是正是这样一问，才是妙趣横生、令人回味无穷。其实诗人的真正目的，哪里是梅花啊？诗人想说的话、想问的问题，不知从何说起，对家乡的思念，竟在这一个不经意的问题之中。（康震）

请听题：“故人具鸡黍，邀我至田家”，请接下一句？

嘉宾解读

诗句出自孟浩然《过故人庄》。鸡黍，指农家待客的丰盛饭食（字面指鸡和黄米饭）。黍（shǔ），黄米，古代认为是上等的粮食。鸡黍待客，是有典故的。据记载：东汉时期，山阳金乡的范式与汝南张劭是京城洛阳太学里的同学，关系特别要好，毕业后范式约定两年后的九月十五日去张劭家拜访。转眼约期已到，张劭杀鸡煮黍准备待客。果然，十分守信的范式，走了几百里地登门拜访，让张家感动不已。（康震）

过故人庄

孟浩然

故人具鸡黍，邀我至田家。绿树村边合，青山郭外斜。开轩面场圃，把酒话桑麻。待到重阳日，还来就菊花。

答案

请听题：“横看成岭侧成峰，远近高低各不同”，请接下一联？

嘉宾解读

诗句出自苏轼的《题西林壁》。

题西林壁

苏轼

横看成岭侧成峰，远近高低各不同。不识庐山真面目，只缘身在此山中。

苏轼被贬官黄州，大家都很清楚。苏轼结束在黄州的贬谪生涯，到另外一个地方去做官，行程是从黄州出发，往东南走，路过庐山的时候，登上了庐山。那庐山上的和尚知道他是大文豪，就邀请他游山，在游山的过程中，他创作了这首诗。之前，苏轼之所以被贬谪，主要是因为他对王安石的变法有意见。他被贬黄州之后，由于与下层百姓接触很多，看到了王安石变法确实对民生有很多的帮助，所以在对待变法的态度上发生了很大的变化。因此我就在想，这时候他登上庐山，所吟的这首诗，肯定有他的言外之意。但他又不便直接表达，就用诗巧妙地表达了出来，这就是：世界上的事情如果不调查研究周全了，就很难知道他的真相。往往因为你身在其中，没有跳出其外，所以就难以客观地对待所遇的事物。（康震）

答案

不识庐山真面目

只缘身在此山中

请听题：“黄河远上白云间，一片孤城万仞山”，请接下一联？

嘉宾解读

诗句出自王之涣的《凉州词》。这首诗表达出戍边士兵的思乡怀土之情。诗的首句写极目远眺之景，描绘出黄河的蜿蜒雄壮。次句“一片孤城万仞山”写塞上孤城，意境萧杀悲怆。先写边塞的萧索

凉州词

王之涣

黄河远上白云间，一片孤城万仞山。羌笛何须怨《杨柳》，春风不度玉门关。

悲凉，以衬托戍守者的孤苦寂寥。第三句忽而一转，引入羌笛之声。羌笛所奏是《折杨柳》曲调，这就不能不勾起征夫的离愁。玉门关内或许春风和煦，关外却是杨柳不青，离人想要折一枝杨柳寄情也不能，征人怀着这种心情听曲，一个“怨”字，用词精妙，语调委婉，深沉含蓄，耐人寻味。这首诗写出戍边者不得还乡的怨情，但写得悲壮、苍凉，没有衰萎颓唐的情调，表现出诗人广阔的胸襟。也许正因为《凉州词》情调悲而不失其壮，所以才能成为“唐音”的典型代表。（王立群）

答案

羌笛何须怨《杨柳》
春风不度玉门关

请听题：“孤山寺北贾亭西，水面初平云脚低”，请接下一联？

钱塘湖春行

白居易

孤山寺北贾亭西，水面初平云脚低。几处早莺争暖树，谁家新燕啄春泥？乱花渐欲迷人眼，浅草才能没马蹄。最爱湖东行不足，绿杨阴里白沙堤。

嘉宾解读

诗句出自白居易的《钱塘湖春行》。这首诗就像一篇短小精悍的

游记，从孤山、贾亭开始，到湖东、白堤止，一路上，在湖青山绿那美如天堂的景色中，饱览了莺歌燕舞，陶醉在鸟语花香，最后，才意犹未尽地沿着白沙堤，在杨柳的绿荫底下，一步三回头，恋恋不舍地离去了。（康震）

答案

几处早莺争暖树
谁家新燕啄春泥

金铜仙人辞汉歌

李贺

茂陵刘郎秋风客，夜闻马嘶晓无迹。画栏桂树悬秋香，三十六宫土花碧。魏官牵车指千里，东关酸风射眸子。空将汉月出宫门，忆君清泪如铅水。衰兰送客咸阳道，天若有情天亦老。携盘独出月荒凉，渭城已远波声小。

请听题：“衰兰送客咸阳道”，请接下一句？

嘉宾解读

诗句出自李贺的《金铜仙人辞汉歌》。毛泽东主席特别喜欢三李的诗，即李白、李贺、李商隐。“雄鸡一唱天下白”，这是从李贺诗里来的。《金铜仙人辞汉歌》是唐代诗人李贺因病辞职由京师长安赴洛阳途中所作的一首诗。诗人借金铜仙人辞汉的史事，抒发兴亡之感、家国之痛和身世之悲。全诗既设想奇特，深沉感人，又形象鲜明，变幻多姿，充满了浪漫主义色彩，是李贺的代表作品之一。特别是其中“天若有情天亦老”一句，已成为传诵千古的名句，曾被毛泽东引用在其诗《七律·人民解放军占领南京》中。（康震）

答案

天若有情天亦老

请听题：“马上相逢无纸笔”，请说出下一句？

逢入京使

岑参

故园东望路漫漫，双袖龙钟泪不干。马上相逢无纸笔，凭君传语报平安。

嘉宾解读

诗句出自岑参的《逢入京使》。岑参出身于官僚贵族的家庭，开元三年（715）生于河南仙州（今河南许昌附近）。曾祖父岑文本唐太宗时为相，伯祖岑长倩唐高宗时为相，伯父岑羲唐睿宗时为相。但岑长倩被杀，五子同赐死，岑羲也因受牵连被杀，身死家破，岑氏亲族数十人被流徙。岑参的父亲岑植曾作过仙、晋（今山西临汾）二州刺史，不幸很早就去世。岑参幼年家境孤贫，只能从兄受学。他天资聪慧，五岁开始读书，九岁就能赋诗写文。这种聪明早慧，与他出生在书香门第的影响是分不开的。岑参的父亲开元八年（720）转晋州刺史，他随父居晋州。父死后，仍留居晋州，直至开元十七年（729），才移居嵩阳（今河南登封）。不久，又移居颍阳（今河南登封西南七十里颍阳镇）。年轻的诗人在这奇峰峻岭、古木流泉的幽静自然环境中潜心攻读，啸傲山林，不仅在学问上打下了广博的基础，而且也初步形成了他那种沉雄淡远、新奇隽永的诗风。（蒙曼）

答案

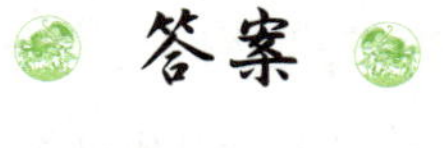

请听题："天门中断楚江开"，请接下一句？

望天门山

李白

天门中断楚江开，碧水东流至此回。两岸青山相对出，孤帆一片日边来。

嘉宾解读

诗句出自李白的《望天门山》。这诗大家都很熟悉，我就再插一句：这个天门山我去过，这诗还有另外一个版本"碧水东流直北回"，为什么是这样的呢？你不到当地去，就看不到那种景象。长江自安徽芜湖至江苏南京，忽然南北流向，所以芜湖、南京名为江南，实为江东。李白笔下的天门山，即在马鞍山附近。天门山由东西梁山组成——西梁山在安徽和县境内，东梁山在安徽芜湖境内（1983年由马鞍山市划出）。因为江水是向东流，到了这个地方，受到天门山阻挡，山体仿佛被江水从中间冲开似的，所以江水流到这里就往北边流去了。综观《望天门山》，可以感受作者十分注重景观的方向和位置，如"中断""东流""两岸""日边"，因此我觉得此处原句为"直北回"的可能性较大，而且比较符合作者的创作思想，只不过后来抄写的时候写成了"至此回"。有的诗，诗人现场地理环境所写的情形，跟我们有时候想的不一样。（康震）

跟"黄河远上白云间"一样，到底是"黄河远上白云间"还是"黄沙直上白云间"？里面有一个意境的问题。这句诗来自《全唐诗》中王之涣的七绝《凉州词》。该诗脍炙人口，一千多年来广为传诵，但对诗中第一句是"黄沙直上"还是"黄河远上"却一直争论不已，我以为应是"黄沙直上"。原诗是："黄沙直上白云间，一片孤城万仞山。羌笛何须怨《杨柳》，春风不度玉门关。”实际上，王之涣的这首《凉州词》同他的《登鹳雀楼》一样，采用的是不加渲染的白描手法，寓意于物，寓情于景。玉门关位于甘肃西部沙漠中的疏勒河谷，距黄河最近处（青海共和曲沟）的直线距离有770千米，距凉州的黄河（兰州）达1000千米。把“黄河远上白云间”搬到玉门关来，是与该词的特色和作者的风格大相径庭的。为何会出现这种情况呢？据1981年出版的沈祖棻《唐人七绝诗浅释》中，作者从文学角度对“黄沙直上”和“黄河远上”的韵味意境进行了比较，结论是“‘黄河远上’较富于美感”。或许这可能就是许多诗坛名家钟爱“黄河远上”，而摈弃“黄沙直上”的原因吧。至于此诗中的“天门山”，希望也不要搞错了，此山在安徽。湖南的张家界也有座天门山，我前几年去张家界旅游的时候，导游就给我们念这个诗，描写张家界的美丽景色，其实根本不是那么回事儿，一个湖南一个安徽，差老远呢！在张家界，是绝对看不到水、山的这种关系的。（蒙曼）

有可能真的不知道，可能就是说给游客听的，以讹传讹了，因为各地为了旅游的因素都在争名胜，至于是真还是假，那是另外的一个问题了。（董卿）

答案

碧水东流至此回

填空题

请填空：鸟宿池边树，僧□月下门。

嘉宾解读

诗句出自贾岛的《题李凝幽居》。这首诗的创作，还留下了一个著名的典故：一天，唐朝年轻的诗人贾岛去长安参加考试。他骑着毛驴，在大街上一边走一边想着他的诗句。突然，他想到了两句好诗：

题李凝幽居

贾岛

闲居少邻并，草径入荒园。鸟宿池边树，僧敲月下门。过桥分野色，移石动云根。暂去还来此，幽期不负言。

“鸟宿池边树，僧推月下门。”又一想，觉得“推”字改为“敲”字更好一些，他想的正入神时，只听得对面喊了一声：“干什么的？”还没弄清楚是怎么回事，便被拉下毛驴，带到了一个大官面前。原来，他碰见了大文学家韩愈和他的随从，等贾岛把事情说了一遍后，不但没有受罚，反倒引起了韩愈对诗句的兴趣，韩愈想了一会说：“还是‘敲’字好。静静的夜晚，在月光下，一个僧人敲门，这个情景是很美的。”于是“推”字就改为了“敲”字。后来，“推敲”便成为斟酌字句或反复考虑的意思。（康震）

答案

敲

请填空：劝君更□一杯酒，西出阳关无故人。

送元二使安西

王维

渭城朝雨浥轻尘，客舍青青柳色新。劝君更尽一杯酒，西出阳关无故人。

嘉宾解读

诗句出自王维的《送元二使安西》（一作《渭城曲》）。这里“尽”的意思是喝干，大家不醉不归。如果用“进”意思，就比较浅薄，只是再喝一杯的意思。其实从意思上来讲，“进”就是喝，“尽”就是干了，劝君把这杯酒干了，因为西出阳关没有故人了。王维送别朋友到安西都护府，他依依惜别，劝朋友把这杯酒干了，再往前走就没有人认识你，没有人敬你酒了。而“进”就是再喝一杯，显得没有那么激动、没有那么深情、没有那么贴合诗的情绪。（蒙曼）

答案

尽

请填空：□花香里说丰年，听取蛙声一片。

西江月·夜行黄沙道中

辛弃疾

明月别枝惊鹊，清风半夜鸣蝉。稻花香里说丰年。听取蛙声一片。　七八个星天外，两三点雨山前。旧时茅店社林边。路转溪桥忽见。

嘉宾解读

词句出自辛弃疾的《西江月·夜行黄沙道中》，是写乡村景色的。其实，词这种文学体裁，原来是不用来写乡村的，最早是反映男情女爱的。到了柳永，开始写城市生活。再到苏轼，开始写乡村，苏轼是第一个写乡村词的词人。可是苏轼毕竟不是一个农人，只是偶尔居住在乡村。但辛弃疾就不一样了，辛弃疾本来也没想当农民，他原是北方人，后来率领他的抗金义军投奔了南宋。可是南宋有个“潜规则”：凡是北边来的投奔之人，朝廷从骨子里是不信任的。辛弃疾是个军事家，带兵特棒，但得不到南宋朝廷的重用，他闲居乡里，闲来无事变成了一农民，于是创作了许多艺术水平很高的乡村词，词里特别有意境。读这词，眼前似乎能看见那星星雨点，能闻见稻香。（康震）

答案

稻

请填空：月上□梢头，人约黄昏后。

生查子·元夕

欧阳修

去年元夜时，花市灯如昼。月上柳梢头，人约黄昏后。　今年元夜时，月与灯依旧。不见去年人，泪湿春衫袖。

嘉宾解读

词句出自《生查子·元夕》，是宋代文学家欧阳修创作的一首元宵节约会词。该词画面感很强，一般认为是宋仁宗景祐三年（1036）词人怀念他的第二任妻子杨氏夫人所作。词的上片写去年元夜情事，头两句写元宵之夜的繁华热闹，为下文情人的出场渲染出一种柔情的氛围。后两句情景交融，写出了恋人在月光柳影下两情依依、情话绵绵的景象，制造出朦胧清幽、婉约柔美的意境。下片写今年元夜相思之苦。“月与灯依旧”与“不见去年人”相对照，引出“泪湿春衫袖”这一旧情难续的沉重哀伤，表达出词人对昔日恋人的一往情深。（康震）

答案

柳

请填空：侯门一入深如海，从此□郎是路人。

赠去婢

崔郊

公子王孙逐后尘，绿珠垂泪滴罗巾。侯门一入深如海，从此萧郎是路人。

嘉宾解读

诗句出自崔郊的《赠去婢》。萧郎所指为何人？一种说法是指萧史。相传春秋秦穆公之女弄玉，嫁善吹箫之萧史 ，日就萧史学箫作凤鸣，穆公为作凤台以居之。后夫妻乘凤飞天仙去。还有一种说法，萧郎原指风流多才的梁武帝萧衍，后用于泛指男子，此处是崔郊自指。秀才崔郊的姑母有一婢女，生得姿容秀丽，与崔郊互相爱恋，后却被卖给显贵于頔。崔郊念念不忘，思慕不已。一次寒食节，婢女偶尔外出与崔郊邂逅，崔郊百感交集，写下了这首《赠婢》。后来于頔读到此诗，便让崔郊把婢女领去，一时传为诗坛佳话。诗的内容写的是自已所爱者被劫夺的悲哀。但由于诗人的高度概括，便使诗作突破了个人悲欢离合的局限，反映了古代社会里，因门第悬殊而造成的爱情悲剧。诗的寓意颇深，表现手法却含而不露，怨而不怒，委婉曲折。（郦波）

答案

情

请填空：衰兰送客咸阳道，天若有□天亦老。

金铜仙人辞汉歌

李贺

茂陵刘郎秋风客，夜闻马嘶晓无迹。画栏桂树悬秋香，三十六宫土花碧。魏官牵车指千里，东关酸风射眸子。空将汉月出宫门，忆君清泪如铅水。衰兰送客咸阳道，天若有情天亦老。携盘独出月荒凉，渭城已远波声小。

嘉宾解读

诗句出自李贺的《金铜仙人辞汉歌》。这道题不应该答不出来！其实李贺此诗在宋代已经为人传诵，并且宋朝人还特为之作一对仗：“天

若有情天亦老，月如无恨月长圆”，号称工巧。（郦波）

此诗写作时间，距907年唐朝的覆灭仅有九十余年，诗人产生兴亡之感的原因，要联系当时的社会状况以及诗人的境遇来理解、体味。自从天宝末年爆发安史之乱以后，唐朝一蹶不振。唐宪宗虽号称“中兴之主”，但实际上他在位期间，藩镇叛乱此伏彼起，西北边陲烽火屡惊，国土沦丧，疮痍满目，民不聊生。诗人那“唐诸王孙”的贵族之家，也早已没落衰微。面对这严酷的现实，诗人的心情很不平静，急盼着建立功业，重振国威，同时光耀门楣，恢复宗室的地位。却不料进京以后，到处碰壁，仕进无望，报国无门，最后不得不含愤离去。此诗正是在这样的背景下创作的。毛主席“天若有情天亦老，人间正道是沧桑”，用的也是沧桑感。（蒙曼）

请填空：□中闻《折柳》，春色未曾看。

塞下曲六首·其一

李白

五月天山雪，无花只有寒。笛中闻《折柳》，春色未曾看。晓战随金鼓，宵眠抱玉鞍。愿将腰下剑，直为斩楼兰。

嘉宾解读

中国文学作品中，拿杨柳比喻思念之情，是很悠久的一个传统，从《诗经》就开始了。《折柳》是笛子吹奏的曲调名，全名是《折杨柳》，西晋时就有了，《乐府诗集》中就收有南朝梁、陈和唐朝人谱写的《折杨柳》歌词二十余首，都是伤别之辞。所以这两句本来也是联系着来考虑的，结果怎么会折在笛子上？（蒙曼）

就因为前一个曲字，“此夜曲中

闻《折柳》”，完全没有注意到下面。（选手）

“谁家玉笛暗飞声”，肯定是笛曲了。（郦波）

答案

请填空：李白乘舟将欲行，忽闻岸上□歌声。

赠汪伦

李白

李白乘舟将欲行，忽闻岸上踏歌声。桃花潭水深千尺，不及汪伦送我情。

嘉宾解读

诗句出自李白的《赠汪伦》。歌声为什么叫踏歌？踏歌是唐代流行的一种舞蹈形式，载歌载舞。为什么这首诗赠汪伦？（郦波）

唐玄宗天宝年间，泾县豪士汪伦听说大诗人李白南下旅居南陵其叔父李阳冰家，欣喜万分，写信给李白：“先生好游乎？此地有十里桃花。先生好饮乎？此地有万家酒店。”李白欣然而往。到了泾县，李白问汪伦：桃园酒家在什么地方？汪伦回答说：“桃花是潭水的名字，并无桃花。万家是店主人姓万，并没有万家酒店。”引得李白大笑。（选手）

当时汪伦在安徽，现在属于宣城，桃花潭遗址在那里。那个渡口包括那个潭，就叫“十里桃花潭”“十里桃花渡”，确实如他所说，一个姓万的老板开的酒店，叫“万家酒店”。（郦波）

其实是先有了这首诗，然后附会出来这故事，汪伦就是李白的“死忠粉”。（蒙曼）

我专门去过宣城。这个事情没

有定论，基本上是汪伦蒙老师的，仰慕的就是李白的名声。（郦波）

这个材料说明了我们中国人的智慧，中国人的幽默感，中国人的豪情。因为先有汪伦请李白，李白给汪伦写了这么一首美丽的诗，后来又演绎出了这么一个动人的故事。我觉得，有时候没有必要去争这个事情的真伪，本来很多历史就已经被淹没在历史的风尘中看不见了。这就是中国人的诗情：汪伦留了名了，唐朝人的精气神留了名了。我们看宋朝以后，哪还有踏歌这种事儿了？中原地区的老百姓既不能歌，也不善舞了，歌舞这种文化活动，现在已被认为是少数民族的特长了。其实中国古代的时候，我们汉族人也曾经是能歌善舞的，那时候心境比现在阳光很多。（蒙曼）

答案

阴

请填空：但使龙城飞将在，不教胡马度□山。

出塞二首·其一

王昌龄

秦时明月汉时关，万里长征人未还。但使龙城飞将在，不教胡马度阴山。

嘉宾解读

诗句出自王昌龄的《出塞二首·其一》。度阴山，很奇怪为什么叫阴山？阴山，蒙古语名为“达兰喀喇”，意思为“七十个黑山头”。它似莽莽巨龙横亘在内蒙古中部，东西绵延1200余千米。阴山不仅是我国内外河流域的重要分界线，历史上也是农耕区域和游牧区域的分界线，是中原王朝和北方游牧民族政权的天然屏障，一直是双方争夺的焦点，秦汉和匈奴、北魏和柔然、隋唐和突厥之争，都以阴山为主战场。在诗人们的笔下，吟咏阴山的诗作，也就自然而然地充满了慷慨悲凉、肃杀凄伤的气味。我曾去看过，那里的山都是黑糊糊的、光秃秃的，几乎不长任何植物，更没有什么树，黑山头、黑水。阴山还是一座“文化山”，如南北朝著名民歌“敕勒川，阴山下，天似穹庐，笼盖四野，天苍苍，野茫茫，风吹草低见牛羊”等，如实地描写了历史上阴山的风光和人类活动。（郦波）

历史上写阴山的诗最好的有两首，其一是王昌龄《出塞》。诗以平凡的语言，唱出雄浑豁达的主旨，气势流畅，一气呵成。诗人以雄劲的笔触，对当时的边塞战争生活作了高度的艺术概括，把写景、叙事、抒情与议论紧密结合，在诗里熔铸了丰富复杂的思想感情，使诗的意境雄浑深远，既激动人心，又耐人寻味。对《出塞》的评价历来很高，明代诗人李攀龙甚至推奖它是唐人七绝的压卷之作；杨慎编选唐人绝句，也列其为第一。其二是《敕勒歌》，应该说是北方民歌的压卷之作。（蒙曼）

答案

阴

请填空：花径不曾□客扫，蓬门今始为君开。

客至

杜甫

舍南舍北皆春水，但见群鸥日日来。花径不曾缘客扫，蓬门今始为君开。盘飧市远无兼味，樽酒家贫只旧醅。肯与邻翁相对饮？隔篱呼取尽余杯。

嘉宾解读

诗句出自杜甫的《客至》。“不

曾”和“今始”，属于虚词与虚词相对；上下两句又构成了流水对，很典型的。包括“唯将终夜长开眼，报答平生未展眉”，古诗里头尤其是格律诗里，非常讲究押韵、平仄、对仗，流水仗就属于很独特的一种。（郦波）

答案

请填空：绿杨烟外晓寒轻，红杏枝头春意□。

玉楼春·春景

宋祁

东城渐觉风光好，縠皱波纹迎客棹。绿杨烟外晓寒轻，红杏枝头春意闹。　浮生长恨欢娱少，肯爱千金轻一笑？为君持酒劝斜阳，且向花间留晚照。

嘉宾解读

词句出自宋祁的《玉楼春·春景》。补充一下我专业方面的知识，宋祁在我最初的认识中，不是“红杏尚书”，而是《新唐书》的修撰者，实际功名比欧阳修还高。（蒙曼）

尤其词中的“闹”这个字，将春天百花盛开的热闹生机表现得十足。因此王国维说：此句“着一‘闹’字，而境界全出”。这句诗在当时就特别受人称道，宋祁也因此被当时人雅称为“红杏枝头春意闹尚书”。围绕宋祁，还有一个非常有意思的故事，据说张先七十二岁时，去京城开封，工部尚书宋祁很看重他的文采，就去拜访他。可问题是张先的职务只是郎中，官衔比宋祁低，按规矩应该是张先去拜访宋祁才合乎礼节。但宋祁还是坚持先去拜访张先，他让仆人进门通报，说：“尚书想见‘云破月来花弄影郎中’。”张先在屏风后听到，立即回答：“是

‘红杏枝头春意闹尚书’吧？”两人相见大笑，摆酒谈诗，从此成为好友。张先原有一个外号叫“张三影”，原来叫“张三中”，是因诗句精工受人称赞而得。《古今诗话》中说：“有客谓子野（张先）曰：‘人皆谓公张三中，即心中事、眼中泪、意中人也。’公曰：‘何不目之为张三影？’客不晓。公曰：‘云破月来花弄影’‘娇柔懒起，帘幕卷花影’‘柳径无人，堕絮飞无影’，此余平生所得意也。”后来，人们就称呼他为“张三影”了。（郦波）

答案

嫁

请填空：还君明珠双泪垂，恨不相逢未□时。

嘉宾解读

诗句出自张籍的《节妇吟·寄东平李司空师道》。该诗的内容，反映了古代诗词中以男女喻君臣的文学传统。这首诗以节妇自比，以君比李师道。李师道时任平卢淄青节度使，又冠以检校司空、同中书门下平章事的头衔，其势炙手可热。他聘请张籍入幕，作为韩门大弟子的张籍，主张维护国家统一、反对藩镇割据分裂的立场一如其师，他不愿意但又不便严词拒绝，所以写了这首诗以明志。后来，民国诗人苏曼殊入道后，为拒绝那些无聊的追求者，也有“还君一钵无情泪，恨不相逢

节妇吟·寄东平李司空师道

张籍

君知妾有夫，赠妾双明珠。感君缠绵意，系在红罗襦。妾家高楼连苑起，良人执戟明光里。知君用心如日月，事夫誓拟同生死。还君明珠双泪垂，恨不相逢未嫁时。

未剃时”，就从此化出。（蒙曼）

这与现在好多女孩拒绝人家求爱的时候也会说“对不起，你去找一个比我更好的吧”一样，是比较婉转的说法。（董卿）

智慧的方式。（郦波）

答案

请填空：近乡情更□，不敢问来人。

渡汉江

宋之问

岭外音书断，经冬复历春。
近乡情更怯，不敢问来人。

嘉宾解读

此诗据说是宋之问于唐中宗神龙二年（706）途经汉水时所作。宋之问媚附武则天的男宠张易之，武氏去世后，唐中宗将其贬为泷州参军。泷州在岭南，唐时，属于极为边远的地区，贬往那里的官员，因不适应当地的自然地理条件和生活习俗，往往不能生还。神龙元年（705）十月，宋之问过南岭。次年春，即冒险私自逃回洛阳，途经汉江（指襄阳附近的一段汉水）时写下了此诗。是诗人久离家乡返归途中所写的抒情诗。前两句主要追叙久居岭外的情况，后两句抒写接近家乡时矛盾的心情。全诗表现出诗人对家乡和亲人的挚爱之情和游子归乡时不安、畏怯的复杂心理。（王立群）

而且“怯”字不光在这首诗里，从这“怯”字，也可以看出宋之问的人品问题。（郦波）

遭贬后偷偷逃回来，又怕连累家人，不敢问。（王立群）

回家也是偷偷的，第二年开春就自己偷偷跑回来了。（董卿）

是奉旨回去的。（王立群）

答案

请填空：春潮带雨晚来急，野□无人舟自横。

滁州西涧

韦应物

独怜幽草涧边生，上有黄鹂深树鸣。春潮带雨晚来急，野渡无人舟自横。

嘉宾解读

诗句出自韦应物的《滁州西涧》。在中唐前期，韦应物是个洁身自好的诗人，也是位关心民生疾苦的好官。在仕宦生涯中，他“身多疾病思田里，邑有流亡愧俸钱”，常处于进仕与退隐的矛盾中。他为中唐政治弊败而忧虑，为百姓生活贫困而内疚，有志改革而无力，思欲归隐而不能，进退两为难，只好不进不退，任其自然。韦应物曾明确说自己是“扁舟不系与心同”，表示自己虽怀智者之忧，但自愧无能，因而仕宦如同遨游，悠然无所作为。其实，《滁州西涧》抒发的，就是这样矛盾无奈的处境和心情。（郦波）

这首诗在文学史上非常有名，主要是因为这首诗的画面感非常强。所以到后来宋徽宗画院招生的时候，就以这首诗为考题。但是这里面有没有什么寓意？这个是有争论的。因为这首诗一开始，“独怜幽草涧边生”，“怜”是爱的意思，最喜欢的是“幽草涧边生”，他喜欢这样的小草。包括后面的“春潮带雨晚来急，野渡无人舟自横”等，这诗写景特别好。（王立群）

答案

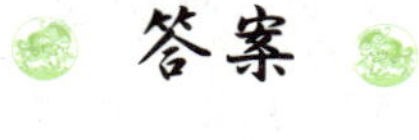

请填空：玄都观里桃千树，尽是□郎去后栽。

元和十年自朗州承召至京戏赠看花诸君子

刘禹锡

紫陌红尘拂面来，无人不道看花回。玄都观里桃千树，尽是刘郎去后栽。

嘉宾解读

诗句出自刘禹锡的《元和十年自朗州承召至京戏赠看花诸君子》。此诗通过人们在玄都观看花之事，含蓄地讽刺了当时掌管朝廷大权的新官僚。第一二句写人们去玄都观看花的情景，展示出大道上人欢马叫、川流不息的热闹场面，看花回来的人们“无人不道”花的艳丽，呈现出心满意足的神态。第三四句表面上写玄都观里如此众多艳丽的桃花，自己十年前在长安的时候还根本没有，离别长安十年后新栽的桃树长大开花了，实则是以桃花比喻朝中新贵，暗示他们是由于王叔文集团（刘禹锡属于该集团）失败，攀附了新的当权者才爬上去的。刘禹锡被贬在元和元年，十年后才重回，诗中的“刘郎”是双关语，既指刘晨亦是自指。刘禹锡也因为本诗“诗语讥忿”，触怒当权者，再次被贬黜出京城。白居易曾评价：“彭城刘梦得，诗豪者也，其锋森然，少敢当者。”刘克庄也以“精华老而不竭”一语，概括刘禹锡人品之“豪”。（王立群）

刘禹锡性格刚毅，有豪猛之气，虽屡被贬谪，但他始终不曾绝望，有着一个斗士的灵魂，写下《元和十年自朗州承召至京戏赠看花诸君子》《重游玄都观绝句》以及《飞鸢操》《华佗论》等诗文，屡屡讽刺、抨击政敌，由此导致一次次的政治压抑和打击。但这压抑和打击，却激起他更为强烈的愤懑和反抗，并从不同方面强化着他的诗人气质。他说：“我本山东人，平生多感慨。”这就是刘禹锡的骨气。这个骨气不是反骨，“自古逢秋悲寂寥，我言秋日胜春朝”，所以这是一种超越，并不是一味地与人反着来。（郦波）

这就是君子人格，这种君子人格表现在很多人身上。另外，刘禹锡的诗篇《秋词二首》，对秋天和秋色的感受也与众不同，一反过去文人悲秋的传统，赞颂了秋天的美好，并借黄鹤直冲云霄的描写，表现了作者奋发进取的豪情和豁达乐观的情怀。可以说，刘禹锡不是在悲秋，他悲秋的本质是对生命的一种反思。他热情赞美秋天，说秋天比那万物萌生、欣欣向荣的春天更胜过一筹，这是对自古以来那种悲秋论调的有力否定。颂扬秋天，不赞成悲秋，是顽强的生命意识在起作用，其实这和他的君子人格也是一致的。（王立群）

答案

枫

请填空：停车坐爱□林晚，霜叶红于二月花。

山行

杜牧

远上寒山石径斜，白云深处有人家。停车坐爱枫林晚，霜叶红于二月花。

嘉宾解读

诗句出自杜牧的《山行》。这首诗写得非常好，中国古代诗歌中，很多诗对节气很敏感，其中一类叫伤春，一类叫悲秋。看到暮春很感伤，甚至于看到早春也会有感伤。看到秋天特别是晚秋，感叹更是特别深。这实际上是作者本人对生命过程的

一种触动，因为生命的本质是一个过程，你尊重生命，就要敬畏生命的每一个过程，热爱生命的每一个过程，善待生命的每一个过程。春、夏、秋、冬是一个必然的过程，童年、少年、青年、老年也是一个过程。所以伤春也好，悲秋也好，实际上反映的是一种生命的自觉意识。悲秋这类题目，在中国文学史上起源很早。宋玉早就写过“悲哉，秋之为气也。萧瑟兮，草木摇落而变衰”。这首诗协调得比较好的地方在哪里？是赞美秋天，认为“霜叶红于二月花”。过去央视有一个栏目叫《夕阳红》，现在那首歌词还在传唱：“夕阳是迟到的爱，夕阳是未了的情，夕阳是晚开的花”，歌词写得非常漂亮，实际上是赞美人生的老年，赞美的是生命的一个阶段。我觉得杜牧这首诗煽情非常漂亮。（王立群）

答案

枫

请填空：天下三分明月夜，二分无赖是□州。

忆扬州

徐凝

萧娘脸下难胜泪，桃叶眉头易得愁。天下三分明月夜，二分无赖是扬州。

嘉宾解读

诗句出自徐凝的《忆扬州》。这里的“无赖”值得推敲。这句诗翻成大白话就是：天下三分明月夜，有两分在扬州。无赖，当然也有泼皮无赖的意思，可以佐证的是南宋词人辛弃疾：“最喜小儿无赖，溪头卧剥莲蓬”，一天不下地，就在那趴着。小儿无赖，就是小泼皮无赖，是说小孩特别可爱，无赖就是可爱的意思。实际上，扬州在唐代是极为繁

华的大都市，桥多水多，尤其适合赏月。南宋姜夔有“二十四桥仍在，波心荡，冷月无声”，也是写扬州月色的。（康震）

答案

请填空：唯有□□真国色，花开时节动京城。

赏牡丹

刘禹锡

庭前芍药妖无格，池上芙蕖净少情。唯有牡丹真国色，花开时节动京城。

嘉宾解读

诗句出自刘禹锡的《赏牡丹》。牡丹是中国特有的名花，春末开花，花大而美。但唐以前兰为“国香”，唐代高宗、武后时，牡丹始从汾晋（今山西汾河流域）被移植于京城，玄宗时犹视为珍品。此诗即写唐人赏牡丹的盛况。关于此诗的创作时间与地点，一种观点认为是唐文宗大（太）和二年（828）至五年（831）作者在长安时所作；一种观点认为是永贞革新时所作。国色天香指牡丹，现在已经被国人普遍认可了。（康震）

好像很长一段时间，我们的国花到底是牡丹还是菊花，一直争论不休。（董卿）

唐朝国花是牡丹。“一丛深色花，十户中人赋”，中人赋，是当时中等人家一年所纳的税。唐代赋税制度按百姓家产多少，分为上户、中户、下户。意思是一把上等的鲜花，可以抵十户中等人家一年交纳的赋税，这卖得很贵吧！不过，这也从另一方面反映出唐代对牡丹花的狂热和牡丹花价格的昂贵。（康震）

梅花、桂花、菊花，是古代诗人最喜欢吟诵的花卉。（董卿）

代表了人格人品。(康震)

这和中国人的审美趣向有关。中国古代有一种独特的审美意向，从先秦时期开始，最早表现出来的是“仁者乐山，智者乐水”。为什么？因为水流无论深的浅的，流过去都是平的，说明水很公平。水流遇到悬崖峭壁，会毫不犹豫地跳下去，我们今天叫瀑布，古人认为水很勇敢，百折不回。古代人总是把人美好的品德赋予自然界，于是才有了“岁寒三友”“出淤泥而不染”等。这是中国人所特有的，外国人不会有这种感觉，是具有民族个性化的东西。(王立群)

答案

请填空：乱花□欲迷人眼，浅草才能□马蹄。

嘉宾解读

诗句出自白居易的《钱塘湖春行》。花、草都属于自然意象，乱和浅都属于形容词。“乱花”对“浅草”，属于实词和实词相对，写出了初春特有的生机勃发之景。(康震)

钱塘湖春行

白居易

孤山寺北贾亭西，水面初平云脚低。几处早莺争暖树，谁家新燕啄春泥？乱花渐欲迷人眼，浅草才能没马蹄。最爱湖东行不足，绿杨阴里白沙堤。

答案

请填空：□海月明珠有泪，□田日暖玉生烟

嘉宾解读

诗句出自李商隐的《锦瑟》。李商隐天资聪颖，文思锐敏，二十出头即考中进士，但博学宏词科考试却

锦瑟

李商隐

锦瑟无端五十弦，一弦一柱思华年。庄生晓梦迷蝴蝶，望帝春心托杜鹃。沧海月明珠有泪，蓝田日暖玉生烟。此情可待成追忆，只是当时已惘然。

因遭人嫉妒而被刷下，从此怀才不遇。在“牛李党争”中左右为难，两方猜疑，屡遭排斥，大志难酬。中年丧妻，又因写诗抒怀，遭朝廷贬斥。他在情感上很丰富，但在政治上很失败。此诗为作者晚年的作品，对该诗的创作意旨，历来众说纷纭，莫衷一是。或以为是爱国之篇，或以为是悼念追怀亡妻之作，或以为是自伤身世、自比文才之论，或以为是抒写思念侍儿之笔。但因此诗创作于李商隐妻子死后，故五十弦似有“断弦”之意。作者在诗中追忆了自己的青春年华，伤感自己不幸的遭遇，寄托了悲慨、愤懑的心情。诗中借用庄生梦蝶、杜鹃啼血、沧海珠泪、良玉生烟等典故，采用比兴手法，运用联想与想象，把听觉的感受，转化为视觉形象，以片段意象的组合，创造朦胧的境界，从而借助可视可感的诗歌形象，传达出作者真挚浓烈而又幽约深曲的深思。全诗词藻华美，含蓄深沉，情真意长，感人至深。（康震）

答案

请填空：晓镜但愁云鬓□，夜吟应觉月光□。

嘉宾解读

诗句出自李商隐的《无题》。唐代以来，许多诗人作诗不愿意标出能够表示主题的题目时，常用“无题”作为标题。这是李商隐以“无题”为题目创作的最有名的一首寄情诗。整首诗的内容围绕着第一句

无题

李商隐

相见时难别亦难，东风无力百花残。春蚕到死丝方尽，蜡炬成灰泪始干。晓镜但愁云鬓改，夜吟应觉月光寒。蓬山此去无多路，青鸟殷勤为探看。

尤其是“别亦难”三字展开，“东风”句点了时节，但更是对人的相思情状的比喻。因情缠绵悱恻，人就像春末凋谢的春花那样没了生气。三四句是相互忠贞不渝、海誓山盟的写照。五六句则分别描述两人因不能相见而惆怅、怨虑，倍感清冷以至衰颜的情状。唯一可以盼望的是七八两句中的设想：但愿青鸟能频频传递相思之情。（康震）

答案

改、寒

请填空：感时花□泪，恨别鸟□心。

春望

杜甫

国破山河在，城春草木深。感时花溅泪，恨别鸟惊心。烽火连三月，家书抵万金。白头搔更短，浑欲不胜簪。

嘉宾解读

溅泪之“溅”字，写出悲苦难抑之情；惊心之“惊”字，写出触目惊心之状，情感都很强烈。（王立群）

答案

请填空：昔□洞庭水，今□岳阳楼。

登岳阳楼

杜甫

昔闻洞庭水，今上岳阳楼。吴楚东南坼，乾坤日夜浮。亲朋无一字，老病有孤舟。戎马关山北，凭轩涕泗流。

嘉宾解读

诗句出自杜甫的《登岳阳楼》。“闻”和“上”相对，都是动词。上下句互有省略，须互相补充、交互而对，意思方可补足。实际上是在说：昔闻洞庭湖边有岳阳楼，今上岳阳楼观洞庭湖。（康震）

答案

闻、上

请填空：三顾频□天下计，两朝开□老臣心。

蜀相

杜甫

丞相祠堂何处寻？锦官城外柏森森。映阶碧草自春色，隔叶黄鹂空好音。三顾频烦天下计，两朝开济老臣心。出师未捷身先死，长使英雄泪满襟。

嘉宾解读

诗句出自杜甫的《蜀相》。唐肃宗乾元二年（759）十二月，杜甫结束了为时四年的寓居秦州、同谷（今甘肃成县）颠沛流离的生活，到了成都，在朋友的资助下，定居在浣花溪畔。上元元年（760）春，探访诸葛武侯祠。满怀“致君尧舜”政治理想的杜甫，目睹安史之乱，国势艰危，生灵涂炭，自身又请缨无路，报国无门，因此对开创基业、挽救时局的诸葛亮，无限仰慕，备加敬重，他有感而发，写下这首感人肺腑的千古

绝唱。（王立群）

半、犹

请填空：战士军前□死生，美人帐下□歌舞。

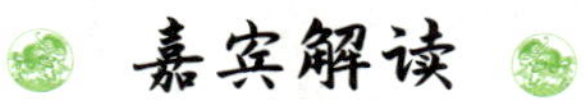

诗句出自高适的《燕歌行》。唐诗中常有强烈的对比，感染力很强。如杜甫的“朱门酒肉臭，路有冻死骨”。“战士军前半死生，美人帐下犹歌舞”这一强烈对比的对仗句，突出了军中的苦乐不均。《燕歌行》是高适边塞诗中思想性和艺术性最高的一首，诗意在慨叹征战之苦、谴责将领骄傲轻敌、荒淫失职、造成战争失利、使战士受到极大痛苦和牺牲的同时，反映了士兵与将领之间苦乐不同、庄严与荒淫迥异的现实。诗虽叙写边战，但重点不在民族矛盾，而是讽刺和愤恨不恤战士的将领。同时，也写出了为国御敌之辛勤，主题仍是雄健激越、慷慨悲壮。（康震）

自唐玄宗开元十八年（730）至二十二年，契丹多次侵犯唐边境。开元二十年，信安王李祎征讨奚、契丹，高适二次北上幽燕，希望到信安王幕府效力，未能如愿：“岂无安边书，诸将已承恩。惆怅孙吴事，归来独闭门。”可见他对东北边塞军事，是下过一番研究工夫的。开元二十一年后，幽州节度使张守珪

燕歌行（节选）

高适

校尉羽书飞瀚海，单于猎火照狼山。山川萧条极边土，胡骑凭陵杂风雨。战士军前半死生，美人帐下犹歌舞。大漠穷秋塞草腓，孤城落日斗兵稀。身当恩遇恒轻敌，力尽关山未解围。铁衣远戍辛勤久，玉箸应啼别离后。

经略边事，初有战功。但二十四年，张守珪让平卢讨击使安禄山讨奚、契丹，“禄山恃勇轻进，为虏所败”。开元二十六年，幽州将领赵堪、白真陀罗矫张守珪之命，逼迫平卢军使乌知义出兵攻奚、契丹，先胜后败。“守珪隐其状，而妄奏克获之功”。高适对这两次战败，感慨很深，因写此篇。主要是揭露主将骄逸轻敌，不恤士卒，致使战事失利。这在当时是需要足够的胆量和勇气的。（王立群）

答案

请填空：潮□两岸阔，风□一帆悬。

嘉宾解读

诗句出自王湾的《次北固山下》。“潮平两岸阔，风正一帆悬”这两句特别棒，一下就把对未来充满信心的那样一种精气神表现出来

> **次北固山下**
>
> 王湾
>
> 客路青山外，行舟绿水前。潮平两岸阔，风正一帆悬。海日生残夜，江春入旧年。乡书何处达？归雁洛阳边。

了。我觉得这首诗之所以能入当时号称“天下文宗”的宰相张说的法眼并把这首诗挂在自己的政事堂中，也就是宰相办公室，主要原因还在于这首诗充满了正能量。（康震）

答案

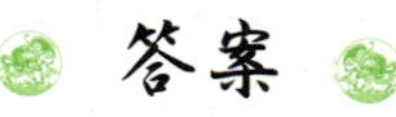

请填空：□□有心还惜别，替人垂泪到天明。

嘉宾解读

诗句出自杜牧的《赠别二首·其

赠别二首·其二

杜牧

多情却似总无情，唯觉樽前笑不成。蜡烛有心还惜别，替人垂泪到天明。

二》。该诗是杜牧在唐文宗大（太）和九年（835），由淮南节度使掌书记升任监察御史，离扬州奔赴长安，与在扬州结识的歌伎分别之作。诗着重写惜别，描绘与歌伎在筵席上难分难舍的情怀。首句写离筵之上压抑无语，似乎冷淡无情。次句以“笑不成”点明原非无情，而是郁悒感伤，实乃多情，回应首句。最后两句移情于烛，比喻形象，“蜡烛”本是有烛芯的，所以说“蜡烛有心”，而在诗人的眼里，烛芯却变成了“惜别”之心，把蜡烛拟人化了。蜡烛那彻夜流溢的烛泪，似乎是在为男女主人公的离别而伤心了。“替人垂泪到天明”，“替人”二字，使意思更深一层；“到天明”，又点出了告别宴饮时间之长，这也是诗人不忍分离的一种表现。（康震）

答案

请填空：庄生晓梦□蝴蝶，望帝春心□杜鹃。

锦瑟

李商隐

锦瑟无端五十弦，一弦一柱思华年。庄生晓梦迷蝴蝶，望帝春心托杜鹃。沧海月明珠有泪，蓝田日暖玉生烟。此情可待成追忆，只是当时已惘然。

嘉宾解读

诗句出自李商隐的《锦瑟》。

“此情可待成追忆，只是当时已惘然”，诗和散文的区别还是很大的。如果就这两句用现代白话文表述：这事情现在要回忆起来，那真是得说上三天三夜，想当初怎么怎么样，很啰嗦。用诗来说，就只有“此情可待成追忆”，很简洁，既有一种画面的美，又有一种感情上的迷离，一下就把那种想说却说不出来的感觉给点出来了。（康震）

答案

横、拥

请填空：云□秦岭家何在？雪□蓝关马不前。

左迁至蓝关示侄孙湘

韩愈

一封朝奏九重天，夕贬潮州路八千。欲为圣明除弊事，肯将衰朽惜残年！云横秦岭家何在？雪拥蓝关马不前。知汝远来应有意，好收吾骨瘴江边。

嘉宾解读

诗句出自韩愈的《左迁至蓝关示侄孙湘》。韩愈这个人是条汉子，胆子大。当时的皇帝是唐宪宗，宪宗佞佛，亲迎佛骨，这就引起了作为当朝儒家领袖韩愈的激烈反对，于是他就给皇帝上了一份措辞严厉的奏章。结果皇帝一怒之下，就把他贬到了潮州。“夕贬潮州路八千”，走到秦岭，遇见了侄孙韩湘。“云横秦岭家何在？雪拥蓝关马不前”，其中的“横”“拥”二字，大有天下之大却无路可走的悲壮感。明明为了朝廷着想，却遭受贬谪，他心中的苦，真的难以言表。古代被贬的官员非常苦，要在规定的时间，用规定的交通方式，到达指定的地点。“夕贬潮州路八千”，虽是一个比喻，但在当时由长安到潮州的旅途，确实也是很遥远的。（康震）

上奏是一门学问，你要是不说，

就觉得没有尽到你的责任。你要是说了呢？俗话说“祸从口出”“言多必失”，有时的结果却是很悲催。白居易也是如此，京城里发生了宰相被刺杀的案件，他认为要缉拿凶手，严惩凶手，结果因触犯了某些人的权威，而被贬荒蛮之地。（董卿）

其实亲迎佛骨这个事儿，当时并不是他韩愈一个人反对，人家也瞅着不好，但人家都会做人啊！心里头装着事不说，而韩愈不但说，而且说得还特难听，说：自从佛教传中原后，历朝凡信佛的皇帝，都没有一个长命的。唐宪宗虽然很愤怒，但他终归还是一个明白人，他曾跟宰相裴度说：我也知道韩愈是一个忠诚人，但他这么跟我说话，太有点那个了吧！你看，皇帝生气就生在这儿了。因此唐宪宗并没有真想杀韩愈，所以后来还是重用了他。（康震）

答案

惟、漫

请填空：酒困路长□欲睡，日高人渴□思茶。

浣溪沙·簌簌衣巾落枣花

苏轼

簌簌衣巾落枣花，村南村北响缫车，牛衣古柳卖黄瓜。　酒困路长惟欲睡，日高人渴漫思茶，敲门试问野人家。

嘉宾解读

词句出自苏轼的《浣溪沙·簌簌衣巾落枣花》。这首词是苏轼四十三岁在徐州（今属江苏）任太守时所作。北宋神宗元丰元年（1078）春天，徐州发生了严重旱灾，作为地方官的苏轼，曾率众到城东二十里的石潭求雨。得雨后，他又与百姓同赴石潭谢雨。在赴徐门石潭谢雨的路上，他写成组词《浣溪沙》，题为“徐门石潭谢雨道上作五首”，皆写初夏农村景色，此为其中第四首。词中的“惟”“漫”二字，看似漫不经心，实则质朴实在。全词意趣盎然地表现了淳厚的乡村风味。上片写初夏的田园风光，下片写主人公的感受和行踪。全词有景、有人、有形、有声、有色，乡土气息浓郁。日高、路长、酒困、人渴，字面上表现旅途的劳累，但传达出的仍是欢畅喜悦之情，传出了主人公体恤民情的精神风貌。作品既画出了初夏乡间生活的逼真画面，又记下了作者路途的经历和感受，为北宋词作的社会内容开辟了新天地。（康震）

答案

请填空：映阶碧草□春色，隔叶黄鹂□好音。

蜀相

杜甫

丞相祠堂何处寻？锦官城外柏森森。映阶碧草自春色，隔叶黄鹂空好音。三顾频烦天下计，两朝开济老臣心。出师未捷身先死，长使英雄泪满襟。

嘉宾解读

诗句出自杜甫的《蜀相》。《蜀相》是杜甫定居成都草堂后，于翌年游览武侯祠时创作的一首咏史怀古诗。此诗借游览古迹，表达了诗人对蜀汉丞相诸葛亮雄才大略、辅佐两朝、忠心报国的称颂，以及对他出师未捷而身死的惋惜之情。诗中既有尊蜀正统的观念，又有才困时艰的感慨，字里行间寄寓感物思人的情怀。全篇由景到人，由寻找、瞻仰到追述、回顾，由感叹、缅怀到泪流满襟，顿挫豪迈，所怀者大，所感者深，雄浑悲壮，沉郁顿挫，具有震撼人心的巨大力量。（康震）

答案

亟、目

请填空：人似秋鸿来有□，事如春梦了无□。

正月二十日与潘、郭二生出郊寻春，忽记去年是日同至女王城作诗，乃和前韵

苏轼

东风未肯入东门，走马还寻去岁村。人似秋鸿来有信，事如春梦了无痕。江城白酒三杯酽，野老苍颜一笑温。已约年年为此会，故人不用赋《招魂》。

嘉宾解读

诗句出自苏轼的《正月二十日与潘、郭二生出郊寻春，忽记去年是日同至女王城作诗，乃和前韵》。苏轼在宋神宗、哲宗两朝党争中几经起落，遂使他一生陷于三十多年的灾难之中。但他仍是“随缘自适”。“乌台诗案”中，他自料必死无疑，结果不死而贬去黄州，简直恍如隔世。经过这一次打击，“平时种种心，次第去莫留”，他对起复还朝已失去信心。临死时，他对儿子说：“吾生无恶，死必不坠。”后人敬仰他、纪念他，一个原因是他的诗、词、文、书、画五艺俱绝，另一原因就是他有一腔正直忠厚的心肠，一种开阔旷达的襟怀。（康震）

补充一点。宋神宗元丰二年（1079），苏轼四十四岁。由于他一直对王安石推行的新法持反对态度，在一些诗文中，又对新法及因新法而显赫的“新进”做了讥刺，于是政敌便弹劾他“作为诗文讪谤朝政及中外臣僚，无所畏惮”。八月十八日，苏轼在湖州被捕，押至汴京，在御史台狱中关押四个月后获释。这年十二

月，苏轼被贬为检校水部员外郎黄州团练副使，在州中安置，不得签署公文。他于第二年二月一日到达黄州，寓定惠院。五月二十九日，家人也迁到黄州，于是迁居临皋亭。元丰四年正月二十日，往岐亭访陈慥，潘丙、古耕道、郭遘将他送至女王城东禅院。元丰五年，苏轼四十七岁。这年正月二十日，他与潘、郭二人出城寻春，为一年前的同一天在女王城所作的诗写下和诗。元丰六年，又有和诗。连续三年，在同一天都有创作，所以叫和前韵。女王城，在黄州城东十五里。（王立群）

答案

请填空：黄梅时节□□雨，青草池塘□□蛙。

嘉宾解读

诗句出自赵师秀的《约客》。赵师秀，宋太祖八世孙。南宋光宗绍熙元年（1190）进士，号灵秀，与徐照（字灵晖）、徐玑（字灵渊）、翁卷（字灵舒）并称“永嘉四灵”，人称“鬼才”，开创了“江湖诗派”一代诗风。宁宗庆元元年（1195），任上元主簿，后为筠州（今江西高安）推官。仕途不佳，自言“官是三年满，身无一事忙”。这首诗写的是诗人在一个风雨交加的夏夜独自期客的情景。诗中叠字运用，自然入妙。前二句交待了当时的环境和时令。“黄梅”“雨”“池塘”“处处蛙”，写出了江南梅雨季节的夏夜之景：雨声不断，蛙声一片。这看似表现得很

约客

赵师秀

黄梅时节家家雨，青草池塘处处蛙。有约不来过夜半，闲敲棋子落灯花。

“热闹”的环境，实际上诗人要反衬出它的“寂静”。后二句点出了人物和事情：主人耐心而又有几分焦急地等待着，没事可干，“闲敲”棋子，静静地看着闪烁的灯花。（蒙曼）

答案

请填空：无边落木□□下，不尽长江□□来。

嘉宾解读

诗句出自杜甫的《登高》。“萧萧”多用来形容风声、落叶声、马鸣声，如“萧萧班马鸣”。而“潇”字从水，故“潇潇”多用来形容雨声，于此不合。（蒙曼）

登高

杜甫

风急天高猿啸哀，渚清沙白鸟飞回。无边落木萧萧下，不尽长江滚滚来。万里悲秋常作客，百年多病独登台。艰难苦恨繁霜鬓，潦倒新停浊酒杯。

答案

请填空：水光□□晴方好，山色□□雨亦奇。

饮湖上初晴后雨二首·其二

苏轼

水光潋滟晴方好，山色空濛雨亦奇。欲把西湖比西子，淡妆浓抹总相宜。

嘉宾解读

诗句出自苏轼的《饮湖上初晴后雨二首·其二》。这首赞美西湖美景的七绝诗广为流传，写于诗人任杭州通判期间。此诗不是描写西湖的一处、一时之景，而是对西湖美景的全面描写、概括和品评，尤其是后二句，被认为是对西湖最恰当的评语。上半首既写了西湖的水光山色，也写了西湖的晴姿雨态。“水光潋滟晴方好”，描写西湖晴天的水光；“山色空濛雨亦奇”，空濛，细雨迷蒙的样子。描写雨天的山色，在雨幕笼罩下，西湖周围的群山，迷迷茫茫，若有若无，非常奇妙。下半首诗里，诗人没有紧承前两句，进一步运用他的写气图貌之笔来描绘湖山的晴光雨色，而是遗貌取神，只用一个既空灵又贴切的妙喻，就传出了湖山的神韵。西湖之美，在风神韵味上，与想象中的西施之美，有其可意会而不可言传的相似之处。而正因西湖与西子都是其美在神，所以对西湖来说，晴也好，雨也好；对西子来说，淡妆也好，浓抹也好，都无改其美，而只能增添其美。（蒙曼）

关于“山色空濛雨亦奇”的“濛”字，这个不一定要播。我现在还担任中央电视台国际频道《中华情》栏目的文字校对人员，每次他们的稿子都要发给我校对一遍，所以我对这个字还是比较在意的。《现代汉语词典》的第6版已经没有三点水的这个“濛”字了，而是把它作为异体字来处理的。所以每次校对的时候看到这个字，都要校成不带三点水的“蒙”字才是对的。因此请大家可以看一下现在中学的语文课本，还有《现代汉语词典》第6版。2001年，大陆和台湾曾联合拍过一个著名的电视剧就叫《情深深雨濛濛》，用的就是有三点水的“濛”字，或者是港、台地区还保留着这个字，但最新版的《现代汉语词典》中，“濛”字确实已经没有三点水了。（石继航）

感谢导演组非常及时，也很认真的回复。对此，大家有一个很好的态度，就是敢于提出问题，面对问题。非常遗憾，也许这个节目播出之后，会有不少的热心观众提出自

己的看法。但在今天这个赛场，选手这道题目是答错了。（董卿）

这个题不用换了，按照诗句的意思应该就是加三点水的“濛”。我没什么想说的，这首诗和作者苏轼，都是我最喜欢的，错在这里，我心服口服。（选手）

答案

请填空：□□□□十三余，豆蔻梢头二月初。

嘉宾解读

诗句出自杜牧的《赠别二首·其一》。这首诗是杜牧于唐文宗大（太）和九年（835），由淮南节度使掌书记升任监察御史，离扬州奔赴长安，与在扬州结识的歌伎分别之作。着重写扬州一位歌伎的美丽，赞扬她是扬州歌女中美艳第一。首句描摹少女身姿体态，妙龄丰韵；二句以花喻人，写她娇小秀美；三四两句，以星拱月，写扬州佳丽极多，唯她独俏。手法上强此弱彼，语言精萃麻利，挥洒自如，情感真挚明朗。诗中如“娉娉袅袅”“豆蔻”“春风十里扬州路”等，后来都成为人们习用的汉语成语。（康震）

> **赠别二首·其一**
>
> 杜牧
>
> 娉娉袅袅十三余，豆蔻梢头二月初。春风十里扬州路，卷上珠帘总不如。

答案

选择题

请问：名句“海上生明月，天涯共此时”出自哪首诗？

A. 杜甫《月夜忆舍弟》

B. 张九龄《望月怀远》

C. 李白《闻王昌龄左迁龙标遥有此寄》

嘉宾解读

诗句出自张九龄的《望月怀远》。该诗是我国古代诗歌中三大望月诗之一。第一个“隔千里兮共明月”，第二个就是“海上生明月”，第三个就是“千里共婵娟”，都是千古名句。（蒙曼）

张九龄终生仕宦，在唐玄宗的时候，做过宰相。这在中国古代是非常普遍的，像欧阳修、白居易，他们既为高官，像张九龄就相当于我们现在的总理，又有文才，又能进行文化的创造。所以如果翻阅中国的文化史、诗歌史就会发现，其实那些作家都是业余作者，他们的主业都是在为官、为政一方，在业余的时间里表达自己丰富的情怀。因此我觉得张九龄的这样一种创作身份，给我们很多启发。其实在大唐时代，官员的人文素养是很高的，他们不仅平时勤于为政，而且在闲暇之余还能进行创作，这一点对于中华民族的文学创作很重要。（康震）

望月怀远

张九龄

海上生明月，天涯共此时。情人怨遥夜，竟夕起相思。灭烛怜光满，披衣觉露滋。不堪盈手赠，还寝梦佳期。

答案

B

请问：成语“寸草春晖”出自下列哪首诗？

A. 白居易《赋得古原草送别》

B. 苏轼《春夜》

C. 孟郊《游子吟》

嘉宾解读

诗句出自孟郊的《游子吟》。寸草，形容儿女的心力像小草那样微弱。春晖，象征母亲的慈爱。小草微薄的心意，报答不了春日阳光的深情，比喻父母的恩情深重，难以报答。孟郊还有一首特别有名的诗，叫《结爱》："心心复心心，结爱务在深。一度欲离别，千回结衣襟。结妾独守志，结君早归意。始知结衣裳，不如结心肠。坐结行亦结，结尽百年月。"他去求学的时候，妻子给他做衣服："一度欲别离，千回结衣襟"，深情都结在衣服里了。这首大家所熟知的《游子吟》，诗题下孟郊自注："迎母溧上作。"孟郊早年漂泊无依，一生贫困潦倒，直到五十岁时才得到了一个溧阳县尉的卑微之职，结束了长年的漂泊流离生活，便将母亲接来孝敬。诗人仕途失意，饱尝了世态炎凉，此时愈觉亲情之可贵，于是写出这首发于肺腑、感人至深的颂母之诗。（郦波）

游子吟

孟郊

慈母手中线，游子身上衣。临行密密缝，意恐迟迟归。谁言寸草心，报得三春晖。

赛场花絮

董卿：这首诗说明了一个什么问题呢？一般男人都有一个成长过程。年轻的时候，男人更多的是关注外边的女性，如班里的、单位里的、朋友圈的年轻女性。真正长大成熟了，才知道这个世上最爱他的是生他养他的老母亲，这个男人才真正成熟了。

郦波：总结得太深刻了。热爱诗词的人，就是热爱生活的人，就是爱人性的人。

选手： 非常感谢董卿老师给我一个发言的机会，因为这就圆了我的一个梦。我有一个梦，就是想让我的母亲在电视上看到我。因为在两个月前，我的母亲被诊断为认知功能障碍症，就是认知能力逐渐丧失。我知道或早或晚有一天，我的母亲有可能连我也不认识，所以我特别想她能在记得我的时候，在电视上看到我，看看他儿子多优秀。虽然在百人团里，我不是很突出，但我一直在努力。我想，在我母亲的心里，我是最优秀的。因为我觉得在普天之下所有母亲的心中，她们的孩子都是最优秀的。我还想请给我一个特写，我想对我母亲说一句话，有的人可能一辈子没有说过。我想说，妈，我知道您在电视机前看着我，我想对您说：妈，我爱您！一定要保重身体，开开心心的，你儿子很努力。妈，我是您的骄傲！

董卿： 很高兴，能够点到你发言，带给全场这么感动的故事。今天，在这里所有的朋友，都是古诗词的爱好者。我想，我们学习古诗词是为了什么？最终可能就是为了传承，为了传承一种情操、一种品德和一种精神，那就是爱自己、爱家人、爱他人。你今天让我们看到了一个孝子，我想，你的妈妈，会为你感到骄傲！这是每一个人来到诗词大会意外的收获，也让我们的人生变得更加丰富和饱满！谢谢每一位参赛选手，谢谢您们！

C

请问：张艺谋执导的电影《满城尽带黄金甲》，片名取自下列哪一首古诗？

A. 白居易《咏菊》

B. 黄巢《不第后赋菊》

C. 李商隐《菊花》

不第后赋菊

黄巢

待到秋来九月八，我花开后百花杀。冲天香阵透长安，满城尽带黄金甲。

嘉宾解读

诗句出自黄巢的《不第后赋菊》。此诗是黄巢落第后所作。黄巢在起义之前，曾到京城长安参加科举考试，但没有被录取。科场的失利以及整个社会的黑暗和吏治的腐败，使他对李唐王朝益发不满。考试不第后，他豪情倍增，借咏菊花来抒发自己的抱负，写下了这首《不第后赋菊》诗。历史记载，黄巢善于剑术，马术和箭法也不错，粗通笔墨，几次应试进士科皆名落孙山后，继承祖业成为盐帮首领，就是私盐贩子。中国历史上很多贩私盐的人都成就了大事。贩私盐是政府禁止的，因此就必须用自己的私人武装保护自己的买卖。这种人，文能考，武能打，有自己的武装，所以比单纯的读书人或文盲更厉害，往往会在社会动乱期间闹出点动静。（王立群）

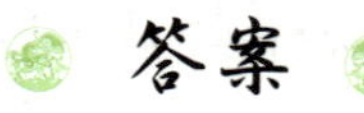

答案

B

请问：下列成语中哪个不是出自杜牧的诗？

A. 豆蔻年华

B. 折戟沉沙

C. 壮志未酬

嘉宾解读

豆蔻年华，出自杜牧的七言绝句《赠别·娉娉袅袅十三余》，原诗为："娉娉袅袅十三余，豆蔻梢头二月初。春风十里扬州路，卷上珠帘总不如。"折戟沉沙，出自杜牧的《赤壁》，原诗为："折戟沉沙铁未销，自将磨洗认前朝。东风不与周郎便，铜雀春深锁二乔。”壮志未酬，出自李频的《春日思归》，原诗为：“春情不断若连环，一夕思归鬓欲斑。壮志未酬三尺剑，故乡空隔万重山。音书断绝干戈后，亲友相逢梦寐间。却羡浮云与飞鸟，因风吹去又吹还。”（康震）

答案

C

请问：“不知腐鼠成滋味，猜意鹓雏竟未休”中用的典故出自什么书？

A.《孟子》

B.《庄子》

C.《老子》

嘉宾解读

“不知腐鼠成滋味，猜意鹓雏竟未休”，意思是没料到死老鼠被当成美味，而秉性高洁的鹓雏竟然被猜疑个不休。“鹓雏”，凤凰一类的神鸟。这一联的典故，出自《庄子·秋水》。故事说战国时惠施任梁国相，庄子准备去探望他。有人对惠施挑拨说，庄子是想来谋夺你的相位的！惠施于是百般防范。庄子听到这事后，就对惠施说：南方有一种叫鹓雏的神鸟，从南海飞往北海。一路上非梧桐树不歇，非竹实不吃，非甘泉不饮。有只猫头鹰刚获得一只死老鼠，看到鹓雏飞过，怀疑它要来抢食，就仰头向它发出“嚇嚇”的怒叫声。其实，庄子是在讽刺惠施：你那个位子对我来说就像是一只死耗子！（蒙曼）

这两句诗出自李商隐的《安定城楼》，原诗为：“迢递高城百尺楼，绿杨枝外尽汀洲。贾生年少虚垂泪，王粲春来更远游。永忆江湖归白发，欲回天地入扁舟。不知腐鼠成滋味，猜意鹓雏竟未休。”唐文宗大（太）和九年（835），王茂元拜泾原节度使。开成三年（838），李商隐考中进士后，便到泾原节度使王茂元幕下

当了一名幕僚，并且娶了王茂元的女儿。安定城，故址在现今甘肃泾川以北，是唐代泾原节度使的治所。在中晚唐历史上持续数十年之久的“牛李党争”中，李商隐曾经得到作为牛党重要人物的令狐楚父子的帮助，而王茂元却偏被人看成是李党人物。这样李商隐就成了风箱里的老鼠，两边都吃不开。因此，这一年李商隐继进士及第后参加吏部博学宏词科考试时，便受到朋党势力的排斥，不幸落选，失意地再回到泾原。那时，正是春风吹柳、杨柳婆娑的季节，诗人登上泾原古城头——安定城楼，纵目远眺，想到朝政的混乱、腐败势力的横行，有理想和才干的人无从施展自己的抱负，心中不禁生起了哀国忧时和自伤身世的无穷感触，于是，写下这首七律遣怀。（康震）

答案

B

请问：“无为在歧路，儿女共沾巾”诗中哪一字是错的？

A. 无　B 歧　C 巾

送杜少府之任蜀州

王勃

城阙辅三秦，风烟望五津。与君离别意，同是宦游人。海内存知己，天涯若比邻。无为在歧路，儿女共沾巾。

嘉宾解读

诗句出自王勃的《送杜少府之任蜀州》。其实唐朝还有很多这样的诗句，作者大都是为求取功名或是为做官远离父母、家乡到外地奔波的人。但这里为什么不能是毛巾的“巾”，而是衣襟的“襟”？流眼泪不是关键问题，你也可以说眼泪一直流下来，滴到衣襟上了。唐朝人写诗的时候，是很讲究格律的。“襟”与“巾”韵部不同，诗中的

“秦”“津”“人”“邻”“巾”都属于上平声“真”韵，而“襟”属于下平声“侵”韵，也就是说衣襟的“襟”和毛巾的“巾”不在同一个韵部。今天初学唐诗的人很少注意这个问题，但是在唐朝很注意，所以大才子王勃，在这个问题上是绝对不含糊的。（蒙曼）

“襟”与“巾”含义不同，“襟”是衣服的胸前部分，“巾”是手巾，用手巾擦泪更能表现儿女情长。反正是拿毛巾擦眼泪，擦哪不一样，但这里是形容眼泪掉得有点多，都掉到衣服的前襟上了。最关键的，诗里说到“海内存知己，天涯若比邻”，一般人现在理解这两句诗的时候，就说大家都是朋友，甭管离多远。在武则天时代，像王勃这样出身贫寒的知识分子，通过科举考试，都迫切希望实现自己的人生价值，但往往又不得其位。在这种情况下，他们就认为跟自己同病相怜的人就是知己。就像一句诗说的那样：黑夜给了我一双黑色的眼睛，我却用它寻找光明。所以他说“无为在歧路，儿女共沾襟”，面临许多选择或者没有选择的时候，他们的痛苦也是共同的，所以类似的诗，往往是作者在遭遇了挫折和坎坷之后，才能创作出来。（康震）

答案

B

请指出“白头搔更短，混欲不胜簪”中哪个字是错的？

A. 搔×——梢

B. 混×——浑

C. 胜×——剩

春望

杜甫

国破山河在，城春草木深。感时花溅泪，恨别鸟惊心。烽火连三月，家书抵万金。白头搔更短，浑欲不胜簪。

嘉宾解读

浑，简直。两句是说因经常挠头，越来越感觉头发变少，连簪子也插不上了。（蒙曼）

答案

B

请问：“穷年忧犁元，叹息肠内热”中哪个字是错误的？

A. 穷　B. 犁　C. 肠

自京赴奉先县咏怀五百字（节选）

杜甫

杜陵有布衣，老大意转拙。许身一何愚，窃比稷与契。居然成濩落，白首甘契阔。盖棺事则已，此志常觊豁。穷年忧黎元，叹息肠内热。

嘉宾解读

诗句出自杜甫的《自京赴奉先县咏怀五百字》。这个题出得特别好，“犁”“黎”两个字，从字义的角度考证，前一个“犁”是种庄稼的意思，后一个“黎”甲骨文的原意是收割庄稼的意思，后指农民。所以这个题出得很精细。（郦波）

古代对百姓的称谓有很多种，常见的有布衣、黔首、黎民、生民、庶民、黎庶、苍生、黎元、氓等。黎元和黔首是一样的，都是黑布裹头，也就是老百姓。所以杜甫忧的就是这种头上裹着黑布的平民百姓。（蒙曼）

答案

B

请问：“长记曾携手处，千树压、西湖寒雪”中哪个字是错的？

A. 记×—— 忆

B. 压×—— 轧

C. 雪×—— 碧

嘉宾解读

词句出自姜夔的《暗香》。西湖寒碧，“寒碧”是通感妙语，指给人以清冷感觉的碧色，这里指代清冷的湖水。“千树压、西湖寒碧”，一片壮阔，壮阔中暗含着色彩和一望无际的生机，令人想到“东风夜放花千树”般的绚烂纷繁。而淡妆浓抹总相宜的西湖一片澄澈，正可作浓情醇挚之鉴。那时的“寒”与今日不同，“寒”而且“碧”，“碧”得充满美丽，一如从前的“清寒”里凝固着幸福。“长记”的背后是长思，长久地沉浸于对往事的追忆之中，这正源于“为伊消得人憔悴”也“终不悔”之情。“曾携手”和“唤起玉人”遥相呼应，“千树压”又和“竹外疏花”形成今昔对照，结构可谓精巧。（郦波）

暗香

姜夔

旧时月色，算几番照我，梅边吹笛？唤起玉人，不管清寒与攀摘。何逊而今渐老，都忘却春风词笔。但怪得竹外疏花，香冷入瑶席。　江国，正寂寂，叹寄与路遥，夜雪初积。翠尊易泣，红萼无言耿相忆。长记曾携手处，千树压、西湖寒碧。又片片、吹尽也，几时见得？

答案

C

请问：“平生不解藏人善，到处逢人说李斯”中哪个字是错的？

A. 解×——爱

B. 善×——恶

C. 李×——项

嘉宾解读

诗句出自杨敬之的《赠项斯》。《唐诗纪事》记载：“斯，字子迁，

赠项斯

杨敬之

几度见诗诗总好，及观标格过于诗。平生不解藏人善，到处逢人说项斯。

江东人。始，未为闻人。……谒杨敬之，杨苦爱之，赠诗云云。未几，诗达长安，明年擢上第。”时任国子祭酒的杨敬之在当时是一个有地位的人，而这首诗却真心实意地推荐了一个“未为闻人”的才识之士。他虚怀若谷，善于发掘人才；得知之后，既“不藏人善”，且又“到处”“逢人”为之揄扬，完满地表现出了一种高尚的品德。正是因为杨敬之的到处宣传，在写这首诗的第二年，项斯就高中了进士。至今仍然用“说项”，指替人说好话或说情。（蒙曼）

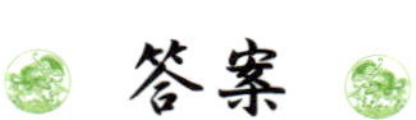

C

请问：“斑骓只系垂杨岸，何处东南任好风”中哪个字是错的？

A. 斑×——乌

B. 杨×——柳

C. 东×——西

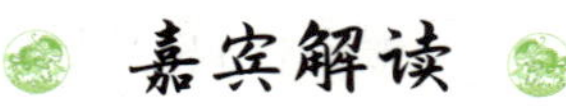

诗句出自李商隐的《无题》。这里我要问，为什么孔雀东南飞？是因为“西北有高楼，上与浮云齐”。1935年，巴黎大学有场博士论文答辩，当时这个答辩的博士就是后来的古典文学名家傅佩荣先生，当时答题委员会有人问他这个问题：孔雀为什么东南飞？他机智地这么回答：西北有高楼。这个地方为什么“西南任好风”呢？西南风，其实我们中国老说“不是东风压倒西风，就是西风压倒东风”，现实生活中，我们并没有严格意义上的西风。因为有青藏高原、喜马拉雅山脉阻挡，多为西南风，从印度洋来的，它是温暖和湿润的。所以古诗文里西

无题二首·其一

李商隐

凤尾香罗薄几重，碧文圆顶夜深缝。扇裁月魄羞难掩，车走雷声语未通。曾是寂寥金烬暗，断无消息石榴红。斑骓只系垂杨岸，何处西南任好风？

南风，常用来比喻所思念的女子。等待西南风意思，就是在等那位女子。典故出自曹植《七哀诗》中思妇所说“愿为西南风，长逝入君怀”。（郦波）

答案

请问：“人生自是有情痴，此恨不关云与月”中哪个字是错的？

A. 痴×——种

B. 恨×——情

C. 云×——风

嘉宾解读

词句出自欧阳修的《玉楼春》。这是一首很有名的词。作为北宋一代名臣，欧阳修除德业文章外，也常填写温婉小词。这些抒写性情的小词，往往于不经意之中，流露出自己的心性襟怀。此词道离情，作于宋仁宗景祐元年（1034）春三月欧阳修西京留守推官任满离洛之际。宋人很奇怪，欧阳修会写这样的言情词？他自己整理的集子里面，只放了两样东西，一个是文一个是诗。于是，欧阳修的粉丝们就说，这些东西不是欧阳修写的，是他的政敌为攻击他伪造的。其实不是，欧阳修特别擅长写言情词，包括司马光这样的“正人君子”，也照写不误。他们在诗里边，俨然士大夫也；在词里边，则放松自己的心情，做了一个有情感的人。（康震）

玉楼春

欧阳修

尊前拟把归期说。未语春容先惨咽。人生自是有情痴，此恨不关风与月。　离歌且莫翻新阕。一曲能教肠寸结。直须看尽洛城花，始共春风容易别。

“风月”特指男女之间的情爱之事。当时人们认为诗文是正统的，所以写起来应当是正襟危坐。词是另类的，就是“花前月下”的那些东西。换句话说，诗就是开一个非常正式的大会，要你去演讲，你怎么讲？要讲的肯定是一套义正词严的东西。到歌厅去，那种状态之下，肯定就不可能正襟危坐了。所以作品的创作是有两个生存环境的，我们今天看起来好像很分裂，其实在古人那里表现得很统一。在正式场合，该说什么话就说什么话；换一个场合，可能就说得很随意。（王立群）

强调一下，情感这种东西天生就有，花痴、情痴与生俱来，并不一定是说有男情女爱。（康震）

答案

C

中国古代有四大美女，请问：宋代王安石《明妃曲》写的是其中哪一位？

A. 西施

B. 王昭君

C. 貂蝉

嘉宾解读

《明妃曲》是王安石的名作。因为诗写得非常漂亮，流传之后，涌现出一大批仿作的诗。明妃即王昭君，本是汉元帝的宫人，名王嫱，字昭君。至晋代，因避司马昭讳，遂改称“明君”，后人称她为“明妃”。据《西京杂记》记载，汉元帝因后宫女子众多，就叫画工画了像来，看图召见宠幸。于是为了求得皇帝的早日宠幸，宫女们都贿赂画工，独王昭君不肯，所以她的像被画得最差，因此始终得不到汉元帝的宠幸。后来匈奴来求亲，汉元帝就按图像选了王昭君，临行前才发现昭君优雅大方、容貌最美，悔之不及。追究下来，就把毛延寿、陈敞等许多画工都杀了。这种说法影响很大。王安石说什么？他说“意态由来画不成”，意思是说，王昭君这种美谁能画得出来？画不出来。所以把她画得丑，不是因为行没行贿的问题，因为这个美女太漂亮了，怎么画都不如她本人的风韵，所以杀毛延寿是冤枉的。这是颠覆传统的说法。里面讲到“君不见咫尺长门闭阿娇”，这种

明妃曲·其一

王安石

明妃初出汉宫时，泪湿春风鬓脚垂。低徊顾影无颜色，尚得君王不自持。归来却怪丹青手，入眼平生几曾有；意态由来画不成，当时枉杀毛延寿。一去心知更不归，可怜着尽汉宫衣；寄声欲问塞南事，只有年年鸿雁飞。家人万里传消息，好在毡城莫相忆；君不见咫尺长门闭阿娇，人生失意无南北。

明妃曲·其二

王安石

明妃初嫁与胡儿，毡车百两皆胡姬。含情欲语独无处，传与琵琶心自知。黄金捍拨春风手，弹看飞鸿劝胡酒。汉宫侍女暗垂泪，沙上行人却回首。汉恩自浅胡恩深，人生乐在相知心。可怜青冢已芜没，尚有哀弦留至今。

说法也非常大胆。人们都认为昭君出塞以后，与在汉帝后宫的时候迥然不同，为什么？“汉恩自浅胡恩深，人生乐在相知心”，只要生活得好，干吗不在那儿呆着？王安石这个人很爱写翻案诗，翻案诗不是任何一个人都能写好的，因为翻案诗又叫咏史诗，最关键的是史实，如果见解极高，那你的作品就一鸣惊人了。（王立群）

这里面提到四大美女，古典文献中最美的描写，并不是针对四大美女，还有更美的。就是张潮的《幽梦影》中有这样一段话：“谓美人者，以花为貌，以鸟为声，以月为神，以柳为态，以玉为骨，以冰雪为肤，以秋水为姿，以诗词为心。”在场的以诗词为心的女性，都是美女。（选手）

我们说这四大美女，是历史上确实存在的。这些人各有自己的特点，泽南说的是人工合成的美女。就像我们造一个机器人美女一样，选每位美女最美的这块或那块，拼到一起，这样的话可能是最美的，但也是最不现实的。（王立群）

答案

B

请问：“人间四月芳飞尽，山寺桃花始盛开”中哪个字是错的？

A. 四×——五

B. 飞×——菲

C. 桃×——梨

大林寺桃花

白居易

人间四月芳菲尽，山寺桃花始盛开。长恨春归无觅处，不知转入此中来。

嘉宾解读

诗句出自白居易的《大林寺桃花》。唐宪宗元和十二年（817）夏四月，白居易来到江州（今九江）庐山上的大林寺，此时山下芳香的花草已尽，而不期在山寺中遇上了一片刚刚盛开的桃花。诗中写出了作者触目所见的感受，突出地展示了发现的惊讶与意外的欣喜。全诗把春光描写得生动具体，天真可爱，活灵活现。（康震）

答案

B

请问：“试问娴愁都几许？一川烟草，满城风絮，梅子黄时雨”中哪个字是错的？

A. 娴×——闲

B. 草×——雨

C. 风×——飞

嘉宾解读

词句出自贺铸的《青玉案·凌波不过横塘路》。作品通过对暮春景色的描写，抒发了作者所感到的“闲愁”。上片写路遇佳人而不知所往的怅惘情景，也含蓄地流露其沉沦下僚、怀才不遇的感慨；下片写因思慕而引起的无限愁思，表现了幽居寂寞、积郁难抒之情绪。全词虚写相思之情，实抒悒悒不得志的“闲愁”。立意新奇，想象丰富，历

青玉案·凌波不过横塘路

贺铸

凌波不过横塘路，但目送、芳尘去。锦瑟华年谁与度？月桥花榭，琐窗朱户，只有春知处。　碧云冉冉蘅皋暮，彩笔新题断肠句。试问闲愁都几许？一川烟草，满城风絮，梅子黄时雨。

来广为传诵。“试问”一句的好处，乃在一个“闲”字。“闲愁”，即不是离愁，不是穷愁。也正因为“闲”，所以才漫无目的，漫无边际，缥缥缈缈，捉摸不定，却又无处不在，无时不有。这种若有若无、似真还幻的形象，只有那“一川烟草，满城风絮，梅子黄时雨”差堪比拟。作者妙笔一点，用博喻的修辞手法，将无形变有形，将抽象变形象，变无可捉摸为有形有质，显示了超人的艺术才华和高超的艺术表现力。（康震）

答案

请问：“冠丐满京华，斯人独憔悴”中，哪个字是错误的？

A. 丐×——盖

B. 斯×——此

C. 悴×——瘁

梦李白二首·其二

杜甫

浮云终日行，游子久不至。三夜频梦君，情亲见君意。告归常局促，苦道来不易。江湖多风波，舟楫恐失坠！出门搔白首，若负平生志。冠盖满京华，斯人独憔悴。孰云网恢恢？将老身反累！千秋万岁名，寂寞身后事！

嘉宾解读

诗句出自杜甫的《梦李白二首·其二》。诗是唐肃宗乾元二年（759）秋，杜甫流寓秦州时所作。李白与杜甫于唐玄宗天宝四载（745）秋，在山东兖州石门分手后，就再没见面，但彼此一直深深挂念。唐肃宗至德二载（757），李白因曾参与永王李璘的幕府受到牵连，下狱浔阳（今江西九江）。乾元元年（758）初，又被定罪长流夜郎（今贵州桐梓）。乾元二年（759）二月，在三峡流放途中，遇赦放还，回到江陵。杜甫这时流寓秦州，地方僻远，消息隔绝，只闻李白流放，不知已被赦还，仍在为李白忧虑，不时梦中思念，于是写成这两首诗。诗以梦前、梦中、梦后的次序叙写。第一首写初次梦见李白时的心理，表现了对老友吉凶生死的关切。第二首写梦中所见李白的形象，抒写对老友悲惨遭遇的同情。全诗体现了李杜两人形离神合、肝胆相照、互劝互勉、至情交往的友谊。（康震）

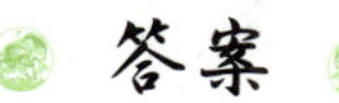

答案

A

请问：“却看妻子愁何在？慢卷诗书喜欲狂”中哪个字是错的？

A. 却×——怯

B. 慢×——漫

C. 欲×——若

闻官军收河南河北

杜甫

剑外忽传收蓟北，初闻涕泪满衣裳。却看妻子愁何在？漫卷诗书喜欲狂！白日放歌须纵酒，青春作伴好还乡。即从巴峡穿巫峡，便下襄阳向洛阳。

嘉宾解读

诗句出自杜甫的《闻官军收河南河北》。漫，随意、随便。因十分喜悦而随意卷起诗书，而不是慢慢卷起诗书。这是杜甫生平第一快诗。全诗八句，开头写初闻喜讯的惊喜；后半部分写诗人手舞足蹈做返乡的准备，凸显了急于返回故乡的欢快之情。全诗情感奔放，处处渗透着“喜”字，痛快淋漓地抒发了作者无限喜悦、兴奋的心情。（王立群）

答案

B

请问："不是花中偏爱梅，此花开尽更无花"中哪个字是错的？

A. 偏×——唯

B. 梅×——菊

C. 更×——便

嘉宾解读

诗句出自元稹的《菊花》。菊花在百花之中是最后凋谢的，一旦菊花谢尽，便无花景可赏，人们爱花之情自然都集中到菊花上来，其中就含有对菊花历尽风霜而后凋坚贞品格的赞美。菊花，历来被视作孤标亮节、高雅傲霜的象征，与梅、兰、竹一起被誉为花中"四君子"。前代诗人中吟咏赞美菊花的作品很多，如东晋陶渊明尤喜爱菊花，并留下"采菊东篱下，悠然见南山"的名句。唐代诗人杜甫《云安九日》云："寒花开已尽，菊蕊独盈枝。旧摘人频异，轻香酒暂随。"欧阳修也有"一夜新霜著瓦轻，芭蕉新折败荷倾。耐寒唯有东篱菊，金蕊繁开晓更清"（《霜》）之句。这些诗句中，诗人特别歌咏赞叹菊花能在百花纷纷枯萎的秋冬季节，不畏严寒、傲霜怒放的勃勃生机。（王立群）

菊花

元稹

秋丛绕舍似陶家，遍绕篱边日渐斜。不是花中偏爱菊，此花开尽更无花。

答案

B

请问："我未出名君未嫁，可能俱是不如人"中哪个字是错的？

A. 出×——成

B. 俱×——都

C. 如×——平

嘲钟陵妓云英

罗隐

钟陵醉别十余春，重见云英掌上身。我未成名君未嫁，可能俱是不如人。

嘉宾解读

诗句出自罗隐的《嘲钟陵妓云英》。成名，不是指有了名气，唐人是特指进士及第。一举成名，即科考及第。罗隐一生参加科考，虽十多举，也没成名。“云英未嫁”现已为成语，比喻女子尚未出嫁。罗隐赴京赶考路过南昌时，结识了当地一位色艺双全的歌妓云英。十二年后，罗隐再度落第又路过南昌，又巧遇云英。罗隐见云英仍未脱风尘，一时不胜唏嘘。不料云英一见罗隐，不禁惊诧道：“怎么罗秀才竟还是布衣？”罗隐当即赋此诗以赠。（王立群）

答案

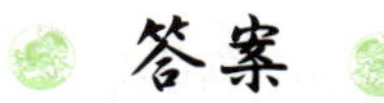

请问：“唯有牡丹真美色，花开时节动京城”中，哪个字是错误的？

A. 有×——由

B. 美×——国

C. 动×——满

嘉宾解读

诗句出自刘禹锡的《赏牡丹》。此诗乃赞颂牡丹之作，诗人没有从正面描写牡丹的姿色，而是从侧面来写牡丹。诗一开始先评赏芍药和芙蕖。芍药与芙蕖本也是为人所喜爱的花卉，然而诗人赞颂牡丹，乃用“芍药妖无格”和“芙蕖净少情”，以衬托牡丹的情韵之美。“芍药”本来也是一种具有观赏价值的花卉，但至唐武则天以后，“牡丹始盛而

赏牡丹

刘禹锡

庭前芍药妖无格，池上芙蕖净少情。唯有牡丹真国色，花开时节动京城。

芍药之艳衰”，以至有人将牡丹比为“花王”，把芍药比作“近侍”。此处，刘禹锡也怀着主观感情，把芍药说成虽妖娆但格调不高的花卉。诗中暗示了牡丹兼具妖、净、格、情四种资质，可谓花中之最美者，是国色天香。（康震）

答案

B

请问：“先父犹能畏后生，丈夫未可轻年少”中哪个字是错误的？

A. 先×——宣

B. 畏×——为

C. 未×——为

上李邕

李白

大鹏一日同风起，扶摇直上九万里。假令风歇时下来，犹能簸却沧溟水。世人见我恒殊调，闻余大言皆冷笑。宣父犹能畏后生，丈夫未可轻年少。

嘉宾解读

诗句出自李白的《上李邕》。宣父是唐朝人对孔子的尊称。贞观十一年，唐太宗下诏，尊称孔子为“宣父”。这句诗所用典故是《论语》里孔子说的：“后生可畏，焉知来者之不如今也？”（王立群）

《上李邕》是李白青年时期的作品。李邕在唐玄宗开元七年（719）

至九年（721）前后，曾任渝州（今重庆市）刺史。李白游渝州谒见李邕时，因为不拘俗礼，且谈论间放言高论，纵谈王霸，使李邕很不高兴，史称李邕“颇自矜”。李白对此十分不满，在临别时就写了这首态度颇不客气的诗，以示回敬。此诗通过对大鹏形象的刻画与颂扬，表达了李白的凌云壮志和强烈的用世之心。诗中对李邕瞧不起年轻人的态度非常不满，表现了李白勇于追求而且自信、自负、不畏流俗的精神。年轻的李白敢于向大人物挑战，充满了初生犊儿不怕虎的锐气。我一直觉得，李白是集风流倜傥与智慧于一身。其实，《上李邕》中主要用的还是《庄子》里的典故，他那意思是：别以为我太高调，笑话我。我告诉你，孔子说过“后生可畏”，等有一天我发达了，有你好看的！其实，大鹏是李白诗赋中常常借以自况的意象，它既是自由的象征，又是惊世骇俗的理想和志趣的象征。开元十三年（725），青年李白出蜀漫游，在江陵遇见著名道士司马承祯，司马称李白“有仙风道骨焉，可与神游八极之表”，李白当即作《大鹏遇希有鸟赋并序》（后改为《大鹏赋》），自比为庄子《逍遥游》中的大鹏鸟。临死的时候，李白还写了一首《临路歌》，诗中云：“大鹏飞兮振八裔，中天摧兮力不济。余风激兮万世，游扶桑兮挂石袂。后人得之传此，仲尼亡兮谁为出涕？”由此可见，李白终生引大鹏自喻之意。这不只是李白的自负，更是渗透在文章里头的大唐盛世的自负，让我们在一千多年之后，依然感受到其人格的魅力和震撼。（康震）

答案

∀

请问：“昨夜东风凋碧树。独上高楼，望尽天涯路”中哪个字是错的？

A. 东×——西

B. 凋×——雕

C. 涯×——下

蝶恋花·槛菊愁烟兰泣露

晏殊

槛菊愁烟兰泣露。罗幕轻寒，燕子双飞去。明月不谙离恨苦，斜光到晓穿朱户。　昨夜西风凋碧树。独上高楼，望尽天涯路。欲寄彩笺兼尺素，山长水阔知何处？

嘉宾解读

词句出自晏殊的《蝶恋花·槛菊愁烟兰泣露》。这首词的主题，写的是离别以及离别后的伤痛。明显地，与晏殊离别的人是一位女性，而且是一去无回，也未曾留下地址。事件发生的时间，就在昨天黄昏到今天的清晨，让晏殊彻夜无眠与悲痛不已。“明月不谙离恨苦，斜光到晓穿朱户”，诗人晏殊失恋了，对方离他而去，他连月亮也怪罪起来了。也正是因为彻夜无眠，他见证了清晨门外栏杆旁笼罩在一片惨雾愁烟中的菊花，见证了哭泣的兰花叶尖上的泪珠（露珠），见证了横梁帷幕上双双的燕子，竟因为才刚刚有点儿初凉却不辞而别。这一系列清晨的秋景，居然是这般令人神伤！但是，还不止如此，下面才是诗人要真切表白的：“昨夜西风凋碧树。独上高楼，望尽天涯路。”在词里他真的只是说那棵树吗？不是的，客观说的是树而主观说的却是他自己。然而他仍不完全死心，独自登上高楼眺望远处，天涯望断，盼望她会回心转意！这里用了个“独”字最是高妙，首先是响应前面双燕而形成对比，显示出当前的他是如何形只影单，进一步刻画出他那了无生机的形躯攀上高楼的企盼，与因失落而产生的孤寂凄苦。诗人很想把内心对她的思念和苦楚写在信上告诉她，这里彩笺和尺素指的都是信，用现代的话来说就是：我多么想写信给她啊！但她毫无音讯，又不知道下落。还有什么办法可以向她剖白呢？她又会去什么地方呢？“山长水阔知何处”？这是晏殊内心中兴起的另一个疑问。独自站在高楼上，天涯望断，然而只眺望到山河远隔，而人呢？这就是他的悲哀！事情虽发生在约九百多年前的北宋初期，我们现在仍可读出晏殊当时的悲痛！（康震）

答案

请指出“征鹏出汉塞，归雁入胡天”中哪个字是错误的？

A. 鹏×——蓬

B. 塞×——地

C. 雁×——燕

使至塞上

王维

单车欲问边，属国过居延。征蓬出汉塞，归雁入胡天。大漠孤烟直，长河落日圆。萧关逢候骑，都护在燕然。

嘉宾解读

诗句出自王维的《使至塞上》。征蓬，即飘蓬，向远处飘去的蓬草，比喻远行之人。看来百人团答对的人越来越多了。我们这些题在考不同的考点，但作为诗的整体在不停地反复出现。这实际上是在培育我们的百人团，也是在培育我们的读者。这些经典的诗词，一次一次被我们所熟悉，这不就是我们诗词大会的目的吗？（康震）

答案

A

请问："天街小雨润如苏，草色遥看近却无"中哪个字是错误的？

A.街×——阶

B.苏×——酥

C.遥×——杳

早春呈水部张十八员外

韩愈

天街小雨润如酥，草色遥看近却无。最是一年春好处，绝胜烟柳满皇都。

嘉宾解读

诗句出自韩愈的《早春呈水部张十八员外》。此时的韩愈，在文学方面，他早已声名大振。同时在复兴儒学的事业中，他也卓有建树。因此，虽然年近花甲，却不因岁月如流而悲伤，而是兴味盎然地迎接春天。诗作是写给当时任水部员外郎的诗人张籍的。张籍在兄弟辈中排行十八，故称"张十八"。 诗中刻画细腻，造句优美，构思新颖，给人一种早春时节温润、舒适和清新之美感，既咏早春，又能摄早春之魂，给人以无穷的美感趣味，甚至是绘画所不能及的。诗人没有彩笔，但他用诗的语言，描绘出极难描摹的色彩——一种淡素、似有却无的色彩。如果没有锐利深细的观察力和高超的诗笔，便不可能把早春的自然美提炼为艺术美。前两句是全篇中的绝妙佳句。首句点出初春小雨。酥，又称酥油、奶油，由牛羊乳制成。以"润如酥"来形容它的细滑润泽，准确地捕捉到了它的特点。"小雨润如酥"，写出了初春小雨纯洁润滑的特性，造句清新优美，与杜甫的"好雨知时节，当春乃发生。随风潜入夜，润物细无声"有异曲同工之妙。第二句紧承首句，写草沾雨后的景色。初春，草芽儿冒出来了，作者远远望去，朦朦胧胧，仿佛有一片极淡的青青之色，这是早春的草色。可是当作者带着无限喜悦之情走近去欲看个仔细，地上却是稀稀朗朗的极为纤细的芽，反而看不到什么颜色了。诗人像一位高明的水墨画家，挥洒着他的妙笔，隐隐泛出了那一抹青青之痕，便是早春的草色。这句“草色遥看近却无”，真可谓兼摄远近，空处传神。（王立群）

答案

请问：“胭脂泪，相留醉，几时重，自是人生长恨水长冬”中哪个字是错的？

A. 留×——流

B. 几×——即

C. 冬×——东

相见欢·林花谢了春红

李煜

林花谢了春红，太匆匆！无奈朝来寒雨晚来风。　胭脂泪，相留醉，几时重？自是人生长恨水长东。

嘉宾解读

词句出自李煜的《相见欢·林花谢了春红》。“自是人生长恨水长东”，概括人生悲苦，气象非凡。这首词在中国古代词学发展史上地位很高。王国维《人间词话》说：“词至李后主而眼界始大，感慨遂深，遂变伶工词而为士大夫词。……‘自是人生长恨水长东’，《金荃》《浣花》能有此气象耶！”（王立群）

此词是即景抒情的典范之作，它将人生失意的无限怅恨，寄寓在对暮春残景的描绘中，表面上是伤

春咏别，实质上是抒写“人生长恨水长东”的深切悲慨。这种悲慨，不仅是抒发一己的失意情怀，而且涵盖了整个人类所共有的生命的缺憾，是一种融汇和浓缩了无数痛苦的人生体验的浩叹。（康震）

字字珠玑，字字血泪。（董卿）

这首词当作于北宋太祖开宝八年（975）之后，南唐灭亡，李煜被俘北上，留居汴京（今河南开封）二年多。待罪被囚的生活，使李煜感到极大的痛苦。正如他给金陵（今江苏南京）旧宫人的信中所说：“此中日夕，只以眼泪洗面。”（王立群）

答案

请问：“愿得此身长报国，何须生入剑门关”中哪个字是错误的？

A. 身×——生

B. 须×——需

C. 剑×——玉

塞上曲二首·其二

戴叔伦

汉家旌帜满阴山，不遣胡儿匹马还。愿得此身长报国，何须生入玉门关？

嘉宾解读

诗句出自戴叔伦的《塞上曲二首·其二》。玉门关是汉时通往西域各地的门户，故址在今甘肃敦煌西北小方盘城。“生入玉门关”，用东汉班超典故。班超，是东汉时期著名军事家、外交家，史学家班彪的幼子，其长兄班固、妹妹班昭也是著名史学家。班超为人有大志，不修细节，但内心孝敬恭谨，审察事理。他口齿辩给，博览群书。不甘于为官府抄写文书，投笔从戎，随窦固出击北匈奴，又奉命出使西域。在三十一年的时间里，先后平定西域五十多

城，为西域回归、促进民族融合，做出了巨大贡献。汉和帝永元十二年（100），在西域生活了三十一年的班超，预感自己将不久于人世，于是上书朝廷，希望能活着穿过玉门关回到家乡。《后汉书·班超传》这样说："臣不敢望到酒泉郡，但愿生入玉门关。"他的妹妹班昭，也上书汉和帝，请求把班超召回国。奏章送达后，汉和帝被感动，于是召班超回朝。永元十四年（102）八月，班超回到洛阳后，被任命为射声校尉。班超的胸肋本来就有病，回洛阳后，病情加剧，和帝派遣中黄门慰问，并赐给他医药。同年九月，班超逝世，享年七十一岁。（康震）

答案

C

请问："直道相思聊无益，未妨惆怅是清狂"中哪个字是错的？

A. 直×——只

B. 聊×——了

C. 清×——轻

无题

李商隐

重帏深下莫愁堂，卧后清宵细细长。神女生涯原是梦，小姑居处本无郎。风波不信菱枝弱，月露谁教桂叶香？直道相思了无益，未妨惆怅是清狂。

嘉宾解读

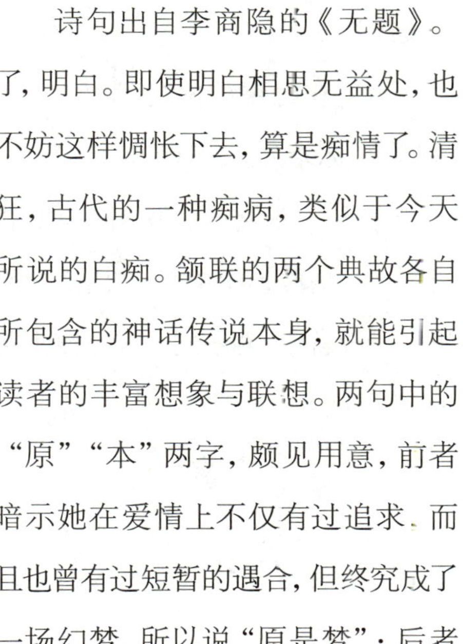

诗句出自李商隐的《无题》。了，明白。即使明白相思无益处，也不妨这样惆怅下去，算是痴情了。清狂，古代的一种痴病，类似于今天所说的白痴。颔联的两个典故各自所包含的神话传说本身，就能引起读者的丰富想象与联想。两句中的"原""本"两字，颇见用意，前者暗示她在爱情上不仅有过追求，而且也曾有过短暂的遇合，但终究成了一场幻梦，所以说"原是梦"；后者

则似乎暗示：尽管迄今仍然独居无郎，无所依托，但人们对她颇有议论，所以说“本无郎”，其中似含有某种自我辩解的意味。不过，上面所说的这两层意思，都写得隐约不露，不细心揣摩体味，是不容易发现的。（蒙曼）

这个清狂是一种病。（董卿）

不是病，是用情深了，就狂。（蒙曼）

这两句“直道相思了无益，未妨惆怅是清狂”——我想我的。（康震）

用现在时髦的一句话就是：我爱你，与你无关。（董卿）

当然了，李商隐意思就是说，我对你一往情深，虽然没有结果。但相思本身没有错，对不对？就为你犯花痴。（康震）

B

看图说诗

请根据以下画作，猜出一联诗？

山行

杜牧

远上寒山石径斜，白云深处有人家。停车坐爱枫林晚，霜叶红于二月花。

嘉宾解读

诗句出自杜牧的《山行》。诗描绘的是秋天的景色，展现的是一幅动人的山林秋色图。诗里写了山路、人家、白云、红叶，构成一幅和谐统一的画面。这些景物不是并列的处于同等地位，而是有机地联系在一起，有主有从，有的处于画面的中心，有的则处于陪衬地位。简单来说，前三句是宾，第四句是主，前三句是为第四句描绘背景、创造气氛，起铺垫和烘托作用的。（康震）

答案

停车坐爱枫林晚
霜叶红于二月花

请根据以下画作，猜出一联诗？

嘉宾解读

诗句出自刘禹锡的《酬乐天扬州初逢席上见赠》。全诗起伏跌宕，沉郁中见豪放，是酬赠诗之上品。诗的首联以伤感低沉的情调，回顾了诗人的贬谪生活。颔联借用典故暗示诗人被贬时间之长，表达

酬乐天扬州初逢席上见赠

刘禹锡

巴山楚水凄凉地，二十三年弃置身。怀旧空吟闻笛赋，到乡翻似烂柯人。沉舟侧畔千帆过，病树前头万木春。今日听君歌一曲，暂凭杯酒长精神。

了世态的变迁以及回归以后生疏而怅惘的心情。颈联是全诗感情升华之处，也是传诵千古的警句。诗人把自己比作“沉舟”和“病树”，意思是自己虽屡遭贬谪，但新人辈出，却也令人欣慰，表现出他豁达的胸襟。尾联顺势点明了酬答的题意，表达了诗人重新投入生活的意愿及坚韧不拔的意志。（康震）

答案

沉舟侧畔千帆过
病树前头万木春

请根据以下画作，猜出一首诗？

塞下曲六首·其二

卢纶

林暗草惊风，将军夜引弓。
平明寻白羽，没在石棱中。

嘉宾解读

该诗为卢纶的《塞下曲六首·其二》。这首诗利用一个颇有戏剧性的情节，表现了将军的勇武。将军把箭射入石棱中的描写，具有浪漫主义的色彩。全诗形象鲜明突出，语言凝练，意境深远，味道淳厚。（蒙曼）

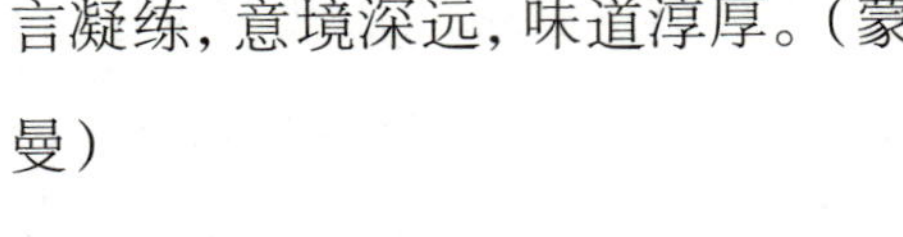

答案

林暗草惊风
将军夜引弓
平明寻白羽
没在石棱中

请根据以下画作，猜出一联诗？

嘉宾解读

词句出自苏轼的《蝶恋花·春景》——“花褪残红青杏小”，现在一般用在找女朋友上，找不到，则

蝶恋花·春景

苏轼

花褪残红青杏小。燕子飞时，绿水人家绕。枝上柳绵吹又少。天涯何处无芳草。　墙里秋千墙外道。墙外行人，墙里佳人笑。笑渐不闻声渐悄。多情却被无情恼。

“天涯何处无芳草”。其实，词里面有一个典故，当时王朝云跟随被流放的苏轼到惠州之后，每次唱到这里就唱不下去了。知己难求，真正的知己未必是那种热闹层面上的知己，一定是内心层面。有时候人造出来的机器人，也有可能成为你真正的知己，所以不要太为浮华的东西干扰，特别欣赏回到自己内心的层面，保持最纯粹的自己，就可以找到最愉悦的感觉。（郦波）

我再补充一点，朝云很理解苏轼，这点是最难的。这就是我们所说的感情上的知己，不管是红颜知己也好、蓝颜知己也罢，最重要的是能够相互理解。如果不能相互理解，仅仅是朝夕相伴，那还达不到精神层面上的沟通。历史记载，苏轼是一位性情豪放的人，因在诗词中畅论自己的政见，得罪了当朝权贵，几度遭贬。在苏轼的妻妾中，王朝云最善解苏轼心意。一次，苏轼退朝回家，指着自己的便便大腹问侍妾们：“你们有谁知道我这里面有些什么？”一答：“文章。”一说：“见识。”苏轼均摇摇头，王朝云笑道：“您肚子里都是不合时宜。”苏轼闻言赞道：“知我者，唯有朝云也。”（王立群）

答案

墙里秋千墙外道

墙外行人

墙里佳人笑

问答题

请根据以下线索，说出一位诗人？

A. 他是一位盛唐诗人

B. 他通常被视为山水田园派诗人

C. 他在安史之乱中做了安禄山“大燕国”的伪官

D. 他的名句“愿君多采撷，此物最相思”流传千古

嘉宾解读

大家对王维的山水田园诗的确都非常熟悉。其实，王维的一生样样都好，但有一样不是他情愿的。因为在安史之乱爆发的时候，他无论在文坛上还是在政坛上名气都很大了，所以当时他就被安禄山抓到了洛阳，并且逼他做了官。当然，在这中间，为拒任伪职，王维也做了很多主观上的努力，比方说又是吃药把自己弄病，又是装聋作哑，但不管怎么样，最终他还是就任了伪职。安史之乱八年间，王维一直在洛阳，直到安史之乱结束后，他才回到长安。所以这个选项，倒给我们揭示了王维的另一种生活经历。（康震）

但是我觉得这题，必须得等到给出第四个条件才能确定是王维。第一条盛唐诗人有的是，第二条山水田园诗人也有的是，第三条其实很关键，很多人就锁定王维，其实还不完全，这样的诗人不仅仅有王维，还有储光羲，王维和储光羲都是盛唐山水田园派诗人，都在安史之乱中做了安禄山“大燕国”的伪官。诗作《相思》“红豆生南国，春来发几枝。愿君多采撷，此物最相思”，一直传诵至今，几近家喻户晓。只有落在了第四条，才能真正锁定王维，所以不能急。（蒙曼）

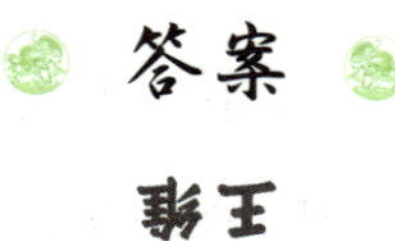

请根据以下线索，说出一位

诗人？

A. 宋代一位著名的状元

B. 中国历史上的一位民族英雄

C. 官至丞相

D. 创作有名句“人生自古谁无死？留取丹心照汗青”

嘉宾解读

文天祥，南宋末期的政治家、文学家、爱国诗人、民族英雄。宋理宗宝祐四年（1256）状元及第，官至右丞相，封信国公。在旧《广东通志》中，被称为广东古八贤之一，与东晋程畋、唐代韩愈、张九龄，北宋刘元城、狄青，南宋蔡蒙吉及明末抗清名将陈子壮齐名。其名作《过零丁洋》，更是被人们所熟知。（康震）

答案

请根据以下线索，说出一处名胜？

A. 白居易写过它附近的鸟

望海潮

柳永

东南形胜，三吴都会，钱塘自古繁华。烟柳画桥，风帘翠幕，参差十万人家。云树绕堤沙。怒涛卷霜雪，天堑无涯。市列珠玑，户盈罗绮，竞豪奢。

重湖叠巘清嘉。有三秋桂子，十里荷花。羌管弄晴，菱歌泛夜，嬉嬉钓叟莲娃。千骑拥高牙。乘醉听箫鼓，吟赏烟霞。异日图将好景，归去凤池夸。

B. 杨万里写过它中间的花

C. 苏轼把它比喻成古代大美人

D. 柳永说它有“三秋桂子，十里荷花”

嘉宾解读

A白居易《钱塘湖春行》：“几处早莺争暖树，谁家新燕啄春泥？”

B杨万里《晓出净慈寺送林子方》：“接天莲叶无穷碧，映日荷花别样红。”C苏轼：“欲把西湖比西子，淡妆浓抹总相宜。”D柳永《望海潮》：“重湖叠巘清嘉。有三秋桂子，十里荷花。”（蒙曼）

请根据以下线索，说出诗人的名字？

A. 此人为世家之后

B. 诗歌以七言绝句著称

C. 为“小李杜”之一

D. 名句“借问酒家何处有？牧童遥指杏花村”

清明

杜牧

清明时节雨纷纷，路上行人欲断魂。借问酒家何处有？牧童遥指杏花村。

嘉宾解读

杜牧，字牧之，号“樊川居士”“杜紫微”，京兆万年（今陕西西安）人。宰相杜佑之孙，杜从郁之子，唐文宗大（太）和二年，二十六岁中进士，授弘文馆校书郎。后赴江西观察使幕，转淮南节度使幕，又入观察使幕。历官史馆修撰、膳部、比部、司勋员外郎、黄州、池州、睦州刺史等职，最终官至中书舍人。晚唐杰出诗人，尤以七言绝句著称，内容以咏史抒怀为主，与李商隐齐名。由于杜甫与李白合称“李杜”，为了跟杜甫与李白区别开来，所以后人将李商隐与杜牧称为“小李杜”。（王立群）

杜牧

请根据以下线索，说出这是哪首诗？

A. 这首诗共18字

B. 诗的后两句用了3个表颜色的字

C. 诗的第一句用了3个相同的字

D. 诗是作者7岁时创作的

咏鹅

骆宾王

鹅，鹅，鹅，曲项向天歌。
白毛浮绿水，红掌拨清波。

嘉宾解读

小时候的骆宾王，住在义乌县城北的一个小村子里。村外有一口池塘叫骆家塘，每到春天，塘边柳丝飘拂，池水清澈见底，水上鹅儿成群，景色格外迷人。有一天，家中来了一位客人，客人见他面容清秀，聪敏伶俐，就问他几个问题。骆宾王皆对答如流，使客人惊讶不已。骆宾王跟着客人走到骆家塘时，一群白鹅正在池塘里浮游，客人有意试试骆宾王，便指着鹅儿要他以鹅为题作诗，骆宾王略加思索，便创作了此诗。（郦波）

答案

请根据以下线索，说出一联诗句？

A. 出自一首唐诗

B. 作者是诗圣

C. 描写的是诗仙

D. 在这一联诗中，诗仙却自称酒仙

嘉宾解读

诗句出自杜甫的《饮中八仙歌》。这首诗大约是唐玄宗天宝五载（746）杜甫初到长安时所作。史称李白与贺知章、李适之、李琎、崔宗之、苏晋、张旭、焦遂八人俱善饮，称为“酒中八仙人”。他们虽都在长安生活过，但并不是同时，杜甫从“饮酒”这个角度把他们联系在一

饮中八仙歌

杜甫

知章骑马似乘船，眼花落井水底眠。汝阳三斗始朝天，道逢麹车口流涎，恨不移封向酒泉。左相日兴费万钱，饮如长鲸吸百川，衔杯乐圣称避贤。宗之潇洒美少年，举觞白眼望青天，皎如玉树临风前。苏晋长斋绣佛前，醉中往往爱逃禅。李白斗酒诗百篇，长安市上酒家眠，天子呼来不上船，自称臣是酒中仙。张旭三杯草圣传，脱帽露顶王公前，挥毫落纸如云烟。焦遂五斗方卓然，高谈雄辩惊四筵。

起，全是追叙。诗中句句押韵，一韵到底；前不用起，后不用收；并列地分写八人，句数多少不齐，但首、尾、中腰，各用两句，前后或三或四，变化中仍有条理。八人中，贺知章资格最老（比李白大四十一岁），所以放在第一位。其他按官爵，从王公宰相一直说到布衣。写八人醉态各有特点，纯用漫画素描的手法，写其的平生醉趣，充分表现了其嗜酒如命、放浪不羁的性格，生动地再现了盛唐时代文人士大夫乐观、放达的精神风貌。（郦波）

答案

天子呼来不上船
自称臣是酒中仙

接下来是逆向思维题，一定要等到所有的条件线索全部念完了之后再抢答。

请听题：下列哪个成语不是出自杜甫的诗？

A. 青梅竹马

B. 春树暮云

C. 清新俊逸

嘉宾解读

A出自李白《长干行》“郎骑竹马来，绕床弄青梅”。B出自杜甫《春日忆李白》“渭北春天树，江东日暮云”。C出自杜甫《春日忆李白》“清新庾开府，俊逸鲍参军”。（郦波）

请根据以下线索，说出一位词人？

A. 他是宋代著名词人

B. 他的词属于婉约派

C. 他是苏门四学士之一

D. 号“淮海居士”

嘉宾解读

秦观是宋代婉约派词人的代表人物，他在苏门四学士中与苏轼的关系最亲密，因作《满庭芳》词开头有“山抹微云”句，而被苏轼称为“山抹微云君”。（康震）

秦观

请根据以下线索，说出一个传统节日？

A. 我国传统重要节日

B. 在唐代还未成为法定节日

C. 宋代才正式成为法定节日

D. 苏轼为它写过《水调歌头》

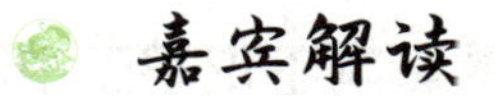

唐人虽然喜爱中秋夜玩月，但八月十五在唐代还未成为法定节日。至北宋，官方才正式确定为法定节日。苏轼的《水调歌头·中秋》，是历史上最著名的中秋词之一。（康震）

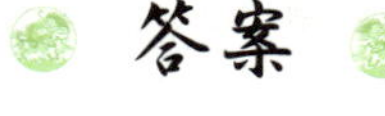

中秋节

请问：下列哪句诗不是李白写的？

A. 李白乘舟将欲行

B. 李白斗酒诗百篇

C. 呼儿将出换美酒

A选项出自李白的《赠汪伦》。

B选项出自杜甫的《饮中八仙歌》。C选项出自李白的《将进酒》。（王立群）

答案

B

唐诗的影响不仅限于中国，伟大的奥地利作曲家马勒读到经过层层转译的唐诗后，以此为歌词创作了著名的《大地之歌》，请问：该作品最后以哪首唐诗结尾？

A. 孟浩然《宿业师山房待丁大不至》

B. 李白《采莲曲》

C. 王维《送别》

送别

王维

下马饮君酒，问君何所之？君言不得意，归卧南山陲。但去莫复问，白云无尽时。

嘉宾解读

马勒在忧郁之中，读到经过德文转译的诗集《中国之笛》，被其中的唐诗所吸引，以之为歌词，于1909年创作完成了交响作品《大地之歌》。《大地之歌》一共六个乐章。第一乐章歌词是李白的《悲歌行》，第二三乐章到底用了哪些唐诗还有争议，第四乐章是李白的《采莲曲》，第五乐章是李白《春日醉起言志》，第六乐章标题为《送别》，前半用孟浩然《宿业师山房待丁大不至》，后半用王维《送别》。（王立群）

答案

C

请根据以下线索，说出一联诗？

A. 诗题是金陵一处名胜

B. 诗中写到一种鸟

C. 作者不是李白

D. 包含了魏晋时期的两个大家族

乌衣巷

刘禹锡

朱雀桥边野草花，乌衣巷口夕阳斜。旧时王谢堂前燕，飞入寻常百姓家。

嘉宾解读

诗句出自刘禹锡的《乌衣巷》，为作者组诗《金陵五题》的第二首。乌衣巷是金陵城内一街巷，与朱雀桥相近，因孙吴时驻扎过穿黑衣的禁军而得名。东晋时期，南迁的世家大族王、谢两家均聚居于此。（王立群）

答案

旧时王谢堂前燕

飞入寻常百姓家

请根据以下线索，说出相对应的诗名？

A. 和美丽的传说有关

B. 和六朝古都有关

C. 作者是大诗人李白

D. 写法受到同时代诗人崔颢《黄鹤楼》的影响

嘉宾解读

《登金陵凤凰台》，是李白为数不多的七言律诗之一。此诗一说是唐玄宗天宝年间，作者被“赐金还山”，遭排挤离开长安，南游金陵时所作；一说是作者流放夜郎遇赦返回后所作；也有人称是李白游览黄鹤楼，并留下“眼前有景道

登金陵凤凰台

李白

凤凰台上凤凰游，凤去台空江自流。吴宫花草埋幽径，晋代衣冠成古丘。三山半落青天外，二水中分白鹭洲。总为浮云能蔽日，长安不见使人愁。

不得，崔颢题诗在上头”后写的，是想与崔颢的《黄鹤楼》争胜。（康震）

答案

登金陵凤凰台

请根据以下线索，说出一位诗人？

A. 他的诗对晚唐影响颇大

B. 与“推敲”的典故有关

C. 他本不是官员，却被贬谪为官

D. 被称为“苦吟诗人”

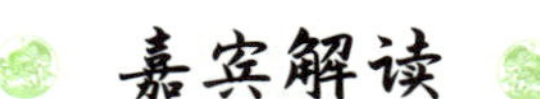

嘉宾解读

贾岛与温庭筠一样，本无官却被贬成官。他出家为僧，法名“无本”，后受到韩愈赏识，被劝还俗，参加进士考试，终未登第。（王立群）

答案

贾岛

以下为文字线索题，公布题面后，将逐一给出4条线索。每读完一条线索，选手可随时抢答。

请根据以下线索，说出一位词人？

A. 是我国著名词人

B. 是“词家三李”之一

C. 其词号称“当行本色”

D. 是古代最著名的女词人

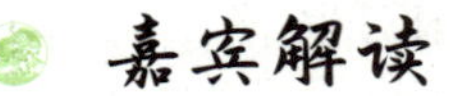

嘉宾解读

清人沈谦说：“男中李后主，女中李易安，极是当行本色。前此太白，故称词家三李。”（康震）

答案

李清照

请根据以下线索，选择一位诗人？

A. 科举不顺利

B. 李白亲口说“爱”他

C. 写田园诗出名

D. 与王维齐名

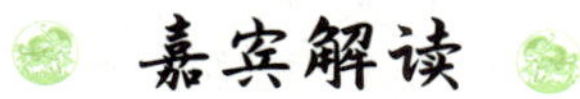

孟浩然科举考试不顺利，屡次落第，但李白很欣赏他，有《赠孟浩然》诗云：“吾爱孟夫子，风流天下闻。”孟浩然和王维，是盛唐山水田园诗的代表人物，并称“王孟”。（康震）

孟浩然

请根据以下线索，说出一位诗人？

A. 他是一个天才早慧型诗人

B. 传说他写文章曾得到神仙帮助

C. 只活到二十七岁

D. 他不幸在北部湾因溺水而死

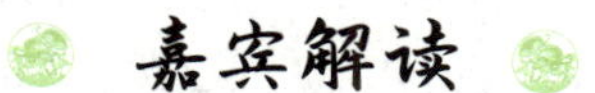

初唐王勃和中唐李贺，都是天才早慧型诗人，都只活到二十七岁。唐人小说里写王勃在南昌作《滕王阁序》，是得到神仙中元水君的帮助，可惜王勃到交州探亲时，在北部湾溺水而死。当念到B线索时，很多人会误以为是李贺。所以本题具有较大的迷惑性。（王立群）

王勃

请根据以下线索，说出两句诗？

A. 出自一首咏史诗

B. 所咏的是历史上一场以少胜多的大战

C. 作者是杜牧

D. 事关两位美女的命运

嘉宾解读

诗句出自杜牧的《赤壁》。这两句诗是说，如果借东风不成功，那么赤壁之战的结果也许就是曹操一

赤壁

杜牧

折戟沉沙铁未销，自将磨洗认前朝。东风不与周郎便，铜雀春深锁二乔。

方胜利，孙策和周瑜的夫人大乔和小乔也不免沦为曹操的女人，和其他女人一起被安置在铜雀台。这种推测也不是空穴来风。历史上曹丕的夫人甄氏，本来是袁绍的儿媳，长得很美，袁绍兵败时，曹操和曹丕爷儿两个都看上了她，曹操见曹丕有意，就体现了当父亲的“高风亮节”，把甄氏送给了儿子曹丕。（康震）

答案

东风不与周郎便
铜雀春深锁二乔

请根据以下线索，说出一个节气？

A. 杜甫诗中提到这个节气

B. 这首诗是怀念自己弟弟的

C. 这首诗中的名句是“月是故乡明”

D. 节气的名字藏在“露从今夜白”一句中

月夜忆舍弟

杜甫

戍鼓断人行，秋边一雁声。露从今夜白，月是故乡明。有弟皆分散，无家问死生。寄书长不达，况乃未休兵。

嘉宾解读

出自杜甫的《月夜忆舍弟》。诗是唐肃宗乾元二年（759）秋杜甫在秦州所作。这年九月，安禄山、史思明从范阳引兵南下，攻陷汴州，西进洛阳，山东、河南都处于战乱之中。当时，杜甫的几个弟弟正分散在这一带，由于战事阻隔，音信不通，引起他强烈的忧虑和思念。《月夜忆舍弟》，即是他当时思想感情的真实记录。诗中写兄弟因战乱而离散，杳无音信。在异乡的戍鼓和孤雁声中观赏秋夜月露，只能倍增思乡忆弟之情。（康震）

答案

白露

请根据以下线索，说出一联名句？

A. 这联名句出自一首南宋诗

B. 诗的作者是一位理学家

C. 诗句表面上表达了游春踏青的喜悦

D.暗中却传达了认识真理之后处处皆春的气象

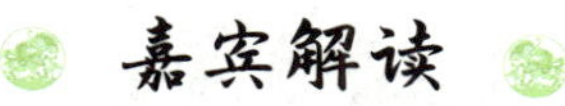

嘉宾解读

诗句出自朱熹的《春日》。从字

> **春日**
>
> 朱熹
>
> 胜日寻芳泗水滨，无边光景一时新。等闲识得东风面，万紫千红总是春。

面上看，这首诗好像是写游春观感，但细究寻芳的地点是泗水之滨，而此地在宋廷南渡时，早被金人侵占，朱熹未曾北上，当然不可能在泗水之滨游春吟赏，其实诗中的“泗水”，乃暗指孔门儒学。因为春秋时孔子曾在洙、泗之间弦歌讲学，教授弟子，因此所谓“寻芳”，即是指求圣人之道；“万紫千红”，喻儒学的丰富多彩。诗人将圣人之道比作催发生机、点染万物的春风，这其实是一首寓理趣于形象之中的哲理诗。（王立群）

答案

等闲识得东风面

万紫千红总是春

请根据以下线索，说出一位诗人？

A. 初盛唐间人

B. 一共才留下来两首诗

C. “吴中四士”之一

D. 一首诗被闻一多誉为“诗中的诗，顶峰上的顶峰”

嘉宾解读

张若虚与贺知章、张旭、包融并称“吴中四士”，他仅留下来两首诗，一首是《代答闺梦还》，很一般；另一首就是著名的《春江花月夜》。古人并没有“孤篇压全唐”或者“孤篇盖全唐”这样一种说法，这两句话是没有依据的。但闻一多在《宫体诗的自赎》一文中，确实是将《春江花月夜》誉为“诗中的诗，顶峰上的顶峰”。（康震）

答案

张若虚

请根据以下线索，说出一联诗？

A. 是闺房里的一个场景

B. 描写新妇化妆

C. 主题不是闺房之乐、男女情事

D. 问夫婿画眉的深浅

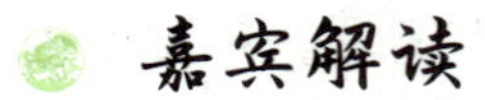

嘉宾解读

诗句出自朱庆馀《近试上张水部》：“洞房昨夜停红烛，待晓堂前拜舅姑。妆罢低声问夫婿，画眉深浅入时无？”这首诗是朱庆馀在考试前写给主考官的。唐人的进士试是不糊名的，所以士子在考前往往将自己的创作先送到主考官那里以求延誉。朱庆馀此前已向张水部行卷，但他临考紧张，又写此诗，以新妇自比，问自己的作品是否“入时”。（康震）

答案

妆罢低声问夫婿

画眉深浅入时无

请问：王昌龄诗中的“一片冰心在玉壶”怎样理解？

A. 比喻人心地纯洁、清廉正直

B. 比喻人绝望

C. 比喻世态炎凉

芙蓉楼送辛渐

王昌龄

寒雨连江夜入吴，平明送客楚山孤。洛阳亲友如相问，一片冰心在玉壶。

嘉宾解读

冰心，比喻心地纯洁。冰在玉壶之中，比喻人的清廉正直。（蒙曼）

答案

A

请问：“千门万户曈曈日，总把新桃换旧符”中的新桃是什么意思？

A. 早开的桃花

B. 新的桃符

C. 新年的寿桃馒头

元日

王安石

爆竹声中一岁除，春风送暖入屠苏。千门万户曈曈日，总把新桃换旧符。

嘉宾解读

新的桃符，是否就是现在所说的春联呢？桃符，确实是现在春联的前身。挂桃符是历史悠久的汉族民俗文化。据说桃木有压邪驱鬼的作用，所以古人在辞旧迎新之际，用桃木板分别写上“神荼”“郁垒”二神的名字，或者用纸画上二神的图像，悬挂于门首，意在祈福灭祸。这就是

最早的桃符。五代开始，在桃符上书写联语，其后书写于纸上，称为“春联”。（蒙曼）

答案

B

李清照《如梦令·昨夜雨疏风骤》中有“知否？知否？应是绿肥红瘦”，请问：这里的“红”是指什么花？

A. 牡丹

B. 芍药

C. 海棠

嘉宾解读

《如梦令·昨夜雨疏风骤》是李清照早期的词作之一，词中充分体现出作者对大自然、对春天的热爱。这首小令，内容很简单，写的是春夜里大自然经历了一场风吹雨打，词人预感到庭园中的花木必然是绿叶繁茂、花事凋零了。因此翌日清晨，她急切地向“卷帘人”询问室外的变化，粗心的“卷帘人”却答之以“海棠依旧”。对此，词人禁不住连用两个“知否”与一个“应是”，纠正其观察的粗疏与回答的错误。“绿肥红瘦”一句，形象地反映出作者对春天将逝的惋惜之情。词中使用拟人化手法，把本来用以形容人的“肥”“瘦”二字，借来用以形容绿叶的繁茂与红花的稀少，暗示出春天的逐渐消失。词作绝妙工巧，不着痕迹。词人为花而喜，为花而悲，为花而醉，为花而嗔，实则是伤春惜春，以花自喻，慨叹自己的青春易逝。（康震）

如梦令·昨夜雨疏风骤

李清照

昨夜雨疏风骤，浓睡不消残酒。试问卷帘人，却道海棠依旧。知否？知否？应是绿肥红瘦。

答案

C

请问：从“故人西辞黄鹤楼”中“西辞”二字来看，作者的朋友要往哪里去？

A. 向东去

B. 向西去

C. 辞别西方向黄鹤楼去

黄鹤楼送孟浩然之广陵

李白

故人西辞黄鹤楼，烟花三月下扬州。孤帆远影碧空尽，惟见长江天际流。

嘉宾解读

诗句出自李白的《黄鹤楼送孟浩然之广陵》，广陵是现在的扬州，对吧？送客人从黄鹤楼到现在的扬州，对不对？即从湖北到扬州。（董卿）

当然是往东。这首诗大家非常熟悉，黄鹤楼在扬州西方的武汉，“烟花三月下扬州”，肯定是往东边去的。这里我感兴趣的地方，在于李白跟孟浩然的友好关系：“吾爱孟夫子，风流天下闻。”这诗很有意思，李白喜欢孟浩然的什么呢？风流倜傥。他们的友谊是诗坛上的一段佳话。二人彼此结识，固然不乏饮酒唱和、携手邀游的乐趣，但是至为重要的，则是在追求情感的和谐一致，寻求灵性飘逸的同伴和知音。孟浩然曾隐鹿门山，年四十余客游京师，终以“当路无人”，还归故园。而李白竟也有类似的经历，他少隐岷山，又隐徂徕山。后被唐玄宗召至京师，供奉翰林。终因小人谗毁，被赐金放还。的确，笑傲王侯，宏放飘然，邈然有超世之心，这便是两位著名诗人成为知交的根本原因。（康震）

答案

A

请问：“一道残阳铺水中，半江瑟瑟半江红”中的“瑟瑟”是什么意思？

A. 碧绿

B. 寒冷

C. 寂寥

暮江吟

白居易

一道残阳铺水中，半江瑟瑟半江红。可怜九月初三夜，露似真珠月似弓。

嘉宾解读

诗句出自白居易的《暮江吟》。诗大约是唐穆宗长庆二年（822）白居易在赴杭州任刺史的途中创作的。当时朝廷政治昏暗，牛李党争激烈，诗人品尽了朝官的滋味，自求外任。这首诗从侧面反映出了作者离开朝廷后轻松畅快的心情。诗中，诗人选取了红日西沉到新月东升这一段时间里的两组景物进行描写，运用新颖巧妙的比喻，创造出和谐、宁静的意境，通过吟咏，表现出内心深处的情思和对大自然的热爱之情。（康震）

答案

A

请问：陆游名句“零落成泥碾作尘，只有香如故”描写的是什么花？

A. 杏花

B. 桃花

C. 梅花

卜算子·咏梅

陆游

驿外断桥边，寂寞开无主。已是黄昏独自愁，更著风和雨。　无意苦争春，一任群芳妒。零落成泥碾作尘，只有香如故。

嘉宾解读

词句出自陆游的《卜算子·咏梅》。其实要光看这句子，说桃花、杏花都行，这些花都有这个特性。唐朝人非常喜欢梅花，宋朝人就更喜欢了，但宋朝人赋予梅花更多的风骨含义。其实这是与宋朝特殊的历史背景相关联的，整个宋朝一直需要跟其他政权对抗，所以就着意提倡一种凌霜傲雪的精神。词以清新的情调，写出了傲然不屈的梅花，暗喻了自己的坚贞不屈。笔致细腻，意味深隽，是咏梅词中的绝唱。那时陆游正处在人生的低谷，他的主战派士气低落，因而十分悲观，因此整首词十分悲凉，尤其开头，渲染了一种冷漠的气氛和他那不畏强权的精神。作者以梅花自况，咏梅的凄苦以泄胸中抑郁，感叹人生的失意坎坷；赞梅的精神，又表达了青春无悔的信念以及对自己爱国情操及高洁人格的自许。（蒙曼）

答案

C

请问：“金樽清酒斗十千”中的“十千”是什么意思？

A. 酒量大

B. 美酒多

C. 酒价高

嘉宾解读

千在唐代是货币单位，但很多时候它又用来代表酒价，而且十千是一个非常高的价位，王维诗中也有十千的计数。（蒙曼）

行路难·金樽清酒斗十千

李白

金樽清酒斗十千，玉盘珍羞直万钱。停杯投箸不能食，拔剑四顾心茫然。欲渡黄河冰塞川，将登太行雪满山。闲来垂钓碧溪上，忽复乘舟梦日边。行路难！行路难！多歧路，今安在？长风破浪会有时，直挂云帆济沧海。

诗句出自李白的《行路难·金樽清酒斗十千》。该诗作于唐玄宗天宝三载（744），是李白因遭受谗毁被排挤出朝廷、离开长安之时所写。诗中抒写了在政治道路上遭遇艰难时，产生的不可抑制的愤激情绪。但仍盼有一天能施展自己的抱负，表现了作者对人生前途乐观、豪迈的气概，充满了积极的浪漫主义情调。（康震）

答案

Ↄ

请问：“挥手自兹去，萧萧班马鸣”中的“班马”指什么？

A. 有花纹的马

B. 离群的马

C. 以班固、司马迁喻人

送友人

李白

青山横北郭，白水绕东城。此地一为别，孤蓬万里征。浮云游子意，落日故人情。挥手自兹去，萧萧班马鸣。

嘉宾解读

诗句出自李白的《送友人》。我想问，为什么是表示离群的马？

“班”的金文字形，字的中间就像一

把刀，把一块完整的玉分成了两半。这个分玉的动作就是班，引申为离群分开的意思。后来，历史上常说的“班马”，有的是指班固和司马迁，还有的是指班固和司马相如。但这里的“班马”是指的离群的马，表示与友人的离别，用的是“班”的本义。（郦波）

答案

B

请问：李白《夜泊牛渚怀古》“登舟望秋月，空忆谢将军”中“谢将军”指的是谁？

A. 谢安

B. 谢尚

C. 谢玄

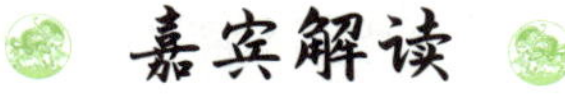

嘉宾解读

这首诗当是诗人失意后在当涂所作。那时诗人对未来已经不抱希望，但自负才华而怨艾无人赏识的情绪仍溢满诗中。牛渚，是安徽当涂西北紧靠长江的一座山，北端突入江中，即著名的采石矶。此诗题下原有注说：“此地即谢尚闻袁宏咏史处。”据《晋书·文苑列传》记载：袁宏少时孤贫，以运租为业。镇西将军谢尚镇守牛渚，秋夜乘月泛江，听到袁宏在运租船上讽咏自己创作的《咏史》诗，非常赞赏，于是邀宏过船谈论，直到天明。袁宏得到谢尚的赞誉，从此声名大著。题中所谓“怀古”，就是指这件事。诗人想到先人典故，为自己的怀才不遇而忧闷，因此写下这首咏古怀今的名作，以抒发怀才不遇、知音难觅的伤感。全诗诗意明朗、单纯，语言清新、自

夜泊牛渚怀古

李白

牛渚西江夜，青天无片云。登舟望秋月，空忆谢将军。余亦能高咏，斯人不可闻。明朝挂帆去，枫叶落纷纷。

然，寓情于景，以景结情，自有一种令人神远的韵味。（蒙曼）

谢尚字仁祖，官镇西将军。袁宏字彦伯，早年孤零贫穷。谢尚镇守牛渚时，曾在秋夜微服泛舟江上，偶然听到袁宏在运粮船上吟诵他自己所写的《咏史》诗，深为赞赏袁宏的才学，将他邀请到自己的船上，交谈了一夜。袁宏由此名声大振，后来官至东阳太守。李白最崇拜的偶像是谢安。谢玄是谢安的侄子，后来淝水之战，主要靠谢玄打的。谢家发达，就是从镇西将军谢尚开始的。李白堪称是谢家的铁杆粉丝，所以有人推测他晚年之所以住在南京，就是想离谢家的故居近一点。杜甫是诸葛亮的铁杆粉丝，晚年就住在四川成都的草堂，也是想靠武侯祠近一点。这些都是粉丝追偶像的行为。（郦波）

答案

B

请问：下面哪句诗不是描写冬天的？

A. 日暮苍山远，天寒白屋贫

B. 千山鸟飞绝，万径人踪灭

C. 窗含西岭千秋雪，门泊东吴万里船

绝句

杜甫

两个黄鹂鸣翠柳，一行白鹭上青天。窗含西岭千秋雪，门泊东吴万里船。

嘉宾解读

诗句出自杜甫的《绝句》。这个题目特别好，与冬天没关系，因为前两句说“两个黄鹂鸣翠柳，一行白鹭上青天”，明显的是春天来的时候，是春天的景色。“窗含西岭千秋雪”，虽有“雪”字，但不是表现雪

的。（郦波）

唐代宗宝应二年（763），安史之乱平定，杜甫回到成都草堂。此时，他的心情特别舒畅，面对一派生机的春景，不禁欣然命笔，一挥而就。这幅“春景图”，有近有远，有声有色；映衬成趣，明丽开阔；人与物俱适，动与静结合；一派生机，千里春色，不仅描绘了祖国山川之多娇，又表现了诗人心情之怡悦。（蒙曼）

C

白居易《问刘十九》诗有“绿蚁新醅酒，红泥小火炉”句，请问：诗中的“绿蚁”指的是什么？

A. 酒上浮起的绿色泡沫

B. 绿色的蚂蚁

C. 茶

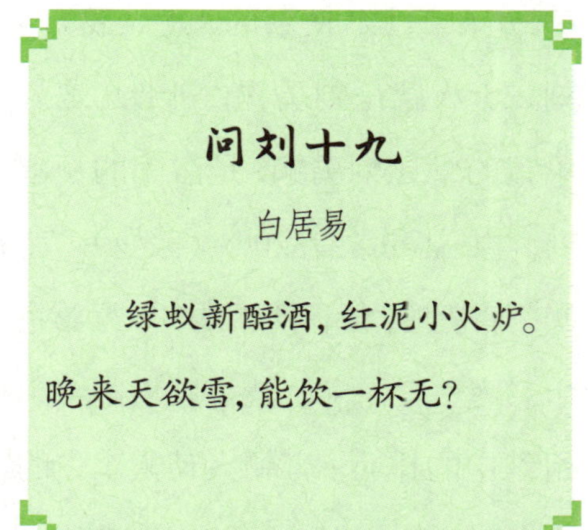

嘉宾解读

白居易和李白、杜甫一样，也嗜酒成性。《苕溪鱼隐丛话》中张文潜说：陶渊明虽然爱好喝酒，但由于家境贫困，不能经常喝美酒，与他喝酒的都是些打柴、捕鱼、耕田之类的乡下人，地点也在树林田野间。而白居易家酿美酒，每次喝酒时必有丝竹伴奏、僮伎侍奉，与他喝酒的都是社会上的名流，如裴度、刘禹锡等。题目很有意思。很多人问刘十九是谁？还有刘二十八？（郦波）

白居易留下的诗作中，提到刘十九的不多，仅两首。但提到刘

二十八、二十八使君的，就很多了。刘二十八就是刘禹锡，刘十九是刘禹锡的堂兄刘禹铜，是洛阳的一富商，与白居易常有应酬。（蒙曼）

唐朝时，流行所谓的“以行第系于名者”，“行第”就是同族中兄弟姐妹中的排行。唐朝大诗人李白的小名叫“李十二”、大诗人杜甫的小名叫“杜二”，都是以其在同族兄弟姐妹中的排行起的数字名。不过，这种排行不是以同父所生的兄弟为序，而是以同曾祖兄弟的排行为序的。唐朝大诗人白居易兄弟四人，而其按照行第所起的数字名却是“白二十二”。唐时，兄弟姐妹中排行第一的人称为“大”，如唐朝诗人王昌龄的小名叫“王大昌龄”。唐朝这种以行第起数字名的习俗，延续到了宋朝，仍然颇为盛行。如北宋文学家苏辙的小名是“苏二”，词人秦少游的小名是“秦七”，文学家欧阳修的小名是“欧阳九”，这些都是典型的数字名。宋朝一般的平民，也常以数字作为自己的正名，但当时只以同父所生的兄弟排行为序，如梁山泊好汉中的阮小二、阮小五、阮小七。而且，当时的民间有许多名叫张三郎、李四郎的人。在宋朝小说《夷坚志》中，有许多人物就是以数字起名字的。唐宋时期的女子，一般都不起大名，而是以其在兄弟姐妹中的排行顺序，叫做“某某娘”。杜甫写有《观公孙大娘弟子舞剑器行》、韩愈也写有《祭周氏侄女文》，所写的“公孙大娘”和“周氏二十娘”，都是当时女子的数字名。另外，唐朝小说中有黄四娘、荆十三娘的故事，“黄四娘”和“荆十三娘”，也都是当时女子的数字名。不过，唐时也有少数女子有数字名之外的大名，如当时的四川名伎薛涛、唐中宗时上官婉儿等。（郦波）

白居易是一个很接地气的人，所以他喝的是浊酒。这酒没有经过过滤，上面有一层沫。李白就比较豪华，是“金樽清酒斗十千”，那酒是滤过的，一滤过就马上身价百倍，斗十千。当时开元年间一斗米才三四十文钱，一斗酒就是一万钱！像白居易酿的这种酒却值不了几文钱，酿酒技术革命之后，酒价翻了许多倍。（蒙曼）

答案

请问：“千里江陵一日还”中“还”的目的地是哪里？

A. 白帝城

B. 江陵

C. 长安

早发白帝城

李白

朝辞白帝彩云间，千里江陵一日还。两岸猿声啼不住，轻舟已过万重山。

嘉宾解读

诗句出自李白的《早发白帝城》。前人曾认为，这首诗是青年李白出蜀时所作。然而根据“千里江陵一日还”的诗意，李白曾从江陵上三峡，因此，这首诗应当是他返还时所作。唐肃宗乾元二年（759）春天，李白因永王李璘案，被流放夜郎，他取道四川，赶赴被贬谪的地方。行至白帝城的时候，忽然收到赦免的消息，惊喜交加，随即乘舟东下江陵。此诗即回舟抵江陵时所作，所以诗题一作《下江陵》。（郦波）

诗意在描摹自白帝至江陵一段长江水急流速、舟行若飞的情况。首句写白帝城之高；二句写江陵路遥，舟行迅速；三句以山影猿声，烘托行舟飞进；四句写行舟轻如无物，点明水势如泻。诗人是把遇赦后愉快的心情和江山的壮丽多姿、顺水行舟的流畅轻快融为一体来表达的。

全诗无不夸张和奇想，写得流丽飘逸、惊世骇俗，但又不假雕琢、随心所欲、自然天成。明人杨慎赞其诗曰：“惊风雨而泣鬼神矣！”（蒙曼）

答案

B

请问：李清照《永遇乐》“铺翠冠儿、捻金雪柳，簇带争济楚”中“捻金雪柳”指的是什么？

A. 头饰

B. 植物

C. 花纹

永遇乐·落日熔金

李清照

落日熔金，暮云合璧，人在何处？染柳烟浓，吹梅笛怨，春意知几许？元宵佳节，融和天气，次第岂无风雨？来相召、香车宝马，谢他酒朋诗侣。　中州盛日，闺门多暇，记得偏重三五。铺翠冠儿、捻金雪柳，簇带争济楚。如今憔悴，风鬟霜鬓，怕见夜间出去。不如向、帘儿底下，听人笑语。

嘉宾解读

捻金雪柳，为古代元宵节女子头上的装饰。雪柳，一种白柳，中国刺绣中喜用的花样，是宋代妇女在立春日和元宵节时插戴的一种绢或纸制成的头花，是造型，而不是绣上去的。《宣和遗事·前集》记载：“少刻，京师民有似雪浪，尽头上戴着玉梅、雪柳、闹蛾儿。”其实我最关心的是一种叫闹蛾的头饰。这种头饰取飞蛾扑火之意。宋代的时候，并不像我们后来理解得那样礼教统治一切，对人性的束缚也不是我们所想象的，元宵节的时候女孩子可以夜不归宿，不是“打着灯笼照旧（找舅）”，而是去找情郎。那时候，社会资源主要

是土地和人口资源，政府鼓励生育，鼓励青年男女相互爱慕，所以女孩子在这一天的晚上是可以不回家的。（郦波）

关键是宋朝和我们的想象并不一样。我们现在一想到宋朝，很含蓄的感觉。其实不对，宋朝承唐之后，衣服也好，首饰也好，要比我们想象的夸张。比如唐朝时候的贴花店出售的贴花，那是很薄的东西，金箔做的，或者是用其他贝壳之类的东西做的，贴到脸上会往下掉，所以小孩们都跟着贵妇人后边跑，一看脸上又掉下来了，赶紧捡起来玩，就像杨贵妃的姐姐们一行去玩的时候后边跟着一群人一样。宋朝时可能不贴金、不贴贝壳了，宋朝纸开始多起来了，这样的东西很多是纸做的，然后插在头上。我们现在很难想象，插一头这种东西，花花绿绿的，好看不好看？这就是李清照后来怀念的青年时代。后来南渡之后，她就没有了这种心情。（蒙曼）

A

请问：“两岸猿声啼不住，轻舟已过万重山”中的“轻舟”此时正在哪条河流上行驶？

A. 长江

B. 黄河

C. 京杭大运河

早发白帝城

李白

朝辞白帝彩云间，千里江陵一日还。两岸猿声啼不住，轻舟已过万重山。

嘉宾解读

我们老问，时间都去哪了？突然

想到白帝城去哪去了？现在就剩白帝岛了。白帝城，故址在今重庆市奉节的白帝山上。（郦波）

A

“黄河远上白云间，一片孤城万仞山”中的“仞”是一种长度单位，那么请问：它与“尺”和“丈”，从大到小的排列顺序应该是？

A. 仞、丈、尺

B. 丈、尺、仞

C. 丈、仞、尺

凉州词

王之涣

黄河远上白云间，一片孤城万仞山。羌笛何须怨《杨柳》，春风不度玉门关。

嘉宾解读

这三个长度单位都是古诗中常见的。比如说“白发三千丈，缘愁似个长”“危楼高百尺，手可摘星辰”等等。他们的具体换算比例，在各个朝代是不一样的，但单位的大小顺序没有变化。金庸小说《射雕英雄传》和《神雕侠侣》里都有武艺高强的裘姓三兄妹，老大老二老三分别叫“裘千丈”“裘千仞”“裘千尺”，他们的排行就是按照这三个长度计量单位的大小来排的。（郦波）

C

李白词《菩萨蛮》有“何处是归程？长亭更短亭”，长亭、短亭都是修筑在路边供人休息或饯行的场所，请说出它们的区别？

A. 一里一短亭，二里一长亭

B. 三里一短亭，五里一长亭

C. 五里一短亭，十里一长亭

菩萨蛮·平林漠漠烟如织

李白

平林漠漠烟如织，寒山一带伤心碧。暝色入高楼，有人楼上愁。　玉阶空伫立，宿鸟归飞急。何处是归程？长亭更短亭。

嘉宾解读

南北朝庾信《哀江南赋》：“十里五里，长亭短亭。”古人常常在长亭送别，如《西厢记》中张生与崔莺莺的送别场面，就是在长亭。（郦波）

答案

C

请问：“风吹柳花满店香，吴姬压酒劝客尝”两句诗中的“压酒”指的是什么？

A. 榨酒

B. 倒酒

C. 陪酒

金陵酒肆留别

李白

风吹柳花满店香，吴姬压酒劝客尝。金陵子弟来相送，欲行不行各尽觞。请君试问东流水，别意与之谁短长？

嘉宾解读

诗句出自李白的《金陵酒肆留别》。吴姬，吴地的青年女子，这里指酒店中的侍女。压酒，压糟取酒。古时新酒酿熟，临饮时方压糟取用。此诗当作于唐玄宗开元十四年（726）。李白在出蜀当年的秋天，往游金陵（今江苏南京），大约逗留了大半年时间。开元十四年春，诗人赴扬州，临行之际，朋友在酒店为他饯

行，李白作此诗留别。（郦波）

答案

∀

“春色满园关不住，一枝红杏出墙来”出自南宋诗人叶绍翁的《游园不值》一诗，请问：诗题中的“值”是什么意思？

A. 值得

B. 遇到

C. 值班

游园不值

叶绍翁

应怜屐齿印苍苔，小叩柴扉久不开。春色满园关不住，一枝红杏出墙来。

嘉宾解读

值是遇见、遇到之意，“游园不值”就是游园不遇，也就是想游园而没能得到机会。这首小诗，可以品鉴出宋诗的特点——它要讲道理。唐诗里也有“飞流直下三千尺，疑是银河落九天”，看了瀑布，就有感情的冲动。到了苏轼，“横看成岭侧成峰，远近高低各不同。不识庐山真面目，只缘身在此山中”，看了美景没有冲动，却陷入了沉思。写庐山，一方面是自然的庐山，一方面是性情的庐山。这首诗也一样，其实写了一件极小的事儿。诗所写的大致是江南二月，正值云淡风轻、阳光明媚的时节，诗人乘兴来到一座小小的花园门前，想看看园里的花木。他轻轻敲了几下柴门，没有反响；又敲了几下，还是没人应声。诗人猜想，大概是怕园里的满地青苔被人践踏，所以闭门谢客的。诗人在花园外面寻思着、徘徊着，很是扫兴。他在无可奈何、正准备离去时，抬头之间，忽见墙上一枝盛开的红杏花探出头来：“春色满园关不住，一枝红杏出墙来。”诗人从一枝盛开的红

杏花，领略到满园热闹的春色，感受到满天绚丽的春光，总算是不虚此行了。（康震）

从诗意看，门前长有青苔，足见这座花园的幽僻，而主人又不在家，敲门很久，无人答应，更是冷清，可是红杏出墙，仍然把满园春色透露了出来。从冷寂中写出繁华，这就使人感到一种意外的喜悦。（王立群）

B

请问：“千门万户曈曈日，总把新桃换旧符”中的“曈曈”是指什么？

A. 太阳初升的光亮

B. 形容热闹的样子

C. 正午阳光灿烂

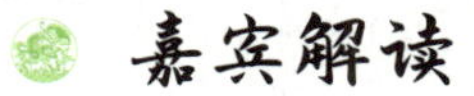

诗句出自王安石的《元日》。“千门万户曈曈日”，写旭日的光辉

元日

王安石

爆竹声中一岁除，春风送暖入屠苏。千门万户曈曈日，总把新桃换旧符。

普照千家万户。用“曈曈”表现日出时光辉灿烂的景象，象征无限光明美好的前景。结语“总把新桃换旧符”，既是写当时的民间习俗，又寓含除旧布新的意思。（王立群）

A

请问：苏轼《江城子·密州出猎》“为报倾城随太守，亲射虎，看孙郎”中“倾城”指的是？

A. 美人

B. 苏轼自己

C. 全城，意指全城的人

江城子·密州出猎

苏轼

老夫聊发少年狂。左牵黄，右擎苍。锦帽貂裘，千骑卷平冈。为报倾城随太守，亲射虎，看孙郎。　　酒酣胸胆尚开张。鬓微霜，又何妨？持节云中，何日遣冯唐？会挽雕弓如满月，西北望，射天狼。

嘉宾解读

这首词作于宋神宗熙宁八年（1075），作者在密州（今山东诸城）任知州时。这是宋人较早抒发爱国情怀的一首豪放词，在题材和意境方面都具有开拓意义。这首词上片写出猎，下片写请战，不但场面热烈，音节嘹亮，而且情豪志壮，顾盼自雄，气势雄豪，淋漓酣畅，精神百倍，一洗绮罗香泽之态，读之令人耳目一新。在偎红倚翠、浅斟低唱之风盛行的北宋词坛，可谓别具一格，自成一体，对南宋爱国词作有直接的影响。同苏轼的其他豪放词相比，这是一首豪而能壮的壮词。把词曲创作中历来软媚无骨的儿女情，换成有胆有识、孔武刚建的英雄气了。（王立群）

此作是东坡豪放词的代表作之一。词中写出猎之行，抒兴国安邦之志，拓展了词境，提高了词品，扩大了词的题材范围，为词的创作开辟了崭新的道路。作品融叙事、言志、用典为一体，调动各种艺术手段，形成豪放风格，多角度、多层次地从行动和心理上表现了作者宝刀未老、志在千里的英风与豪气。苏轼对此也颇为自负，他在密州写给好友鲜于侁的信中说：“近却颇作小词，虽无柳七郎风味，亦自是一家。数日前，猎于郊外，所获颇多。作是一阕，令东州壮士抵掌顿足而歌

之，吹笛击鼓以为节，颇壮观也。”就是指的这首词。（康震）

答案

C

请问：唐代诗人张志和《渔歌子》中写道“青箬笠，绿蓑衣，斜风细雨不须归”中的“青箬笠”是指的什么？

A. 竹叶编制的笠帽

B. 竹条编制的雨披

C. 茅草编的草帽

渔歌子·西塞山前白鹭飞

张志和

西塞山前白鹭飞，桃花流水鳜鱼肥。青箬笠，绿蓑衣，斜风细雨不须归。

嘉宾解读

青箬笠也作“青篛笠”，雨具，箬竹叶或篾编制的笠帽。（康震）

答案

A

请问：柳永《蝶恋花》名句“衣带渐宽终不悔，为伊消得人憔悴”中的“消得”是什么意思？

A. 消瘦得

B. 消耗得

C. 值得

蝶恋花·伫倚危楼风细细

柳永

伫倚危楼风细细。望极春愁，黯黯生天际。草色烟光残照里。无言谁会凭阑意？　拟把疏狂图一醉。对酒当歌，强乐还无味。衣带渐宽终不悔，为伊消得人憔悴。

嘉宾解读

“消得”就是“值得”，为心爱

的人，值得自己日渐憔悴。“衣带渐宽”表明消瘦，但“消得”并非消瘦的意思。王国维在《人间词话》中说：“古今之成大事业、大学问者，必经过三种之境界：‘昨夜西风凋碧树，独上高楼，望尽天涯路。’此第一境也；‘衣带渐宽终不悔，为伊消得人憔悴’。此第二境也；‘众里寻他千百度，蓦然回首，那人却在灯火阑珊处’。此第三境也。”（康震）

答案

C

请问：“来日绮窗前，寒梅著花未”中“来日”的意思是？

A. 过去的日子

B. 启程来的时候

C. 未来的日子

杂诗

王维

君自故乡来，应知故乡事。

来日绮窗前，寒梅著花未？

嘉宾解读

诗句出自王维的《杂诗》。王维这首诗，是用询问来自故乡者的口吻写的。这里“来日”，是说动身离乡出发的时候。一个漂泊异乡的游子，遇到了同乡人，不胜欣喜，可是千言万语，却又不知从何说起，只问了一件平凡的小事：您来的时候，窗前的腊梅开花了吗？语言通俗而亲切，思乡之情感人之极。（康震）

答案

B

请问：以下名句的创作背景和科举考试无关的是？

A. 妆罢低声问夫婿，画眉深浅入时无

B. 忍把浮名，换了浅斟低唱

C. 古来圣贤皆寂寞，惟有饮者留其名

嘉宾解读

A选项来自朱庆馀《近试上张水部》。唐代士子在参加进士考试前，时兴“行卷”，即把自己的诗篇呈给名人，以希求其称扬和介绍于主持考试的礼部侍郎。诗人以新妇自比，以新郎比张籍，以公婆比主考官，借以征求张籍的意见。朱庆馀呈献的这首诗获得了张籍明确的回答。在《酬朱庆馀》中，他写道：“越女新妆出镜心，自知明艳更沉吟。齐纨未足时人贵，一曲菱歌敌万金。”张的答诗也用比体写成，他将朱庆馀比作一位采菱姑娘，相貌既美，歌喉又好，必然受到人们的赞赏，暗示他不必为这次考试担心。B选项来自于柳永《鹤冲天》。柳永科举落第后所作这首词，带来了他人生路上一大波折。宋仁宗初年，柳永再次参加科举，考试成绩本已过关，但由于《鹤冲天》词传到禁中，等到临放榜时，仁宗以《鹤冲天》词为口实，把他给黜落了，批曰：“且去浅斟低唱，何要浮名？”从此，柳永便自称“奉旨填词柳三变”而长期地流连于坊曲之间。C选项来自于李白的《将进酒》。李白没有尝试过通过考试走上仕途，而是经道士吴筠推荐，由唐玄宗特招进京的。但不久，就因权贵的谗毁，于天宝三载（744），被“赐金放还”。后来，李白多次与友人岑勋（岑夫子）、元丹丘（丹丘生）登高饮宴，借酒放歌，发泄胸中的郁积。（康震）

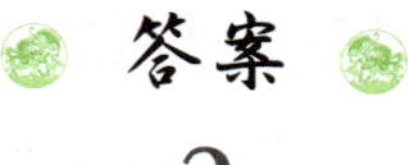

答案

C

请问：“穿花蛱蝶深深见，点水蜻蜓款款飞”中“款款”一词是什么意思？

A. 快捷的样子

B. 高兴的样子

C. 缓慢的样子

曲江二首·其二

杜甫

朝回日日典春衣，每日江头尽醉归。酒债寻常行处有，人生七十古来稀。穿花蛱蝶深深见，点水蜻蜓款款飞。传语风光共流转，暂时相赏莫相违。

嘉宾解读

诗句出自杜甫的《曲江二首·其二》。这首诗写于唐肃宗乾元元年（758），其时京城虽然收复，但兵革未息，作者眼见唐朝因政治腐败而酿成的祸乱，心境十分杂乱。游曲江正值暮春，所以诗就极见伤春之情，诗人借写曲江景物的荒凉败坏以哀时。杜甫时任左拾遗，是八品官，俸禄很低。由于是专门给皇上提意见的，所以官虽然小，职责却很重要，而且危险性也很大。诗里说连喝点小酒，都靠典当衣物，是先典冬衣，后典春衣。但只靠典春衣买酒，无异于杯水车薪，于是乎由买到赊，以至“寻常行处”，都欠有“酒债”。付出这样高的代价，就是为了换得个醉醺醺。这究竟是为什么？诗人回答说：“人生七十古来稀。”意谓人生能活多久？既然不得行其志，就“莫思身外无穷事，且尽生前有限杯”吧！这是愤激之言，联系诗的全篇和杜甫的人生，是不难了解其言外之意的。（康震）

答案

C

请问：以下哪两句诗词本意是写情侣之间牵手的？

A. 执手相看泪眼，竟无语凝噎

B. 醉眠秋共被，携手日同行

C. 今夕复何夕，共此灯烛光

嘉宾解读

A出自柳永的《雨霖铃·寒蝉凄

雨霖铃·寒蝉凄切

柳永

寒蝉凄切，对长亭晚，骤雨初歇。都门帐饮无绪，留恋处、兰舟催发。执手相看泪眼，竟无语凝噎。念去去、千里烟波，暮霭沉沉楚天阔。　多情自古伤离别，更那堪、冷落清秋节！今宵酒醒何处？杨柳岸、晓风残月。此去经年，应是良辰好景虚设。便纵有千种风情，更与何人说？

切》。此词当为词人从汴京南下时与一位恋人的惜别之作。柳永因作词忤仁宗，遂“失意无俚，流连坊曲”，为歌伶乐伎撰写曲子词。由于得到艺人们的密切合作，他能变旧声为新声，在唐五代小令的基础上，创制了大量的慢词，为宋词开启了一个新的发展阶段。B出自杜甫《与李十二白同寻范十隐居》。744年，杜甫与李白初次相逢于洛阳，两位诗坛泰斗一见如故，同饮同醉，携手同游，度过了一段彼此难忘的日子。C出自杜甫《赠卫八处士》。这首诗写与久别的老友卫八处士重逢话旧，家常情景和家常话语，娓娓写来，表现了乱离时代一般人所共有的“沧海桑田”和“别易会难”之感。（康震）

答案

请问：李白诗“解释春风无限恨，沉香亭北倚栏干”中“解释”是什么意思？

A. 分析说明

B. 劝解疏通

C. 解除释放

嘉宾解读

诗句出自李白的《清平调词三首·其二》。唐玄宗天宝二年（743）或天宝三载（744）春天的一日，唐玄宗和杨贵妃在宫中的沉香亭观赏牡丹花，伶人们正准备表演歌舞

清平调词三首·其二

李白

名花倾国两相欢，常得君王带笑看。解释春风无限恨，沉香亭北倚栏干。

以助兴，唐玄宗却说：“赏名花，对妃子，岂可用旧日乐词？”因急召翰林待诏李白进宫写新乐章。李白奉诏进宫，即在金花笺上作了这首诗。（康震）

“名花倾国两相欢，常得君王带笑看”，“倾国”美人，当然指杨贵妃，用“两相欢”把牡丹和“倾国”合为一处，再用“带笑看”三字一统，使牡丹、杨妃、玄宗三位一体，融合在了一起。由于第二句的“笑”，引起了第三句的“解释春风无限恨”，“春风”两字即君王的代名词，把牡丹美人动人的姿色写得情趣盎然，君王既带笑，当然无恨，烦恼都为之消释了。这实际上有点夸赞杨贵妃特殊作用的嫌疑。由于杨贵妃深得皇上的喜欢，所以她在玄宗皇帝身上，有一种“化解”的作用：无论皇上有什么苦恼，看到杨贵妃，一下子就冰释了、化解了。（王立群）

心灵上的抚慰。（董卿）

是心灵的清洁剂。所以最后一句说“解释春风无限恨，沉香亭北倚栏干”，把杨贵妃的这个作用写到了极致。（王立群）

知道杨贵妃为何有这么大作用吗？是人长得漂亮！（康震）

是因为爱情，是爱情的力量！（董卿）

没错！既漂亮，又能歌善舞，还会用撒娇营造小资情调的爱情氛围，所以才会“三千宠爱在一身”“六宫粉黛无颜色”嘛！好像有人考证过，杨贵妃似乎具备像现在的心理咨询师那样的本事，因此刚才王老师说，唐玄宗看见她，心理障碍全没了。（康震）

怎么讲？（董卿）

就是：人要喜欢人，怎么都好说呗！（康震）

答案

C

请问：下列哪句诗中的“燕支”是指女性使用的化妆品？

A. 燕支落汉家，妇女无华色

B. 泪痕裛损燕支脸，剪刀裁破红绡巾

C. 燕支长寒雪作花，蛾眉憔悴没胡沙

嘉宾解读

A选项出自李白的《塞上曲》。B选项出自白居易的《山石榴寄元九》，诗中的“燕支”即胭脂。C选项出自李白的《王昭君》。A 和C中的燕支，指西域的燕支山（焉支山），是胭脂的原产地，民歌中有“失我燕支山，使我妇女无颜色”。（康震）

答案

B

岑参《逢入京使》中有“故园东望路漫漫，双袖龙钟泪不干”，请问：其中的“龙钟”是什么意思？

A. 潦倒

B. 年迈

C. 沾湿

逢入京使

岑参

故园东望路漫漫，双袖龙钟泪不干。马上相逢无纸笔，凭君传语报平安。

嘉宾解读

龙钟，原意指身体衰老、行动不便者，这里指被泪水沾湿。此诗作于唐玄宗天宝八载（749）诗人赴安西途中。这是岑参第一次远赴

西域，充安西节度使高仙芝幕府书记。此时诗人三十四岁，因其仕途不顺，无奈之下，出塞任职。他告别了在长安的妻子，踏上漫漫征途，西出阳关，奔赴安西。就在通西域的大路上，他碰见一位返京述职的老相识。二人立马而谈，互叙寒温，不免有些感伤，同时请他捎口信回长安报个平安，安慰家人。此诗就描写了这一情景。诗文语言朴实，不加雕琢，却包含着两大情怀：思乡之情与渴望功名之情。一亲情一豪情，交织相融，真挚自然，感人至深。（王立群）

答案

C

请问：“欲将轻骑逐，大雪满弓刀”中“将”是什么意思？

A. 把

B. 带领

C. 将军

塞下曲六首·其三

卢纶

月黑雁飞高，单于夜遁逃。
欲将轻骑逐，大雪满弓刀。

嘉宾解读

诗句出自卢纶的《塞下曲六首·其三》。卢纶虽为中唐诗人，其边塞诗却依旧有盛唐气象，雄壮豪放，字里行间充溢着英雄气概，读后令人振奋。这首诗只有短短二十个字，却饱含了大量的信息，激发读者产生无穷的想象。作者并没有直接描写战斗的场面，但通过读诗，读者完全可以通过领悟诗意和丰富想象，绘出一幅金戈铁马的战争画图来。前两句写敌军的溃逃：“月黑雁飞高”，月亮被云遮掩，一片漆黑，宿雁惊起，飞得高高。“单于夜遁逃”，在这月黑风高的不寻常夜晚，敌军偷偷地逃跑了。“单于”，原指匈奴最高统治者，这里借指当时经常南侵的契丹等族的入侵者。后两句写将军准备追敌的场面，气势不凡。全诗没有写冒雪追敌的过程，也没有直接写激烈的战斗场面，但留给读者的想象是非常丰富的。（王立群）

答案

B

破阵子·为陈同甫赋壮词以寄之

辛弃疾

醉里挑灯看剑，梦回吹角连营。八百里分麾下炙，五十弦翻塞外声。沙场秋点兵。　马作的卢飞快，弓如霹雳弦惊。了却君王天下事，赢得生前身后名。可怜白发生。

请问：“八百里分麾下炙，五十弦翻塞外声”中的“八百里”和“五十弦”分别是指什么？

A. 牛和琴

B. 牛和瑟

C. 马和瑟

嘉宾解读

词句出自辛弃疾的《破阵子·为陈同甫赋壮词以寄之》。“八百里分麾下炙”，典故出自《世说新语·汰侈》。八百里，牛名。东晋王恺有一头珍贵的牛，叫八百里驳。麾（huī），军中大旗。麾下，部下。炙（zhì），切碎的熟肉。分麾下炙，把烤牛肉分赏给部下。据记载，东晋时期的王恺有一头异常珍奇的牛，名叫“八百里驳”，牛蹄、牛角经常磨得晶莹发亮。有一次，王武子对王恺说：“我射箭的技术赶不上你，今天想指定你的牛做赌注，和你赌射箭，

我押上一千万钱来顶你这头牛。”王恺既仗着自己射箭技术好，又认为千里牛没有可能被杀掉，就答应了他，并且让王武子先射。谁知王武子竟一箭就射中了靶心，于是退下来坐在马扎儿上，不由分说地就吆喝随从把牛心挖出来烤吃了。五十弦，指瑟，古代有一种瑟有五十根弦。词中泛指军乐合奏的各种乐器。翻，演奏。塞外声，反映边塞征战的乐曲。军营里奏响了雄壮的战歌，充足的给养保证了将士们旺盛的士气，雄壮的塞外之音鼓舞了将士们必胜的斗志。虽未开战，但词人已表达出了胸有成竹、战无不胜的信心。（王立群）

辛弃疾的这首投赠之作，自称“壮词”，全篇以“壮”语贯穿始终，写得酣畅淋漓。作者运用浪漫主义手法，在词里描绘了一个幻想中雄壮兵营的生活画面。首句“醉里挑灯看剑”，形象地显示出杀敌的壮志。“梦回”以后，写绵延的兵营中响起了号角声、军乐声，战旗飘扬、兵士饱餐，这一切有声有色地描绘了沙场点兵的壮盛军容。下片“马作的卢飞快”两句，写自己希望能够驰骋沙场、冲锋陷阵，想象着实现“了却君王天下事，赢得生前身后名”的壮志。然而现实却是“可怜白发生”，为壮志难酬表示了极大的愤慨。（康震）

答案

B

请问：“白日登山望烽火，黄昏饮马傍交河”中的“烽火”在古代的作用主要是什么？

A. 警报

B. 开垦荒地

C. 打猎

嘉宾解读

诗句出自李颀的《古从军行》。烽火，古代边防军事通讯的重要手段。古代在边境建造的烽火台，遇有

古从军行

李颀

白日登山望烽火，黄昏饮马傍交河。行人刁斗风沙暗，公主琵琶幽怨多。野云万里无城郭，雨雪纷纷连大漠。胡雁哀鸣夜夜飞，胡儿眼泪双双落。闻道玉门犹被遮，应将性命逐轻车。年年战骨埋荒外，空见蒲桃入汉家。

敌情时则燃火以报警——通过山峰之间的烽火，迅速传递信息。历史上有周幽王为求褒姒一笑，烽火戏诸侯而失信于天下，导致周朝衰败的故事。这种通讯方式，类似今天用手机打电话的时候，要用基站，每隔一段距离，就设置一个基站，如果基站之间的间隔太远了，手机的信号就不灵了。交河，在今新疆维吾尔自治区的吐鲁番西北，因河水分流绕城下而得名。唐为安西都护府治所。（王立群）

为配合我们的题目，导演组用心良苦，背景经常会出现非常唯美的画面，给导演组鼓掌！还有专家组，连夜修改、校正所有题目，越到后面越关键。（董卿）

这特别感谢一下我们命题组的老师，他们在有限的时间内，及时提供这么多题目，而且从不同的角度提供题目，这要花费大量的心血，他们是幕后的英雄。比赛中之所以能够精彩纷呈，和他们题目的巧妙设计是密不可分的。（王立群）

对！有非常密切的关系。可能有些选手认为：这个题目怎么重复出现了好多次呢？这里面其实也有很多的原因。因为大家不要以为关注《中国诗词大会》的，都是像你们这样对诗歌特别的熟悉。毕竟收看我们这个节目的观众，水平是参差不齐的。我们的节目不仅是给一小部分人看，更要给大部分人看，才能

够起到传播传统诗词的作用。所以有一些特别经典、脍炙人口的名作反复出现，对于收看节目的观众来说，也是一种增长知识的机会。（董卿）

A

请问：下列诗句中用“梨花”比喻人物的是哪一句？

A. 千树万树梨花开

B. 梨花一枝春带雨

C. 驿路梨花处处开

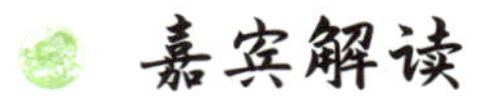

A出自岑参《白雪歌送武判官归京》，形容白雪。B出自白居易《长恨歌》，“梨花一枝春带雨”，是用来比喻杨贵妃流泪时的美态的。C出自陆游《闻武均州报已复西京》，写的是玄想中的梨花本身。（康震）

文学作品中，描写笑比较容易，描写哭就非常难。白居易真不愧是文学大师，他能把哭写得比笑都好看。他形容杨贵妃的哭是“梨花一枝春带雨”，能让唐玄宗看起来更加漂亮，多么的妙不可言啊！（王立群）

B

请问：下列诗词句中“伤心”一词意思与另二句不同的是哪一项？

A. 平林漠漠烟如织，寒山一带伤心碧

B. 行宫见月伤心色，夜雨闻铃肠断声

C. 雁过也，正伤心，却是旧时相识

菩萨蛮·平林漠漠烟如织

李白

平林漠漠烟如织，寒山一带伤心碧。暝色入高楼，有人楼上愁。　玉阶空伫立，宿鸟归飞急。何处是归程？长亭更短亭。

嘉宾解读

A选项中“伤心”是表示程度的副词，即极其、非常、万分。出自李白的《菩萨蛮》。B出自白居易的《长恨歌》。C出自李清照的《声声慢·寻寻觅觅》。（王立群）

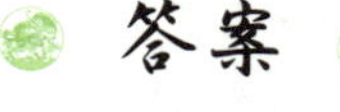

答案

A

李白说“仰天大笑出门去，我辈岂是蓬蒿人”，请问：对“蓬蒿人”的理解正确的是？

A. 俗语骂人的话

B. 贫居之人，所居荒野之处多蓬蒿

C. 攀龙附凤的人

嘉宾解读

诗句出自李白的《南陵别儿童入京》。用东汉张仲蔚隐居不仕“所处蓬蒿没人”的典故，见晋皇甫谧《高士传·张仲蔚》。李白还有《鲁城北郭曲腰桑下送张子还嵩阳》：“谁念张仲蔚，还依蒿与蓬？”（王立群）

李白素有远大的抱负，他立志“申管晏之谈，谋帝王之术，奋其智能，愿为辅弼，使寰区大定，海县清一”。但在很长时间里，都没有得到实现的机会。天宝元年（742），李白已四十二岁，此时得到唐玄宗召他入京的诏书，一个布衣诗人能够得到皇帝的召见，他自然是异常

南陵别儿童入京

李白

白酒新熟山中归，黄鸡啄黍秋正肥。呼童烹鸡酌白酒，儿女嬉笑牵人衣。高歌取醉欲自慰，起舞落日争光辉。游说万乘苦不早，著鞭跨马涉远道。会稽愚妇轻买臣，余亦辞家西入秦。仰天大笑出门去，我辈岂是蓬蒿人。

兴奋，满以为实现政治理想的时机到了，立刻回到南陵家中，与儿女告别，并写下了这首激情洋溢的七言古诗，诗中毫不掩饰其喜悦之情。这首诗因为描述了李白生活中的一件大事，对了解李白的生活经历和思想感情具有特殊的意义。而在艺术表现上也有其特色，诗人描写从归家到离家，有头有尾，全篇用的是直陈其事的赋体，而又兼采比兴，既有正面的描写，又间之以烘托。诗人匠心独运，不是一条大道直通到底，而是由表及里，有曲折，有起伏，一层层把感情推向顶点。犹如波澜起伏，一波未平，又生一波，使感情酝蓄得更为强烈。诗情经过一层层推演，至此，感情的波澜涌向高潮，最后喷发而出："仰天大笑出门去，我辈岂是蓬蒿人。""仰天大笑"，可以想见其得意的神态；"岂是蓬蒿人"，显示了无比自负的心理。这两句，把诗人踌躇满志的形象表现得淋漓尽致。（康震）

答案

B

请问：温庭筠《菩萨蛮》"蕊黄无限当山额，宿妆隐笑纱窗隔"中的"蕊黄"指的是？

A. 黄色裙襦

B. 额黄，点在额头上的装饰

C. 黄色花蕊

菩萨蛮·蕊黄无限当山额

温庭筠

蕊黄无限当山额，宿妆隐笑纱窗隔。相见牡丹时，暂来还别离。　翠钗金作股，钗上蝶双舞。心事竟谁知？月明花满枝。

嘉宾解读

"蕊黄"即"额黄"，又称"鸦黄"。古代妇女化妆，主要是施朱傅粉。六朝至唐，女妆常用黄点额，因似花蕊，故名。这种化妆方式现在已不再使用，它起源于南北朝，在唐朝盛行。南北朝时，佛教在中国进入盛期，一些妇女从涂金的佛像上受到启发，将额头涂成黄色，后渐成风习。有一种观点认为，这种美容方法起源于胡妇，就是古代的“洋美眉”，在汉人中传播算是一种引进的文化，犹如当代引进染发、纹眉、拉双眼皮的办法一样，是洋为中用。因黄颜色厚积额间，状如小山，故也称“额山”。唐时，又有一种专蘸鸦黄色的，称为“鸦黄”。（康震）

眉毛是什么样的，胭脂是什么样的，包括发髻，发髻在前面还是后边，是正的还是斜的，古代都很有讲究。所以一个时代有一个时代的审美情趣。（董卿）

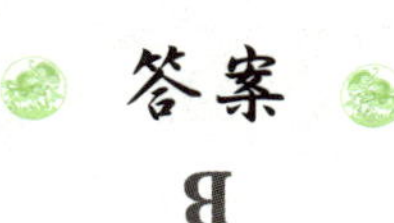

答案

B

陆游有“铁马冰河入梦来”“铁马秋风大散关”等名句，请问：其中“铁马”的意思是？

A. 马拉的战车

B. 披铁甲的战马

C. 悬于檐间的铃，风吹发声

嘉宾解读

“铁马冰河入梦来”出自陆游的《十一月四日风雨大作》：“僵卧孤村不自哀，尚思为国戍轮台。夜阑卧听风吹雨，铁马冰河入梦来。”“铁马秋风大散关”出自陆游的《书愤》：“早岁那知世事艰，中原北望气如山。楼船夜雪瓜洲渡，铁马秋风大散关。塞上长城空自许，镜中衰鬓已先斑。出师一表真名世，千载谁堪伯仲间。”（康震）

陆游、辛弃疾皆爱用“铁马”一词，用以表达为国杀敌的壮志。二人的生活经历又有相似之处，都是很渴望到前线杀敌立功的人。但可惜的是，陆游只有很短暂的在南宋

从军的机会。晚年创作了大量这些内容的诗，主要不是写实，都表现的是他渴望亲临战场杀敌的强烈愿望。（王立群）

我突然想起来一个事情，不是陆游的诗，而是和他的诗相关联的。我记得阎肃老师作为军旅作家，出席习总书记的文艺座谈会时，他曾说，他写的是“风花雪月”。他解释“风花雪月”：“风”是“铁马秋风”，“花”是“战地黄花”，“雪”是“楼船夜雪”，“月”是“边关冷月”。他说的“铁马秋风”和“楼船夜雪”这两个词，都是陆游《书愤》里面的。这说明陆游的诗，不仅艺术性很高，思想性也很强。事实上也确实是这样，陆游既有李白那样的浪漫，又有像杜甫那样的现实思考。（康震）

陆游一生传下来九千多首诗，而现在据《全唐诗》所收的唐诗统计，唐诗流传下来的总共才有四万多首。陆游一个人就有将近一万首，数量很大，高产的作家。当然，康老师说的阎肃的例子，也反映了阎肃老师本人在古典文学方面很高的修养。（王立群）

答案

B

请问：“千寻铁锁沉江底，一片降幡出石头”中的“石头”指的是什么？

A. 堆积的石块

B. 石头城

C. 岛屿

嘉宾解读

西塞山怀古

刘禹锡

王濬楼船下益州，金陵王气黯然收。千寻铁锁沉江底，一片降幡出石头。人世几回伤往事，山形依旧枕寒流。而今四海为家日，故垒萧萧芦荻秋。

诗句出自刘禹锡的《西塞山怀古》。唐朝自安史之乱后，藩镇割据比较严重。唐宪宗时期，朝廷曾经取得过几次平定藩镇割据战争的胜利，国家暂时出现了比较统一的局面。不过这种景象只是昙花一现，唐穆宗长庆元年（821）至二年，河北三镇又恢复了割据局面。长庆四年，刘禹锡由夔州（治今重庆奉节）刺史调任和州（治今安徽和县）刺史，在沿江东下赴任途中，经西塞山时，触景生情，抚今追昔，写下了这首感叹历史兴亡的诗。“千寻铁锁沉江底，一片降幡出石头”，是说王濬设计烧毁东吴在江上所设的铁锁，战船直抵石头城，孙皓出降。铁锁沉江底，是指东吴妄图以铁链阻拦王濬率领的顺江而下的统一天下的大军。（康震）

寻，古代长度单位，八尺为一寻。幡（fān），旗子。石头，指石头城，即金陵，今江苏南京。这两句诗，用形象的语言，概括了晋灭东吴的史事。280年，晋武帝命王濬率领以高大的战船“楼船”组成的西晋水军，顺长江而下，讨伐东吴，开始统一天下的战争。东吴为阻挡晋军的进攻，于长江险碛要害之处以千寻铁链横锁江面，又作铁锥长丈余，暗置江中，以阻挡晋军的战船。结果被晋军以火攻之法烧毁。晋军直取金陵，石头城已经无险可守，最后吴主孙皓被迫亲到晋军营门投降了。刘禹锡的这首诗，寓深刻的思想于纵横开阖、酣畅流利的风调之中，诗人好像是在客观地叙述往事，描绘古迹，其实并非如此。在这首诗中，刘禹锡把嘲弄的锋芒，指向在历史上曾经占据一方、但终于覆灭的统治者，这正是对重新抬头的割据势力的迎头一击。当然，“万户千门成野草，只缘一曲《后庭花》”（刘禹锡《金陵五题·台城》），六朝覆灭的教训，对于当时骄侈腐败的唐王朝来说，也是一面很好的镜子。（蒙曼）

答案

B

辛弃疾有名句“众里寻他千百度。蓦然回首，那人却在，灯火阑珊处”，请问：其中“灯火阑珊处”指的是什么地方？

A. 灯火昏暗的地方

B. 灯火明亮的地方

C. 没有灯光的地方

青玉案·元夕

辛弃疾

东风夜放花千树。更吹落、星如雨。宝马雕车香满路。凤箫声动，玉壶光转，一夜鱼龙舞。　蛾儿雪柳黄金缕。笑语盈盈、暗香去。众里寻他千百度。蓦然回首，那人却在，灯火阑珊处。

嘉宾解读

词句出自辛弃疾的《青玉案·元夕》。词中的女子是借着元宵节赏灯来找意中人的，所以她站在灯火昏暗的地方观察。后来王国维将此作为做学问三种境界中的最高境界，意思是要耐得住寂寞，但这不是辛弃疾的本意。有人认为该词有政治寓意：词作于南宋孝宗淳熙元年（1174）或二年。当时，强敌金朝压境，国势日衰，而南宋统治阶级却不思恢复，偏安江左，沉湎于歌舞享乐，以粉饰太平。洞察形势的辛弃疾，欲补天穹，却恨无路请缨。他满腹的激情、哀伤、怨恨，交织成了这幅元夕求索图。国难当头，朝廷只顾偷安，人们也都“笑语盈盈”，有谁在为风雨飘摇中的国家忧虑？作者寻找着知音。那个不在“蛾儿雪柳”之中，却独立在灯火阑珊处，不同凡俗、自甘寂寞的人，正是作者所追慕的对象。有没有这个真实的“那人”存在？我们只能猜测，与其说有这个人，不如说这也是作者英雄无用武之地，而又不肯与苟安者同流合污的自我写照。在这首词中，诗人寄托了他对国家兴亡的感慨和对社会现实的批判，既有“暖风熏得游人醉，直把杭州作汴州”的谴责，又有“商女不知亡国恨，隔江犹唱《后庭花》”的忧虑，更有“把吴钩看了，栏干拍遍，无人会，登临意”的痛苦。辛弃疾是南宋的一个文能治国、武可杀敌的人才！郭沫若有副对联，就对辛弃疾做了很好的概括：“铁板铜琶继东坡高唱大江东去，美芹悲黍冀南宋莫随鸿雁南飞。”只可惜，生在朝野萎靡泄沓的南宋时代，报国杀敌雄心无法实现，只有借诗词以抒发愤慨愁恨，借“那人”表达自己不愿随波逐流、自甘寂寞的孤高性格。（康震）

答案

A

请问：辛弃疾《汉宫春·立春日》“春已归来，看美人头上，袅袅春幡”中的“春幡”指的是什么？

A. 立春节女性佩戴的饰品

B. 立春节家门悬挂的旗帜

C. 立春节时开的花

汉宫春·立春日

辛弃疾

春已归来，看美人头上，袅袅春幡。无端风雨，未肯收尽余寒。年时燕子，料今宵梦到西园。浑未辨，黄柑荐酒，更传青韭堆盘？　却笑东风，从此便薰梅染柳，更没些闲。闲时又来镜里，转变朱颜。清愁不断，问何人会解连环？生怕见花开花落，朝来塞雁先还。

嘉宾解读

春幡，也称“春幡胜”“幡胜”，古代立春之日，剪有色罗、绢或纸为长条状小幡，戴在头上，以示迎春。这一风俗起于汉代，至唐、宋时，春幡制作更为精巧。女子立春所戴春幡，最早的形态应该是自然生长的

花朵，后来人口繁密的都市社会才逐渐以布帛为之，甚至以彩纸充任，但它绝不是一般性的人体装饰物。立春节时女性佩戴春幡，首先是作为辟邪之物，具有禳凶邪、求吉利的寓意。宋代汉族民间男女，均有戴春幡的习俗。宋代高承的《事物纪原·岁时风俗·春幡》载：“《后汉书》曰立春皆青幡帻，今世或剪彩错缉为幡胜，虽朝廷之制，亦镂金银或缯绢为之，戴于首。”周密的《乾淳岁时记》则载曰：“是日赐百官春旙胜，宰执亲王以金，余以金裹银及罗帛为之。系文思院造进，各垂于幞头之左入谢。后苑办造春盘供进，及分赐贵邸、宰臣、巨珰翠缕红丝、金鸡玉燕，备极精巧，每盘直万钱。”宋代王公大臣的春幡用金银，由“文思院”制造，至于一般的士大夫、平民百姓，则剪纸为春幡。赣南客家立春时节女子簪花的习俗虽然未见记载，但从长期居住赣地的南宋著名词人辛弃疾的《汉宫春·立春日》中亦可管窥。“胜”自古以来作为人们的一种头部饰物，分为人胜、华胜、幡胜等多种类型，可以用很多种材料做成，其中纸制较为方便。立春时节，汉族女子有配戴各种漂亮的“彩胜”做装饰的习俗，而“幡胜”是长条形的，是上古传说中的凤凰羽翅的象征物。客家妹的春幡，基本上都是自己用彩色绸布剪制的，春幡形象则有春花、春燕、春柳、春凤等等。在客家地区，传统的立春时节除了女性戴春幡，小儿也戴春幡于手臂，男左女右，作为立春的标志。清代粤北、粤东客家“簪春花”习俗，实际就是古老的“戴春幡”的原本表现。现在在河南南阳一带，农村妇女仍然习于立春日用彩色绸布剪制“春鸡”“春燕”“春花”“春柳”等，缀于小儿臂上，男左女右，以为立春之标志。（康震）

答案

A

请问："商女不知亡国恨，隔江犹唱《后庭花》"中的"国"指哪个朝代？

A. 商朝

B. 陈朝

C. 唐朝

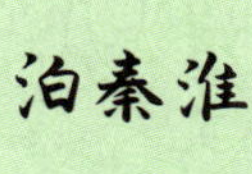

杜牧

烟笼寒水月笼沙，夜泊秦淮近酒家。商女不知亡国恨，隔江犹唱《后庭花》。

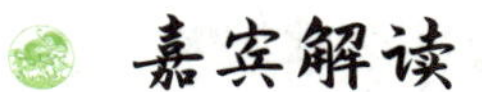

诗句出自杜牧的《泊秦淮》。杜牧写这首诗的时候，他正在秦淮河边上，只是借事说事。"商女不知亡国恨，隔江犹唱《后庭花》"，其中的"商女"指的是歌女、歌妓。《后庭花》是南北朝时期陈朝的亡国之君陈后主所作的歌曲，后被称为亡国之音。诗中的"亡国恨"，并非真的是说国家灭亡了，而是借亡国之君陈后主的典故，讽刺那些达官贵人：国家处于风雨飘摇之中，而他们仍在寻欢作乐。（康震）

B

判断题

请听题：下列诗句中哪一项是正确的？

A. 休说鲈鱼滋味，尽西风，季鹰归未

B. 休说鲤鱼滋味，尽西风，季鹰归未

C. 休说鲈鱼堪脍，尽西风，季鹰归未

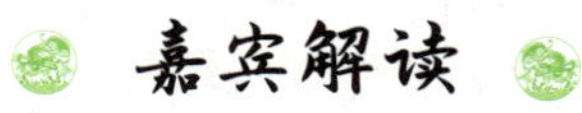

词句出自辛弃疾的《水龙吟·楚天千里清秋》。A和C都有鲈鱼，去

水龙吟·楚天千里清秋

辛弃疾

楚天千里清秋，水随天去秋无际。遥岑远目，献愁供恨，玉簪螺髻。落日楼头，断鸿声里，江南游子。把吴钩看了，阑干拍遍，无人会、登临意。　休说鲈鱼堪脍，尽西风，季鹰归未？求田问舍，怕应羞见，刘郎才气。可惜流年，忧愁风雨，树犹如此。倩何人唤取，红巾翠袖，揾英雄泪？

掉B；A和B都有滋味，去掉C；用了很多典故，还是让蒙曼老师给大家解释一下吧。（康震）

这句词的意思是说：不要提什么鲈鱼切得细才味美，你看，秋风已尽，张翰还乡了吗？据《晋书》记载，张翰在任齐王司马冏大司马东曹掾时，因惧怕成为上层权力斗争的牺牲品，同时又生性自适，便借着秋风起，声言自己思念家乡的菰菜、莼羹、鲈鱼脍而辞归故里。这里，辛弃疾是借张翰来自比的，不过却是反用其意，表明自己很难忘怀时事、弃官还乡。（蒙曼）

所以我们也把“莼鲈之思”比喻思乡之情。我也是南方人，每当秋风骤起的时候，我就会想起大闸蟹。现在不用了，北京就有。（董卿）

苏东坡被贬岭南，照样享受生活，他有首诗写每天能吃三百个水果，请问这是什么水果？

A. 龙眼

B. 荔枝

C. 葡萄

康老师，荔枝和龙眼都是岭南的水果，苏轼为什么不吃龙眼？（蒙曼）

惠州一绝

苏轼

罗浮山下四时春，卢橘杨梅次第新。日啖荔枝三百颗，不辞长作岭南人。

第一荔枝很好吃，第二杨贵妃吃过，第三他不能老吃。（选手）

老吃荔枝也上火，我觉得，荔枝像妃子笑那一种，绿里有红，红里有绿，荔枝的形象容易入食。（蒙曼）

而且它的味道也确实很鲜美。但是我想，一日吃三百颗，这吃了还不得病？（董卿）

这里有说法，因为题面是苏东坡被贬岭南照样享受生活，这说得太简单了，其实没那么简单。因为苏东坡当时被贬的时候，已经五十九岁了，年近花甲，说白了，朝廷就没打算让他再回中原。北宋有制度，像他这样的读书人是不能杀的，但杀不死你，我还贬不死你？所以北宋虽没对知识分子大开杀戒，但被贬者比比皆是。苏轼一生中就曾多次被贬，在贬谪地，他特别擅长给自己写各种小故事，自己找乐子。他被贬海南岛的时候，什么时候才能出了这岛？周围都是大海，但他说九州都在大海中间，生活在海南岛上有什么了不起呢？他还给自己编了一个故事自娱自乐，故事说有一蚂蚁掉进了水坑里，半天回不来，后来坑里的水干了，蚂蚁终于回到家，还跟自己的老婆说：太凶险了，差点见不着面！他相信自己总有时来运转的那一天，于是心里边就什么烦恼都没有了。说白了，像他这种人到了那种准绝境的状态，首先想的是如何能够让自己的心态走出绝境。虽然身体不能走出绝境，但心理状态走出了绝境，就是最大的胜利。（康震）

答案

B

请问：下面哪首诗描写的不是早春时节？

A. 乱花渐欲迷人眼，浅草才能没马蹄

B. 天街小雨润如酥，草色遥看近却无

C. 一川烟草，满城风絮，梅子黄时雨

嘉宾解读

由于贺铸相貌很丑，当时人们给他起了个绰号叫“贺鬼头”。但他的这一首词却是非常有名，尤其是最后一句，所以他又有另外一个雅号叫“贺梅子”。（选手）

青玉案·凌波不过横塘路

贺铸

凌波不过横塘路，但目送、芳尘去。锦瑟华年谁与度？月桥花榭，琐窗朱户，只有春知处。　碧云冉冉蘅皋暮，彩笔新题断肠句。试问闲愁都几许？一川烟草，满城风絮，梅子黄时雨。

他说得非常正确。贺铸长得确实难看，但他的这首词作，却深得当时词坛的好评。A和B都写于早春时节。其实，通过这三首作品，就能够看出唐诗和宋词的区别。读者看得很明白，好像自己也能写，但待到落笔，却又写不出，宋词则不同。这三个选项，正好帮我们把唐诗和宋词做了一个比较，非常好！（康震）

答案

C

请问：下列诗句中哪一项是正确的？

A. 人生只合柳州死，禅智山光好墓田

B. 人生只合扬州死，禅智山光好墓田

C. 人生只合杭州死，禅智山光好墓田

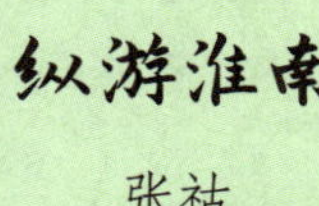

张祜

十里长街市井连，月明桥上看神仙。人生只合扬州死，禅智山光好墓田。

嘉宾解读

诗句出自张祜的《纵游淮南》。禅智山，应是指扬州西北的蜀冈，山上旧有禅智寺，原来是隋炀帝的行宫。隋炀帝的陵墓在这里刚刚被发掘，就是说隋朝也罢、唐朝也罢，扬州都是最好的地方。唐人称天下都市，长安、洛阳之外，“扬一益二”，扬州富庶繁华甲天下，当时的长安、洛阳和扬州，就像现在的北、上、广一样。扬州扼控运河和长江交汇咽喉，为南北物流之要津，与今日香港、上海等城市的地位相当，故人们乐于前往。诗人说愿意葬在扬州，其实就是说：这地方太好了，愿意生活在扬州。（蒙曼）

B

请听题：以下诗句中不含地名的是哪一项？

A. 我寄愁心与明月，随风直到夜郎西

B. 劝君更尽一杯酒，西出阳关无故人

C. 千里莺啼绿映红，水村山郭酒旗风

嘉宾解读

前两个两项中“夜郎”“阳关”都是地名，C选项中的“水村山郭”只是泛指，不是地名。（蒙曼）

C

请问：下列诗句中哪项不是描写乐器的？

A. 锦瑟无端五十弦，一弦一柱思华年

B. 银瓶乍破水浆迸，铁骑突出刀枪鸣

C. 留连戏蝶时时舞，自在娇莺恰恰啼

嘉宾解读

A选项出自李商隐的《锦瑟》。B选项出自白居易的《琵琶行》。C出自杜甫的《江畔独步寻花》组诗其六："黄四娘家花满蹊，千朵万朵压枝低。留连戏蝶时时舞，自在娇莺恰恰啼。"写的是在一个春光明媚的日子，诗人独自漫步成都锦江江畔，欣赏春天花枝繁茂、蝶舞莺歌的动人景象。（康震）

答案

C

头戴斗笠是古代形容渔夫形象的，请问：下面哪一项不是描写渔夫形象的？

A. 青箬笠，绿蓑衣，斜风细雨不须归

B. 竹杖芒鞋轻胜马，谁怕？一蓑烟雨任平生

C. 孤舟蓑笠翁，独钓寒江雪

嘉宾解读

渔人、渔父、渔翁是古代诗词中经常出现的形象，一般的渔父形象总是头戴斗笠、身披蓑衣，常常和避世、悠闲、孤独等人生况味或境遇有关。A出自唐代张志和的《渔歌子》："西塞山前白鹭飞，桃花流水鳜鱼肥。青箬笠，绿蓑衣，斜风细雨不须归。"C出自柳宗元《江雪》："千山鸟飞绝，万径人踪灭。孤舟蓑笠翁，独钓寒江雪。"B出自苏轼词《定风波·莫听穿林打叶声》："莫听穿林打叶声，何妨吟啸且徐行。竹杖芒鞋轻胜马，谁怕？一蓑烟

雨任平生。　料峭春风吹酒醒，微冷，山头斜照却相迎。回首向来萧瑟处，归去，也无风雨也无晴。”是描写自己在行路中遇雨，虽披蓑衣，却与渔父无关。（康震）

答案

B

请问：秦观《鹊桥仙·纤云弄巧》一词是围绕哪个民间故事展开的？

A. 白蛇传

B. 梁山伯与祝英台

C. 牛郎织女

鹊桥仙·纤云弄巧

秦观

纤云弄巧，飞星传恨，银汉迢迢暗度。金风玉露一相逢，便胜却人间无数。　柔情似水，佳期如梦，忍顾鹊桥归路。两情若是久长时，又岂在朝朝暮暮？

嘉宾解读

“纤云弄巧”，出自秦观的《鹊桥仙》。回答这个问题，完全不要受它下一句的影响，题目就叫《鹊桥仙》。《鹊桥仙》，词调名，专咏牛郎织女七夕相会，最早见于欧阳修词。七夕是一个美好而又充满神话色彩的节日，相传阴历七月初七夜晚，是分居银河两侧的牛郎织女一年一度相会的日子，据说在葡萄架下可以看到牛郎织女相会的情景和听到二人的窃窃私语声。牛郎织女的传说源远流长，与《白蛇传》《孟姜女》《梁山伯与祝英台》并称我国四大民间传说，并派出生与之相关的一些传说与民间活动。旧时风俗，少女们要于此夜陈设瓜果，朝天礼拜，向织女“乞巧”。（郦波）

答案

C

请听题：下列诗句中哪一项是正确的？

A. 朱弦已为佳人绝，醉眼聊因美酒横

B. 朱弦已为佳人绝，老眼聊因美酒横

C. 朱弦已为佳人绝，青眼聊因美酒横

嘉宾解读

诗句出自黄庭坚的《登快阁》。“万里归船弄长笛，此心吾与白鸥盟”，在“苏门四学士”中，我最喜欢的是黄庭坚。因为我觉得他最能得苏轼的真传，词作心境旷达、高远。（选手）

> **登快阁**
>
> 黄庭坚
>
> 痴儿了却公家事，快阁东西倚晚晴。落木千山天远大，澄江一道月分明。朱弦已为佳人绝，青眼聊因美酒横。万里归船弄长笛，此心吾与白鸥盟。

这首诗作于宋神宗元丰五年（1082），黄庭坚当时在吉州泰和县（今江西泰和）知县任上，公事之余，诗人常到“澄江之上，以江山广远、景物清华得名”的快阁览胜，这首诗写的就是典型的当今所谓的“周五心情”。“朱弦已为佳人绝，青眼聊因美酒横”，是诗人巧用典故的名句。前句用伯牙捧琴谢知音的故事，《吕氏春秋·本味》记载：“钟子期死，伯牙破琴绝弦，终身不复鼓琴，以为世无足复为鼓琴者。”后句用阮籍青白眼事，《晋书·阮籍传》记载阮籍善为青白眼，“见礼俗之士，以白眼对之”，见所悦之人，“乃见青眼”。诗人这二句大意是说，因为知音不在，我弄断了琴上的朱弦，不再弹奏，于是只好清樽美酒，聊以解忧了。此处“横”字用得很生动，把诗人无可奈何、孤独无聊的形象与神情和盘托了出

来。（郦波）

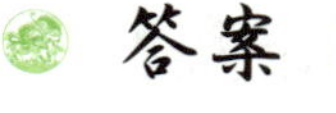

答案

C

请问：以下哪两句诗是慨叹“时间都去哪儿了”？

A. 青春留不住，白发自然生

B. 白日放歌须纵酒，青春作伴好还乡

C. 青春岂不惜，行乐非所欲

送友人

杜牧

十载名兼利，人皆与命争。青春留不住，白发自然生。夜雨滴乡思，秋风从别情。都门五十里，驰马逐鸡声。

嘉宾解读

A出自杜牧《送友人》。B出自杜甫《闻官军收河南河北》，作于唐代宗广德元年（763）春天，时杜甫五十二岁。代宗宝应元年（762）冬季，唐军在洛阳附近的衡水打了一个大胜仗，收复了洛阳和郑（今河南郑州）、汴（今河南开封）等州，叛军头领薛嵩、张忠志等纷纷投降。第二年，史思明的儿子史朝义兵败自缢，其部将田承嗣、李怀仙等相继投降，至此，持续七年多的“安史之乱”宣告结束。杜甫是一个热爱祖国而又饱经丧乱的诗人，当时正流寓梓州（治所在今四川三台），过着漂泊生活。他听到这个消息，内心无比激动，以饱含激情的笔墨，写下了这篇脍炙人口的名作。C出自文天祥《山中感兴》。（蒙曼）

正确答案出自杜牧的《送友人》。其实送友人的时候，杜牧是抒发的自己的感慨。所以他又有“十年一觉扬州梦，赢得青楼薄幸名”的诗句，充满了沧桑感。他为什么有这种放荡的行为？杜牧特别喜欢兵法，和杜甫算得上远亲，都是三

国末期西晋初期名将杜预的后人。他不仅特别有本事，而且还有家族自豪感。但他终生被排挤，不为所用，因而心中充满了忧郁感，《送友人》是借人抒怀的感慨：岁月都去哪了？而我还没有功成名就！所以选A是正确的。两句大意是：青春是挽留不住的，白发到时候就长出来了。主要抒写自然规律不可抗拒，时间对于每一个人都是公平的。青春对于每个人也是如此，谁想把青春留住，永不衰老，都是不可能的，这一切都不以人的意志为转移。诗句充满了实事求是精神，可用以劝人慰己，不要因青春已过、双鬓花白而伤心。（郦波）

答案

请问：以下写月的名句中与“中秋”无关的是哪一项？

A. 但愿人长久，千里共婵娟

B. 今夜月明人尽望，不知秋思落谁家

C. 今人不见古时月，今月曾经照古人

嘉宾解读

我选C“今人不见古时月，今月曾经照古人”，出自张若虚的《春江花月夜》。（选手）

把酒问月

李白

青天有月来几时？我今停杯一问之。人攀明月不可得，月行却与人相随。皎如飞镜临丹阙，绿烟灭尽清辉发。但见宵从海上来，宁知晓向云间没？白兔捣药秋复春，嫦娥孤栖与谁邻？今人不见古时月，今月曾经照古人。古人今人若流水，共看明月皆如此。唯愿当歌对酒时，月光长照金樽里。

他虽然答对了，但不是张若虚的《春江花月夜》。其实这个思维也是对的，为什么会答成张若虚的《春江花月夜》：“江畔何人初见月？江月何年初照人？人生代代无穷已，江月年年只相似。”这和李白有殊途同归的效果，所以一下子就跑到那儿去了。（郦波）

第一项是苏轼的《水调歌头·中秋夜怀子游》。第二项是王建的《十五夜望月寄杜郎中》。第三项是李白的《把酒问月》。（选手）

A选项来自于苏轼《水调歌头》，原标题有丙辰中秋字样。B选项来自于王建《十五夜望月寄杜郎中》，从标题可以看出是中秋所作。C选项来自李白《把酒问月》。此诗作年难定。根据《把酒问月》题下自注，此诗是作者应友人之请而作。诗人由酒写到月，又从月归到酒，用行云流水般的抒情方式，将明月与人生反复对照，在时间和空间的主观感受中，表达了对宇宙和人生哲理的深层思索。（郦波）

答案

C

请问：下列诗句中哪一项是正确的？

A. 兴尽晚回舟，误入莲花深处

B. 兴尽晚回舟，误入藕花深处

C. 兴尽晚回舟，误入荷花深处

如梦令·常记溪亭日暮

李清照

常记溪亭日暮，沉醉不知归路。兴尽晚回舟，误入藕花深处。争渡，争渡，惊起一滩鸥鹭。

嘉宾解读

词句出自李清照的《如梦令·常记溪亭日暮》。这是一首忆昔词。寥寥数语，似乎是随意而出，却又惜

墨如金，用词简练，句句含有深意。词只选取了几个片断，把移动着的风景和作者怡然的心情融合在一起，写出了作者青春年少时的好心情，让人不由想随她一道荷从荡舟，沉醉不归，正所谓“少年情怀自是得”。开头两句，写沉醉兴奋之情。接着写“兴尽”归家，又“误入”荷塘深处，别有天地，更令人流连。最后一句，纯洁天真，言尽而意不尽，不事雕琢，富有一种自然之美。（郦波）

答案

请问：下列选项中的哪一项和古代“快递员”的辛苦生活有关？

A. 三十功名尘与土，八千里路云和月

B. 一封朝奏九重天，夕贬潮州路八千

C. 一骑红尘妃子笑，无人知是荔枝来

过华清宫·其一

杜牧

长安回望绣成堆，山顶千门次第开。一骑红尘妃子笑，无人知是荔枝来。

嘉宾解读

A出自岳飞《满江红》。B出自韩愈《左迁至蓝关示侄孙湘》，C出自杜牧《过华清宫·其一》。该诗描写了唐玄宗宠妃杨贵妃爱吃荔枝，但荔枝生在南方，所以朝廷命人骑快马为杨贵妃长途送递，以保证荔枝的新鲜。杜牧这首诗在艺术手法上有两点尤为值得一提，一是含蓄、精深。诗人在字里行间没有明白说出玄宗的荒淫好色、杨贵妃的恃宠而骄，而形象地用“一骑红尘”与“妃子笑”构成鲜明的对比，就收到了比直抒己见强烈得多的艺术效

果；二是不用典故，不事雕琢。语言朴素自然，寓深意于平白之中，堪称咏史之佳作。（蒙曼）

题出的蛮有意思的。荔枝应该是从哪送过来的？我们一般理解是从岭南，岭南至今还有一个荔枝品种叫“妃子笑”。（郦波）

答案

C

请问：杨万里“接天莲叶无穷碧，映日荷花别样红”描写的哪里的荷花？

A. 无锡太湖

B. 扬州瘦西湖

C. 杭州西湖

晓出净慈寺送林子方

杨万里

毕竟西湖六月中，风光不与四时同。接天莲叶无穷碧，映日荷花别样红。

嘉宾解读

诗句出自杨万里的《晓出净慈寺送林子方》。大家都说这是一个写景的诗，实际上却是一首送别的诗。诗中的林子方是什么人？林子方举进士后，曾担任直阁秘书（负责给皇帝草拟诏书的文官，可以说是皇帝的秘书）。时任秘书少监、太子侍读的杨万里是林子方的上级兼好友，两人经常聚在一起畅谈强国主张、抗金建议，也曾一司切磋诗词文艺，两人志同道合，互视对方为知己。后来，林子方被调离皇帝身边，调往福州，任福州知府。为此，林子方甚是高兴，自以为是仕途升迁。杨万里则不这么想，送林子方赴福州时，写下此诗，劝告林子方不要去福州，因为这里毕竟是首都，这里的风光才最美，言外之意：你好好考虑，到底是要留还是走！后来林子芳还是走了，他没有听懂杨万里的言

外之意。（蒙曼）

林子芳看重的是级别，杨万里看重的是岗位。（郦波）

答案

C

“诗圣”杜甫为了写出好诗，也是蛮拼的，请问：下列哪个选项是他对此的自述？

A. 吟安一个字，捻断数茎须

B. 为人性僻耽佳句，语不惊人死不休

C. 两句三年得，一吟双泪流

江上值水如海势聊短述

杜甫

为人性僻耽佳句，语不惊人死不休。老去诗篇浑漫与，春来花鸟莫深愁。新添水槛供垂钓，故着浮槎替入舟。焉得思如陶谢手，令渠述作与同游。

嘉宾解读

A出自唐代诗人卢延让《苦吟》。B出自杜甫《江上值水如海势聊短述》。这两句诗，说杜甫天性喜爱创作好的诗句，不写出惊人之语誓不罢休，表明诗人对作诗的自我要求极高，既力求创新突破，也写得很辛苦。网上曾说“杜甫很忙”，其实他很多时间是在忙这个。C出自贾岛《题诗后》。（蒙曼）

我们都说杜甫很忙，都忙什么去了？原来人家在忙“语不惊人死不休”。其实这事的背后可以看到，汉语包括诗词为什么是中国人一种思维方式？这个思维方式，是一种审美方式。汉语的特点被概括为分析性语言，字意、词意内涵非常丰富、非常灵活，这就造成了中国诗词文化的独特特点，也形成了我们的一种审美方式。（郦波）

很有意思的是，什么性格的人，就会写出什么作品来。杜甫一生多次参加科考，均未中，非常执着的一个人。贾岛就更不用说了，做诗精于雕琢，喜写荒凉、枯寂之境，多凄苦情味，自谓“两句三年得，一吟双泪流”。他追求诗的变化和冷僻，以矫正诗歌轻艳的风气。不论是行走坐卧，还是吃饭，他都忘不了吟咏作诗。为此，他不止是冲撞过韩愈，还冲撞过大京兆尹刘栖楚。他曾经骑着驴打着伞，横截在长安城的街道上。当时秋风劲吹，黄叶满地，贾岛突然吟出一句诗来：“落叶满长安。”因为急切中想不出对应的另一句诗来，忘记了回避，就冲撞了大京兆尹刘栖楚的轿子和仪仗队，结果被抓起来关了一个晚上才放了。甚至还冲撞过皇帝，有一次，他在定水精舍碰到了唐武宗皇帝，贾岛对皇帝十分轻慢放肆，皇帝非常惊讶。事后，皇帝命令将他降职为长江县尉，过了不久，又改任晋州司仓，结果死在了任职所。诗确实需要精练，才能够出佳句。从我个人兴趣来讲，我还是更喜欢李白的“清水出芙蓉，天然去雕饰”。人生不要那么辛苦，有的时候过得随意一点会更有诗意。（蒙曼）

赛场花絮

选手：我对这句诗后面的两句更感兴趣：“老去诗篇浑漫与，春来花鸟莫深愁。”我这样理解：经过非常艰苦的努力和锤炼之后，达到了定法这样一个自由自在的境界，所以杜甫成为了我们中华文化史上真正的“诗圣”。

郦波：这个感慨非常好。虽然蒙老师更喜欢李白的诗风，但是天然也是经过了铁杵磨成针的功夫，也就是积累。杜甫也是这种积累，到最后“诗篇浑漫与”。

选手：我认为安史之乱之前，是诗歌创作中最好的李白，他人生最好的时间，都用在了最美好的大唐盛世里面。但安史之乱之后，我觉得杜甫的小宇宙完全爆发了。所

以我真的非常遗憾，他只活了五十八岁。

郦波：杜甫永远是中国人心中挥之不去的一个梦。

答案

B

请问：假如古代有微信，以下哪位诗人会出现在武则天的朋友圈中？

A. 高适

B. 岑参

C. 宋之问

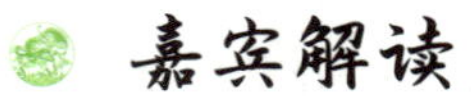

嘉宾解读

高适（约704—约765），岑参（715—770），宋之问（约656—约712），武则天（624—705），宋之问堪称武则天的御用文人。（蒙曼）

这是理性的答案，我从感性的角度回答。武则天不喜欢宋之问，因为他有口臭。同时，这人的人品很差，非常让人不齿。据记载，宋之问的外甥刘希夷，是唐高宗上元二年（675）进士，是一个年轻有为的诗人。一天，刘希夷写了一首新诗《代悲白头吟》，他把诗拿去宋之问家中请舅舅指点。当宋之问读到“年年岁岁花相似，岁岁年年人不同”时，不禁连声称好。便问：“你这诗中‘年年岁岁花相似，岁岁年年人不同’二句，着实令人喜爱，若他人不曾看过，就让与我吧。”刘希夷忙说道：“此二句乃我诗中之眼，若去之，全诗便索然无味，万万不可！”宋之问心中暗想：此诗一旦面世，便是千古绝唱，名扬天下，一定要把它据为己有。于是竟命手下人将刘希夷害死了，当时刘希夷才不满三十岁。宋之问后因参与朝廷政治斗争而获罪，先是被流放到钦州，不久后被皇上勒令自杀，天下文人闻之无不拍手称快。（郦波）

武则天朋友圈很广，政治上她用各种各样的人，宋之问就是她努力提携的一个才子。宋之问作为武则天的宫中侍臣，有人说他是武则天的“鸭子”，这恐怕是过于夸大了武、宋之间狎昵的一面。我看，宋未必有此“艳福”，二人的年龄也大有悬殊。作为一个御用文人，说他是武周朝的文学侍臣，或许还算允当。武周朝宫廷诗人不少，宋之问较之其他文学侍臣，似乎更受武则天的宠幸。武则天赏识甚至激赏宋之问“伟仪貌，雄于辩”的容貌和才学，但两人之间也不无嫌隙与幽怨，而这嫌怨或许正因为亲密。为什么这样说呢？先从武则天对宋的赏识说起。武则天虽以“口臭”说辞使宋之问蒙羞，以至让他耿耿于怀，“终身惭愤”。但这毕竟还是无伤大雅的谐谑话语。武后此举，比后来中宗、睿宗、玄宗贬他到岭南，以至“赐死”的惩罚宽厚、温柔得多了。他对武则天还是深有情谊、不胜感戴的。所以，武则天死后，他连作两首挽诗以志悲悼。可惜诗作大都散佚，只留有片断或残句。事实上，宋之问不仅长得帅气，也写得一手好诗。他父亲宋令文文武双全，不仅力大无穷，而且书法和文章都写得好，时人称之为“三绝”。宋之问继承了父亲“三绝”之中的“文”，其诗才闻名当世。唐高宗上元二年（675），宋之问中进士，和“初唐四杰”之一的杨炯一起在崇文馆当学士，年纪轻轻就成了宫廷教授。据野史记载，他曾写过“明河可望不可亲，愿得乘槎一问津”诗句，自荐给武则天当男宠，因口臭被拒。其实他是想在政治上有所建树。但武则天没有废了他，有一次，女皇武则天到洛阳去游览龙门，宋之问、东方虬等几位大臣也作为随从一起去了。武则天就命令各位大臣每人各写一首诗，谁写得好就赠送锦袍一件。不一会儿东方虬第一个就把诗写好了，武则天看了之后就把锦袍赠给了东方虬。又过了一会儿，宋之问也写好了，呈给皇帝一看，武则天赞叹不已，竟从东方虬的手中夺回刚才

赠送的锦袍，重新赠给了宋之问。龙门赋诗夺锦袍，成为女皇晚年的一桩文坛佳话，所以我说武则天的用人风格很复杂。（蒙曼）

答案

C

请问：王维名句“每逢佳节倍思亲”是因哪个节日而发？

A. 清明

B. 中秋

C. 重阳

九月九日忆山东兄弟

王维

独在异乡为异客，每逢佳节倍思亲。遥知兄弟登高处，遍插茱萸少一人。

嘉宾解读

诗句出自王维的《九月九日忆山东兄弟》。这首诗的仿作现在在网络上很有名：“独在异乡为异客，每逢佳节胖三斤。三斤之后又三斤，仔细一看三公斤。”其实，我个人对于网上的这些调侃是比较宽容的，这是一种民间的智慧，从另一个侧面也可以体现出他们对古诗词的热爱。有时候我们需要一些庙堂上的传播方式，也需要草根文化的表达方式，表达出这种热爱。（郦波）

过去文化的传播，和一些具体的行为联系在一起。比方说王维为什么这时候想起兄弟来了？因为他觉得他的兄弟们也想他，“遍插茱萸少一人”嘛！有一些特定的节令总是与一些特定的植物或者动物联系在一起的。比方说重阳节，古人有登高、插茱萸、饮菊花酒的风俗，以及把茱萸插在发冠上以避邪，因为茱萸是药用植物，有驱虫除湿之效。清明是干什么？折柳；中秋干什么？折桂花；端午还有菖蒲。古代让人记起文化的东西很多，现在我们好像也在逐步恢复这样一些东西，不要说一到中秋就想起大闸蟹来了，除了大闸蟹，其实还有非常多的东西，在诗里、在生活里，可供我们想象。（蒙曼）

C

请问：以下词牌名中含有人物的是哪一个？

A.《生查子》

B.《木兰花慢》

C.《念奴娇》

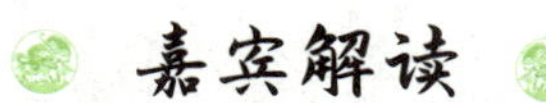

念奴是唐代玄宗天宝年间的一位著名歌伎，当时很有名气，是著名的女高音歌唱家。著名到什么程度？那时候每年除夕的时候、新年的时候，要开宴会，守岁时守着守着就守不住了，就喧哗起来了。每到这个时候，唐玄宗就让高力士去宣布：下一个节目是念奴演唱，由宾王奏乐，于是全场立即肃静下来。《念奴娇》的词牌即本于此，这里的“念”不是动词。（蒙曼）

听出来了吗？这是辞岁宴会上发生的事儿，春晚嘛！（郦波）

相当于现在的春节晚会。（董卿）

春晚的时候，说念奴要出来了，就像现在，说董卿要出来了，于是全场安静了！这里我多解释一下：《生查子》，读作shēng zhā zǐ，原唐教坊曲，后用为词调。因朱淑真词有“遥望楚云深”句，也称《楚云深》。因韩淲词有“山意入春晴，都是梅和柳”句，故又名《梅和柳》。又因同一词中有“晴色入青山”句，故又名《晴色入青山》。又名《相和柳》《梅溪渡》《陌上郎》《遇仙楂》《愁风月》《绿罗裙》等。《木兰花慢》，唐教坊曲，后用为词牌，演变为《减字木兰花》，到宋代的时候才变成了《木兰花慢》，这是一种改编。（郦波）

C

请问：假如你的朋友高考落榜了，你会选择下面哪两句诗来安慰勉励他？

A. 春风得意马蹄疾，一日看尽长安花

B. 不才明主弃，多病故人疏

C. 长风破浪会有时，直挂云帆济沧海

嘉宾解读

A出自 孟郊《登科后》。用这首诗来劝慰，等于是讽刺，可以直接排除。B出自孟浩然《岁暮归南山》。这是孟夫子进京求仕不如意后发牢骚的话，意气比较消沉，不适合劝慰。C出自李白《行路难·其一》，表达了作者相信虽然目前面临很多困难和歧路，但未来一定能够乘风破浪，大有作为。南朝宋宗悫（què）年少时，叔父问他的志向，他就说过“愿乘长风破万里浪”这样的话。（郦波）

答案

C

请问：“陈王昔时宴平乐，斗酒十千恣欢谑”中的“陈王”是谁？

A. 陈胜

B. 曹植

C. 陈叔宝

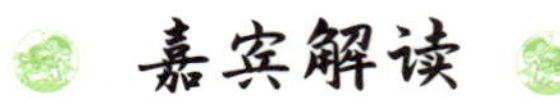

嘉宾解读

诗句出自李白的《将进酒》。这是中国古代很有名的文学形象，而

将进酒（节选）

李白

烹羊宰牛且为乐，会须一饮三百杯。岑夫子，丹丘生，将进酒，杯莫停。与君歌一曲，请君为我倾耳听。钟鼓馔玉何足贵？但愿长醉不愿醒。古来圣贤皆寂寞，唯有饮者留其名。陈王昔时宴平乐，斗酒十千恣欢谑。主人何为言少钱？径须沽取对君酌。五花马，千金裘，呼儿将出换美酒，与尔同销万古愁。

且李白的这句诗完全是从曹植的诗里化出来的。曹植《名都篇》有“归来宴平乐，美酒斗十千”。这一化，是化腐朽为神奇，是化腐朽更为神奇了。“陈王昔时宴平乐”，陈王，指曹植，他曾被封为陈王。平乐，指平乐宫，是汉朝一个很著名的宫殿，其实这里是都城长安的代指。魏晋以后的文人士大夫，有一种对汉朝曾经强盛的向往，平乐就是他们想象中大汉繁华、大汉盛世的象征。（蒙曼）

答案

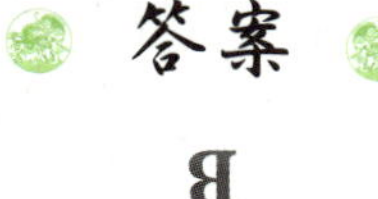

请问：下列诗句哪一项是正确的?

A. 闭门觅句陈无己，对客挥毫秦少游

B. 闭门觅句臣无已，对客挥毫韦苏州

C. 闭门觅句臣无已，对客挥毫苏子由。

病起荆江亭即事十首·其八

黄庭坚

闭门觅句陈无己，对客挥毫秦少游。正字不知温饱未？西风吹泪古藤州！

嘉宾解读

诗中反映的是两种人的性情。陈师道是一个做事很认真，而且很害怕被打扰的人。据说他写文章的时候，家里人不敢作声，连猫狗都不敢打扰他。秦少游就非常潇洒，走到哪里，词作就写到哪里，不怕打扰。但是这两个人也是好兄弟、好朋友。此诗黄庭坚写他在想念这两个好朋友，一个是陈师道，在做正字小官。他想念陈师道，知道他家境困窘，爱苦吟，只点了“闭门觅句”，怕他挨饿受冻。他想秦观，只点了“对

客挥毫”，是为他在藤州身故流泪。（蒙曼）

答案

A

请问：以下哪些诗词不是用芭蕉来表现忧愁的？

A. 纵芭蕉、不雨也飕飕

B. 芭蕉不展丁香结，同向春风各自愁

C. 升堂坐阶新雨足，芭蕉叶大支子肥

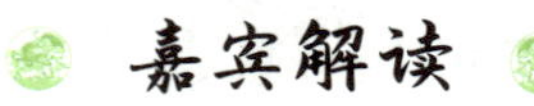

嘉宾解读

A出自吴文英《唐多令》“何处合成愁？离人心上秋。纵芭蕉、不雨也飕飕”。B出自李商隐《代赠二首·其一》。C出自韩愈《山石》，实写黄昏山寺中所见。（蒙曼）

答案

C

请问：以下哪个选项写的是不想去上班？

A. 不才明主弃，多病故人疏

B. 嗟余听鼓应官去，走马兰台类转蓬

C. 朝扣富儿门，暮随肥马尘

嘉宾解读

A选项出自孟浩然《岁暮归南山》。可以说是写出了怀才不遇、无班可上的悲哀。大约在唐玄宗开元十六年（728），四十岁的孟浩然来长安应进士举落第，心情很苦闷，他曾“为文三十载，闭门江汉阴”，学得满腹文章，又得到王维、张九龄为之延誉，已经颇有诗名。这次应试失利，使他大为懊丧，他想直接向皇帝上书，又很犹豫。这首诗就是在这样心绪极端复杂的情况下写出来的。传说玄宗看到这首诗后，竟把孟浩然彻底贬斥了。据《新唐书·文艺列传下》记载：（王）维私邀（孟浩然）入内署，俄而玄宗至，浩然匿床下。维以实对，帝喜曰：“朕闻其人而未见也，何惧而匿？”诏浩然出。帝问其诗，浩然再拜，自诵所为，至“不才明主弃”之句，帝曰：“卿不求仕，而朕未尝弃卿，奈何诬我？”因放还。B选项出自李商隐《无题》。写自己正和友人欢饮，钟鼓响起，不得不去兰台（唐代秘书省）上班的无奈心情。C选项出自杜甫《奉赠韦左丞丈二十二韵》。杜甫在京城应试不第，只好干谒权贵，可以说是找不到工作，而非不想上班。（郦波）

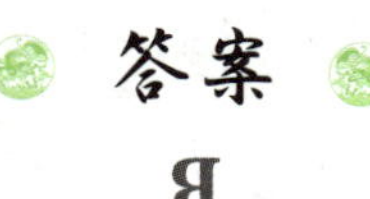

答案

B

名句“为谁辛苦为谁甜”出自唐代诗人罗隐笔下。请问：诗人为赞美哪种动物而作？

A. 蝴蝶

B. 蜜蜂

C. 蜻蜓

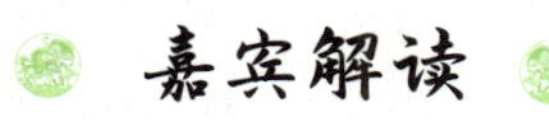

嘉宾解读

罗隐是晚唐著名的诗人。这句

蜂

罗隐

不论平地与山尖，无限风光尽被占。采得百花成蜜后，为谁辛苦为谁甜？

“采得百花成蜜后，为谁辛苦为谁甜”，似乎不太有什么赞美的意思，倒是有一点为蜜蜂鸣不平的感觉。蜜蜂那么辛苦，高山也好，平地也罢，凡是有花的地方它都飞到，采那么多蜜，自己不去享用，享用的却是蜂王。所以诗人就很感慨：这么辛苦酿成了蜜，为了什么？后两句我觉得当然这里边说的是咏物诗，就前两句的基础与跟后两句的感慨来说，作者实际上是在表达对蜜蜂辛苦劳作，最后几乎没有什么所得这一现象的感慨。这种感慨是什么？这种感慨实际上是付出与所得

不成比例。如果从这个角度来拟写的话，这首诗的意思就发生了很大的变化，它就不再单纯是咏物诗了，应当是哲理诗。中国古代的哲理诗中，描写自然景物的哲理诗最多，也最为人们所熟悉。如白居易的“野火烧不尽，春风吹又生”等。描写社会政治的哲理诗，最能表现作者的思想观点，启迪人深思。如左思的“世胄摄高位，英俊沉下僚。地位使之然，由来非一朝”等。描写人生理想的哲理诗，往往都是诗人的感情宣泄，真切自然，读了催人奋起。如曹操的“老骥伏枥，志在千里。烈士暮年，壮心不已”等。描写文艺创作的哲理诗，也同样是异彩纷呈，对人们的写作很有借鉴意义。如王安石的“看似寻常最奇崛，成如容易却艰辛”；陆游的“纸上得来终觉浅，绝知此事要躬行”等。描写爱情的哲理诗，也不乏名篇，不过这类作品，大都是借助比喻或象征来表现感情的。如元稹的“曾经沧海难为水，除却巫山不是云”等。其实，哲理诗之所以流传千古，久唱不衰，就在于后人在吟唱引用中赋予了更多更深的意蕴。陶渊明有首《杂诗》：“盛年不再来，一日难再晨。及时当勉励，岁月不等人。”向人们揭示了这样一个道理：时不我待，要惜时勤读。罗隐诗中的蜜蜂，我觉得并不单纯指蜜蜂，而是实指晚唐乱世时代。晚唐时期其实很乱，其中最辛苦的是谁？农民。由于农民非常辛苦，晚唐大规模的农民起义，把整个政权给颠覆了。所以这首诗实际上是用蜜蜂来指代当时的人，但是他又跳出了这个具体的框框，写了非常深刻的道理，就是所有的付出与所得不平衡在这首诗中间都点到了。因此这首诗是中国古代非常有名的哲理诗。（王立群）

这里蜜蜂是代指当时的农民。“采得百花成蜜后，为谁辛苦为谁甜”，现在常用来赞美教师。罗隐是道家诗人，写过很多很有名的句子，

如“今朝有酒今朝醉，明日愁来明日愁”，这是他的感悟特点。（郦波）

B

请问：下列哪句诗是写霍去病的？

A. 出身仕汉羽林郎，初随骠骑战渔阳

B. 但使龙城飞将在，不教胡马度阴山

C. 匈奴未灭不言家，驱逐行行边徼赊

嘉宾解读

A选项出自王维的《少年行四首》。这组诗是王维早期的作品。四首诗分咏长安少年游侠高楼纵饮的豪情、报国从军的壮怀、勇猛杀敌的气概和功成无赏的遭遇。此句出自第二首。骠骑，指霍去病，曾任骠骑将军。渔阳，古幽州，今河北蓟县一带，汉时与匈奴经常接战的地方。B选项出自王昌龄的《出塞》。龙城飞将，是指李广或者李广利及卫青。《出塞》是王昌龄早年赴西域时所作。盛唐时期，唐在对外战争中屡屡取胜，全民族的自信心极强。同时，频繁的边塞战争，也使人民不堪重负，渴望和平，《出塞》正是反映了人民的这种和平愿望。C选项出自李昂的《从军行》。李昂（并非唐文宗李昂），诗作很少，生平事迹也记载极少，只知道他在唐玄宗开元时任考功员外郎，本诗应该是写于开元年间的。这首诗写得激越豪壮，借用了一些汉代典故，恰似一曲嘹亮雄健的军中乐章，能从中感受到大唐盛世那贲张的血脉。（郦波）

C

请问：下列选项中，哪句诗中用来形容颜色的词最少？

A. 半江瑟瑟半江红

B. 春来江水绿如蓝

C. 两个黄鹂鸣翠柳

嘉宾解读

居然是一道数学题!(郦波)

A选项中的“瑟瑟”是写颜色的。B选项“春来江水绿如蓝”，就涉及一个绿颜色，其余两个选项都有两个颜色。(王立群)

答案

B

请听题：下列诗句中哪一项是正确的?

A. 脚著谢公屐，身登青云梯

B. 脚著高齿屐，身登青云梯

C. 脚著东山屐，身登青云梯

嘉宾解读

诗句出自李白的《梦游天姥吟留别》。魏晋时期，文人最喜欢穿的一种户外登山鞋，就是木屐，或有齿，或无齿。谢公屐，东晋山水诗人谢灵运喜欢游山玩水，发明了登山专用木鞋，鞋底装有两个木齿，上山去掉前齿，下山去掉后齿，便于走山路，后人遂称为“谢公屐”。“脚著谢公屐”，其实就是脚穿谢公牌的登山鞋，就是这个意思。高齿屐，据颜之推《颜氏家训·勉学》记载，为南朝梁时贵游子弟穿的一种屐齿特别高的木屐，类似今日松糕鞋、恨天

梦游天姥吟留别(节选)

李白

海客谈瀛洲，烟涛微茫信难求。越人语天姥，云霞明灭或可睹。天姥连天向天横，势拔五岳掩赤城。天台四万八千丈，对此欲倒东南倾。我欲因之梦吴越，一夜飞度镜湖月。湖月照我影，送我至剡溪。谢公宿处今尚在，渌水荡漾清猿啼。脚著谢公屐，身登青云梯。半壁见海日，空中闻天鸡。

高、高跟鞋的效果。（康震）

东山指谢安，谢安是谢灵运的曾叔祖，尝隐居会稽东山，故又称“谢东山”。谢安屐、东山屐，皆指谢安特制的木屐。（王立群）

刚才王老师提到谢安，是著名的淝水之战中起决定性作用的人。（董卿）

关于谢安，有一个很有名故事。据《晋书·谢安传》记载，淝水之战胜利的消息传来时，谢安正跟客人下围棋，但他看完捷报，面不改色，随手把捷报放在了一边，继续下棋。客人问是什么事。谢安缓缓回答：小朋友们把贼兵灭了（“小儿辈遂已破贼”）。当他下完棋回房间过门槛的时候，却因为内心的狂喜，把屐齿都踢断了。（康震）

请问：下列哪一诗句是用来形容“严以修身而品格清廉”的名句？

A. 一江春水向东流

B. 一身能擘两雕弧

C. 一片冰心在玉壶

芙蓉楼送辛渐

王昌龄

寒雨连江夜入吴，平明送客楚山孤。洛阳亲友如相问，一片冰心在玉壶。

嘉宾解读

A 出自李煜《虞美人》：“问君能有几多愁，恰似一江春水向东流”。B出自王维《少年行》：“一身能擘两雕弧，虏骑千重只似无。偏坐金鞍调白羽，纷纷射杀五单于。”C出自王昌龄《芙蓉楼送辛渐》的最后一句，用冰心在玉壶来

比喻表示自己一定会做到心地纯洁、品德清廉。韩国总统朴槿惠访华时，中国曾把写有此句的书法条幅送给了她。（康震）

冰心，比喻纯洁的心。玉壶，道教概念，妙真道教义，专指自然无为虚无之心。陆机《汉高祖功臣颂》有“心若怀冰”句，比喻心地纯洁。南朝刘宋时期，诗人鲍照就用“清如玉壶冰”来比喻高洁清白的品格。自从开元宰相姚崇作《冰壶诫》以来，盛唐诗人如王维、崔颢、李白等都曾以冰壶自励，推崇光明磊落、表里澄澈的品格。诗作即景生情，情蕴景中，是盛唐诗的共同特点，而深厚有余、优柔舒缓。“尽谢炉锤之迹”，又是王诗的独特风格。苍茫的江雨和孤峙的楚山，不仅烘托出诗人送别时的凄寒孤寂之情，更展现了诗人开朗的胸怀和坚强的性格。屹立在江天之中的孤山与冰心置于玉壶的比象之间，形成一种有意无意的照应，令人自然联想到诗人孤介傲岸、冰清玉洁的形象，使精巧的构思和深婉的用意，融化在一片清空明澈的意境之中，天然浑成，不着痕迹，含蓄蕴藉，余韵无穷。以物和景象征或比喻人的修身品格这类的修辞，在中国古代的诗词中还有很多。比如“雪虐风号愈凛然，花中气节最高坚”“不要人夸颜色好，只留清气满乾坤”“生当做人杰，死亦为鬼雄”“无意苦争春，一任群芳妒。零落成泥碾作尘，只有香如故”“落红不是无情物，化作春泥更护花”等都是。（王立群）

答案

C

请问：以下诗句写岳阳楼所见之景的是哪一项？

A. 吴楚东南坼，乾坤日夜浮

B. 画栋朝飞南浦云，珠帘暮卷西山雨

C. 白日依山尽，黄河入海流

嘉宾解读

A选项出自杜甫《登岳阳楼》。唐代宗大历三年（768），杜甫五十八岁，距生命的终结仅有一年，当时诗人处境艰难，凄苦不堪，年老体衰，疾病缠身。他沿江由江陵、公安一路漂泊，来到岳州（今属湖南），登上神往已久的岳阳楼，感慨万千，写下此诗。B选项出自王勃《滕王阁诗》。滕王阁为江南名楼，为滕王李元婴任洪州都督时所建。唐高宗上元三年（676），诗人王勃远道去交趾（今越南）探父，途经洪州（今江西南昌），参与阎都督宴会，即席作《滕王阁序》，序末附这首凝练、含蓄的诗篇，令宴上众人惊艳。C选项出自王之涣《登鹳雀楼》。（康震）

王之涣早年及第，曾任过冀州衡水（今河北衡水）县的主簿，不久因遭人诬陷而罢官，从此过上了访友漫游的生活。这首诗写诗人在登高望远中表现出来的不凡的胸襟抱负，反映了盛唐时期人们积极向上的进取精神。（王立群）

答案

A

《神雕侠侣》的结尾引了一首诗“秋风清，秋月明，落叶聚还散，寒鸦栖复惊。相思相见知何日？此时此夜难为情”，请问：这首诗的作者是谁？

A. 李白

B. 李煜

C. 李商隐

嘉宾解读

诗句出自李白的《三五七言》。此诗当作于唐肃宗至德元年（756）。前人也有认为此诗是早于李白的郑世翼所作，但反对者多。此诗写在深秋的夜晚，诗人望见了高悬天空的明月，和栖息在已经落完叶子的树上的寒鸦，诗人以寒鸦自比，表达了无限惆怅的心情。这是典

三五七言

李白

秋风清，秋月明，落叶聚还散，寒鸦栖复惊。相思相见知何日？此时此夜难为情！入我相思门，知我相思苦。长相思兮长相忆，短相思兮无穷极。早知如此绊人心，何如当初莫相识？

型的悲秋之作，秋风、秋月、落叶、寒鸦，烘托出悲凉的氛围，加上诗人奇丽的想象，和对自己内心的完美刻画，让整首诗显得凄婉动人。（康震）

答案

A

孟浩然《临洞庭上张丞相》诗中有“八月湖水平，涵虚混太清”，请问：诗中的“太清”指什么？

A. 太上老君

B. 清澈无暇

C. 天空

临洞庭上张丞相

孟浩然

八月湖水平，涵虚混太清。气蒸云梦泽，波撼岳阳城。欲济无舟楫，端居耻圣明。坐观垂钓者，徒有羡鱼情。

嘉宾解读

看过《西游记》的读者都知道，三清观是道士修行的地方，三清是指玉清、上清、太清，太清就到了极高的境界。这里的太清，既有道教之意，同时又是指的天空。这是一首“干禄”诗，所谓“干禄”，即是向达官贵人呈献诗文，以求引荐录用。唐玄宗开元二十一年（733），张九龄为丞相，作者西游长安，以此诗献之，以求录用。诗前半泛写洞庭波澜壮阔，景色宏大，象征开元时期的清明政治。后半即景生情，抒发个人进身无路、闲居无聊的苦衷，表达了急于用世的决心。全诗颂对方，而不过分；乞录用，而不自贬，不亢不卑，十分得体。（康震）

该诗是一首投赠之作，通过面临烟波浩淼的洞庭欲渡无舟的感叹以及临渊而羡鱼的情怀，曲折地表达了诗人希望张九龄予以援引之意。诗中对于本来是藉以表意的洞庭湖，进行了泼墨山水般的大笔渲绘，呈现出八百里洞庭的阔大境象与壮伟景观，取得撼人心魄的艺术效果，使此诗实际上已成为山水杰作。全诗以望洞庭湖起兴，由“欲济无舟楫”过渡，婉转地表达了想做官而无人引荐的苦衷，和不能在天下太平盛世出仕为官、为民谋利而深感惭愧的心情。我特别喜欢其中的“气蒸云梦泽，波撼岳阳城”这两句，堪称描绘洞庭湖最好的诗句。（王立群）

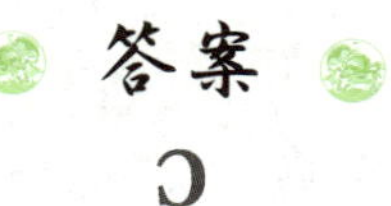

C

请问：下列诗句中写出大唐盛世气象的是哪一项？

A. 九重城阙烟尘生，千乘万骑西南行

B. 三分割据纡筹策，万古云霄一羽毛

C. 九天阊阖开宫殿，万国衣冠拜冕旒

嘉宾解读

A出自白居易《长恨歌》。B出自杜甫《咏怀古迹五首》：“诸葛大名垂宇宙，宗臣遗像肃清高。三分割据纡筹策，万古云霄一羽毛。伯仲之间见伊吕，指挥若定失萧曹。运移汉祚终难复，志决身歼军务劳。”C出自王维《和贾至舍人早朝大明宫

和贾至舍人早朝大明宫之作

王维

绛帻鸡人报晓筹，尚衣方进翠云裘。九天阊阖开宫殿，万国衣冠拜冕旒。日色才临仙掌动，香烟欲傍衮龙浮。朝罢须裁五色诏，佩声归到凤池头。

之作》，此联写出大唐宫阙巍峨、万国来朝的盛世气象。“冕旒”，原指帝王所戴冠帽，后代指帝王。（王立群）

这首诗我们一般说是写的盛唐气象，但大家有所不知，此诗作于唐肃宗乾元元年（758）春天，是安史之乱爆发后的第三年，长安刚刚从叛军手中收复，大唐盛世已不复在了。当时王维任太子中允，与诗人贾至、杜甫、岑参为同僚。时为中书舍人的贾至，先作了一首《早朝大明宫呈两省僚友》，杜甫和王维、岑参都作了和诗，王维之和即为此诗。诗写了早朝前、早朝中、早朝后三个阶段，利用细节描写和场景渲染，描绘出大明宫早朝时庄严华贵的气氛与皇帝的尊贵与威严。同时，还暗示了贾至的受重用和得意。这首和诗不和其韵，只和其意，雍容伟丽，造语堂皇，格调十分谐和。（康震）

答案

C

请问：“将军角弓不得控，都护铁衣冷难着”一联诗中，共出现了几种官职名称？

A. 1种

B. 2种

C. 3种

嘉宾解读

诗句出自岑参的《白雪歌送武判官归京》。“将军”和“都护”，都

白雪歌送武判官归京

岑参

北风卷地白草折，胡天八月即飞雪。忽如一夜春风来，千树万树梨花开。散入珠帘湿罗幕，狐裘不暖锦衾薄。将军角弓不得控，都护铁衣冷难着。瀚海阑干百丈冰，愁云惨淡万里凝。中军置酒饮归客，胡琴琵琶与羌笛。纷纷暮雪下辕门，风掣红旗冻不翻。轮台东门送君去，去时雪满天山路。山回路转不见君，雪上空留马行处。

是官职称谓。“都护府”，源自西汉宣帝神爵二年（前60）设在乌垒的西域都护府，统领大宛及其以东城郭诸国，兼督察乌孙、康居等游牧国。魏、西晋设有西域长史府，唐朝统一西域，设立安西、北庭（金山）、昆陵、蒙池等都护府，疆域不仅包括今新疆在内的西域，更达里海之滨。都护府置都护、副都护、长史、司马等职，“掌统诸蕃，抚慰征讨，叙功罚过”。又置录事参军事、录事、诸曹参军事、参军事等，如州府之职。有大、上、中之分，大都护府由亲三遥领大都护，别置副大都护主府事，总之是汉、唐等时代中原王朝为督察边境各民族而设置的军事机关。（王立群）

答案

B

请问：下列诗句中哪一项是正确的？

A. 致君尧舜上，再使风俗淳

B. 致君炎黄上，再使风俗淳

C. 致君羲皇上，再使风俗淳

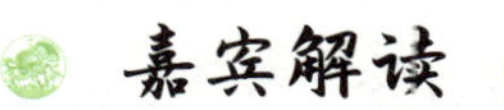

嘉宾解读

此诗作于唐玄宗天宝七载（748），时杜甫三十七岁，居长安。韦左丞指韦济，时任尚书省左丞。他很赏识杜甫的诗，并曾表示过关怀。

奉赠韦左丞丈二十二韵（节选）

杜甫

读书破万卷，下笔如有神。赋料扬雄敌，诗看子建亲。李邕求识面，王翰愿卜邻。自谓颇挺出，立登要路津。致君尧舜上，再使风俗淳。

天宝六载（747），唐玄宗下诏天下有一技之长的人入京赴试，李林甫命尚书省试，结果却是对所有应试之人统统不予录取，并上贺朝廷演出一场野无遗贤的闹剧。杜甫这时应试落第，困守长安，心情落寞，想离京出游，于是就写了这首诗向韦济告别。诗中陈述了自己的才能和抱负，倾吐了仕途失意、生活潦倒的苦况，于现实之黑暗亦有所抨击。尧舜为传说中的上古圣明君主，杜甫在这里自述怀抱，希望辅佐当今圣上，澄清天下，重建像尧舜时代一样的开明盛世。这是杜甫的“中国梦”，代表着古往今来无数士人的淑世情怀。（康震）

答案

∀

请问：骆宾王诗《于易水送人》中“此地别燕丹，壮士发冲冠”中的“壮士”指的是谁？

A. 刺杀秦王的荆轲

B. 刺杀赵襄子的豫让

C. 刺杀吴王僚的专诸

于易水送人

骆宾王

此地别燕丹，壮士发冲冠。昔时人已没，今日水犹寒。

嘉宾解读

易水，也称易河，河流名，位于

今河北西部的易县境内，为战国时燕国的南界，是燕太子丹送别荆轲的地点。《战国策·燕策三》：“风萧萧兮易水寒，壮士一去兮不复还。”唐高宗仪凤三年（678），骆宾王以侍御史职多次上疏讽谏，触忤武后，不久便被诬下狱。第二年秋，遇赦出狱。冬，奔赴幽燕一带，侧身于军幕之中，决心报效国家，此诗大约作于这一时期。诗描述作者在易水送别友人时的感受，并借咏史以喻今。前两句通过咏怀古事，写出诗人送别友人的地点；后两句是怀古伤今之辞，抒发了诗人的感慨。全诗寓意深远，笔调苍凉。（康震）

答案

A

请问：“座中泣下谁最多？江州司马青衫湿”中的“青衫”指什么？

A. 平民所穿的衣服

B. 书生所穿的衣服

C. 八九品小官所穿的衣服

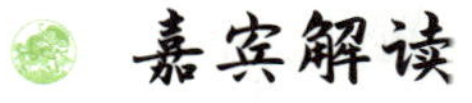

嘉宾解读

诗句出自白居易的《琵琶行》。青衫，唐代制度，文官八品、九品服以青。白居易当时的官阶是将仕郎，从九品，所以服青衫。唐朝制度一到三品服紫，四品深绯，五品浅绯，六品深绿，七品浅绿，八品深青，九品浅青。“江州司马青衫”有几种解释，最关键的是江州司马是什么官

琵琶行（节选）

白居易

今夜闻君琵琶语，如听仙乐耳暂明。莫辞更坐弹一曲，为君翻作《琵琶行》。感我此言良久立，却坐促弦弦转急。凄凄不似向前声，满座重闻皆掩泣。座中泣下谁最多？江州司马青衫湿。

职？实际上，它不只是八品小官。江州就是现在的九江市，江州刺史就相当于九江的市长，你觉得副市长是八品官吗？至少是从六品下。从六品下穿什么衣服？穿深绿色的衣服。深绿色可以称之为青衫。当然了，深青色和浅青色是八品和九品官穿的衣服。出去喝酒，穿官服干什么？也可能穿的是青蓝色的衣服，这里面的核心是江州司马这一官职。从正确答案上讲是对的，但从科学上来讲，答案还有值得推敲的地方。（康震）

答案

Ↄ

请问：下列诗句中，形容杨贵妃“颜值”极高的是哪两句？

A. 芙蓉不及美人妆，水殿风来珠翠香

B. 何须浅碧深红色，自是花中第一流

C. 回眸一笑百媚生，六宫粉黛无颜色

嘉宾解读

C是白居易《长恨歌》中描写杨贵妃的名句，用六宫粉黛，衬托杨贵妃惊世的美貌和迷人的媚态。A出自王昌龄《西宫秋怨》：“芙蓉不及美人妆，水殿风来珠翠香。谁分含啼掩秋扇？空悬明月待君王。”B出自李清照《鹧鸪天·暗淡轻黄体性柔》词：“暗淡轻黄体性柔，情疏迹远只香留。何须浅碧深红色？自是花中第一流。　梅定妒，菊应羞，画栏开处冠中秋。骚人可煞无情思，何事当年不见收？”（康震）

答案

Ↄ

古人每逢节令各有风俗，请问：唐诗中“日暮汉宫传蜡烛，轻烟散入五侯家”两句反映了哪个节日的风俗？

A. 中秋

B. 寒食

C. 上巳

寒食

韩翃

春城无处不飞花，寒食东风御柳斜。日暮汉宫传蜡烛，轻烟散入五侯家。

嘉宾解读

诗句出自韩翃的《寒食》。这是寒食节的风俗，寒食节在清明前一两日，源于纪念春秋时期被晋文公烧死于绵山的介子推，规定当日禁火，只能吃冷食。这两句写的是刚到日暮时分，汉宫（代指唐宫）中就迫不及待地点起蜡烛取火，并将火种首先分给亲近的权贵之家。上巳节，又称女儿节，俗称三月三，该节日在汉代以前定为三月的第一个巳日，后来固定在夏历的三月初三，也是祓禊的日子，即春浴日。据记载，春秋时期上巳节已在流行，并成为大规模的民俗节日，主要活动是人们结伴去水边沐浴，称为“祓禊”。所谓“禊”，即“洁”，故“祓禊”就是通过自洁而消弥致病因素的仪式。此后又增加了祭祀宴饮、曲水流觞等内容。到了魏晋时代，上巳节逐渐演化为皇室贵族、公卿大臣、文人雅士们临水宴饮（称曲水宴）的节日，并由此而派生出上巳节的另外一项重要习俗——曲水流觞。众人坐于环曲的水边，把盛着酒的觞置于流水之上，任其顺流漂下，停在谁面前，谁就要将杯中酒一饮而下，并赋诗一首，否则罚酒三杯。历史上最著名的一次“曲水流觞”活动，要算王羲之与其友在会稽举行的兰亭之会了，大家饮酒赋诗，论文赏景。王羲之挥毫作序，乘兴而书，成就了书文俱佳、举世闻名、被后人赞誉为“天下第一行书”的《兰亭集

序》。唐代时，上巳节已成为全年的三大节日之一，节日的内容除了修禊之外，主要是春游踏青、临水宴饮。据宋代吴自牧《梦粱录》“三月”条载，唐朝时，皇帝在这天也要在曲江池宴会群臣，同甘共苦，行祓禊之礼：“三月三日上巳之辰……赐宴曲江，倾都禊饮、踏青。”杜甫的《丽人行》对此盛况亦有描写：“三月三日天气新，长安水边多丽人……”中唐诗人白居易在《三月三日谢恩曲江宴会状》一文中，也详细记载了盛会的情况。宋代以后，理学盛行，礼教渐趋森严，三月上巳风俗渐渐衰微，但一些习俗仍在流传。（王立群）

答案

B

请问：下列诗词不是描写诸葛亮的是哪一项？

A. 江流石不转，遗恨失吞吴

B. 三顾频烦天下计，两朝开济老臣心

C.羽扇纶巾，谈笑间，樯橹灰飞烟灭

嘉宾解读

A出自杜甫《八阵图》：“功盖三分国，名成八阵图。江流石不转，遗恨失吞吴。”B出自杜甫《蜀相》：“丞相祠堂何处寻，锦官城外柏森森。映阶碧草自春色，隔叶黄鹂空好音。三顾频烦天下计，两朝开济老臣心。出师未捷身先死，长使英雄泪满襟。”C出自苏轼《念奴娇·赤壁怀古》：“大江东去，浪淘尽，千古风流人物。故垒西边，人道是，三国周郎赤壁。乱石穿空，惊涛拍岸，卷起千堆雪。　江山如画，一时多少豪杰。遥想公瑾当年，小乔初嫁了，雄姿英发。羽扇纶巾，谈笑间，樯橹灰飞烟灭。故国神游，多情应笑我，早生华发。人生如梦，一尊还酹江月。”所写的是历史上指挥赤壁之战的周瑜。（康震）

答案

C

请问：下列诗词名句中，作者不是女性的是哪一项？

A. 泪眼问花花不语，乱红飞过秋千去

B. 此情无计可消除，才下眉头，却上心头

C. 花开堪折直须折，莫待无花空折枝

嘉宾解读

A 出自欧阳修的《蝶恋花》，原词为：“庭院深深深几许？杨柳堆烟，帘幕无重数。玉勒雕鞍游冶处，楼高不见章台路。　雨横风狂三月暮，门掩黄昏，无计留春住。泪眼问花花不语，乱红飞过秋千去。”B出自李清照的《一剪梅》，原词为：“红藕香残玉簟秋。轻解罗裳，独上兰舟。云中谁寄锦书来？雁字回时，月满西楼。　花自飘零水自流。一种相思，两处闲愁。此情无计可消除，才下眉头，却上心头。”C出自杜秋娘的《金缕衣》，原诗为：“劝君莫惜金缕衣，劝君惜取少年时。花开堪折直须折，莫待无花空折枝。”

（康震）

A

请问：《登幽州台歌》中的“幽州台”，故址在今天的什么地方？

A. 北京大兴

B. 辽宁大连

C. 河南安阳

登幽州台歌

陈子昂

前不见古人，后不见来者。
念天地之悠悠，独怆然而涕下。

嘉宾解读

幽州台又名“黄金台”“蓟北楼”，战国时燕昭王为招贤纳士而建，并因此招揽了乐毅、郭隗等人。《登幽州台歌》，写于武则天万岁通天元年（696）作者政治上失意之时。陈子昂是一个具有政治见识和政治才能的文人。他直言敢谏，对武后朝的不少弊政，常常提出批评意见，不为武则天采纳，并曾一度因“逆党”株连而下狱。政治抱负不能实现，反而受到打击，这使陈子昂心情非常苦闷。万岁通天元年，契丹李尽忠、孙万荣等攻陷营州。武则天委派武攸宜率军征讨，陈子昂在武攸宜幕府担任参谋，随军出征。武攸宜为人轻率，少谋略。次年兵败，情况紧急，陈子昂请求遣万人作前驱以击敌，武不允。随后，陈子昂又向武进言，不听，反把他降为军曹。诗人接连受到挫折，眼看报国宏愿成为泡影，因此登上幽州台，慷慨悲吟，写下此诗。（康震）

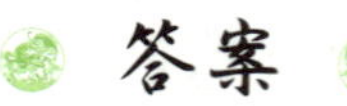

答案

A

请问：下列诗句中哪一项是正确的？

A. 西塞山前白鹭飞，桃花流水鳜鱼肥

B. 西塞山前白鹭飞，桃花流水桂鱼肥

C. 西塞山前白鹭飞，桃花流水鲑鱼肥

渔歌子·西塞山前白鹭飞

张志和

西塞山前白鹭飞，桃花流水鳜鱼肥。青箬笠，绿蓑衣，斜风细雨不须归。

嘉宾解读

诗句出自张志和的《渔歌子》。

A鳜鱼和B选项中的桂鱼是同一种，现在到酒店去吃饭，一般写这个桂鱼。C选项中的“鲑鱼”，实即河豚。此调原为唐教坊曲，又名《渔父》《渔父歌》，大概脱胎自民间渔歌。（康震）

A

请问：下列诗句中哪一项是正确的？

A. 日日入厨下，洗手作羹汤

B. 三日入厨下，洗手作羹汤

C. 明日入厨下，洗手作羹汤

新嫁娘

王建

三日入厨下，洗手作羹汤。

未谙姑食性，先遣小姑尝。

嘉宾解读

诗句出自王建的《新嫁娘》。诗写的是一位刚刚嫁入夫家的新娘的感受，描写了当时新媳妇难当的社会现实。通过寥寥几笔，就把新娘子欲讨好婆婆却又唯恐得罪婆婆这种进退两难的心境，惟妙惟肖地展现了出来，历来广为传诵。姑，婆婆。小姑，丈夫的妹妹。古代风俗，新媳妇婚后第三天要到厨房做饭，俗称“过三朝”，以展示自己持家的本事，讨取公婆欢心。今日则男女平等，谁有空谁做，不做外面吃去，真的不知“何日入厨下”矣。（王立群）

有人认为此诗是为科举考试应试而作。唐代科举考试时，士子“行卷”“温卷”之风盛行。士子在应试之前，常把先作好的诗文投献名公巨卿，以求荣誉，称为“行卷”。按现在的话说，就是想“走后门”。但在唐朝，这种行为是合情合法的。

为了使自己的诗文能给相关人员留下深刻印象，唐代士人行卷后，逾日又投，谓之“温卷”。宋赵彦卫《云麓漫钞》卷八记载：“唐之举人，先藉当世显人以姓名达之主司，然后以所业投献。逾数日又投，谓之温卷。”宋王辟之《渑水燕谈录·杂录》也记载：“国初袭唐末士风，举子见先达，先通笺刺，谓之请见。既与之见，他日再投启事，谓之谢见。又数日，再投启事，谓之温卷。”宋陆游《秋雨书感》诗：“门外久无温卷客，架中宁有热官书。”程千帆《唐代进士行卷与文学》说：“温卷的作用，主要是再度提醒一下受卷的显人，请他对自己加以关心和注意。”“行卷”“温卷”之风盛行，对唐传奇的繁荣产生了一定影响。（康震）

B

请问：以下哪首诗描述的不是唐朝的梳妆样式？

A.睡起觉微寒，梅花鬓上残

B.小头鞵履窄衣裳，青黛点眉眉细长

C.小山重叠金明灭，鬓云欲度香腮雪

嘉宾解读

A 宋人爱梅花，故李清照有梅花插鬓之事。李清照《菩萨蛮》：“风柔日薄春犹早，夹衫乍著心情好。睡起觉微寒，梅花鬓上残。故乡何处是？忘了除非醉。沉水卧时烧，香消酒未消。”B出自白居易《上阳白发人》：“小头鞵履窄衣裳，青黛点眉眉细长。外人不见见应笑，天宝末年时世妆。”C出自温庭筠《菩萨蛮》：“小山重叠金明灭，鬓云欲度香腮雪。懒起画蛾眉，弄妆梳洗迟。　照花前后镜，花面交相映。新帖绣罗襦，双双金鹧鸪。”（康震）

答案

A

请问：下述哪些诗句不是在狱中所写？

A. 与君今世为兄弟，更结来生未了因

B. 西陆蝉声唱，南冠客思侵

C. 沉舟侧畔千帆过，病树前头万木春

嘉宾解读

A 出自苏轼的《狱中寄弟子由》：“圣主如天万物春，小臣愚暗自亡身。百年未满先偿债，十口无归更累人。是处青山可埋骨，他年夜雨独伤神。与君今世为兄弟，更结来生未了因。”B出自骆宾王的《在狱咏蝉》：“西陆蝉声唱，南冠客思侵。那堪玄鬓影，来对白头吟。露重飞难进，风多响易沉。无人信高洁，谁为表予心？”C出自刘禹锡的《酬乐天扬州初逢席上见赠》：“巴山楚水凄凉地，二十三年弃置身。怀旧空吟闻笛赋，到乡翻似烂柯人。沉舟侧畔千帆过，病树前头万木春。今日听君歌一曲，暂凭杯酒长精神。”（康震）

答案

C

请问：“竹杖芒鞋轻胜马，谁怕？一蓑烟雨任平生”中的“芒鞋”指什么？

A. 草鞋

B. 布鞋

C. 木屐

嘉宾解读

词句出自苏轼的《定风波·莫听穿林打叶声》。竹杖，用竹子做的手杖。芒鞋，草鞋。这些都是古人外出漫游的常备用具，也指到处漫游。这首词写得非常奇怪。他在朝为高官的时候，其实写的作品都不见得怎样。最好的作品在

定风波·莫听穿林打叶声

苏轼

莫听穿林打叶声，何妨吟啸且徐行。竹杖芒鞋轻胜马，谁怕？一蓑烟雨任平生。　料峭春风吹酒醒，微冷，山头斜照却相迎。回首向来萧瑟处，归去，也无风雨也无晴。

三个时期：四十五到五十岁在黄州五年，五十九到六十二岁在惠州三年，六十三到六十六岁被贬谪儋州四年。用他自己的话说："问汝平生功业，黄州惠州儋州。"人生在世，无非天晴和天阴两种天气，你碰上天晴的时候别得意，碰上下雨的时候别沮丧，以平常心面对世间变化，以此践行自己澹泊人生的价值观。苏轼，这位备受后人景仰的文学巨匠，在其从政为官期间三次遭贬谪，行遍人间崎岖路，尝尽酸甜苦辣情，历尽排挤、打击和屈辱。面对这残酷的命运，苏轼却始终挺直脊梁，笑看得失荣辱，用旷达之心，铸就了自己的千古英名。（康震）

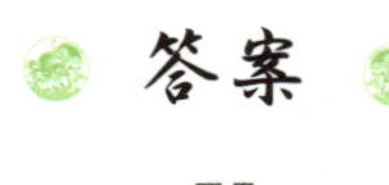

A

请问：苏东坡诗"帝遣银河一派垂，古来惟有谪仙词"夸赞的是谁的哪篇名作？

A. 李白《望庐山瀑布》

B. 徐凝《庐山瀑布》

C. 李白《庐山谣寄卢侍御虚舟》

其实，从"银河""谪仙"，即可知是李白的《望庐山瀑布》。"银河一派垂"，指的是李白"飞流直下三千尺，疑是银河落九天"。他为何要对徐凝的诗作恶言相向呢？主要由于二人诗歌创作上意向不同所

世传徐凝《瀑布》诗云：一条界破青山色。至为尘陋。又伪作乐天诗称美此句，有“赛不得”之语。乐天虽涉浅易，然岂至是哉！乃戏作一绝

苏轼

帝遣银河一派垂，古来惟有谪仙词。飞流溅沫知多少，不与徐凝洗恶诗。

致。苏轼主张诗贵传神，体现在他的诗评中，对那些只务形似的作品非常鄙弃。如李白曾写过著名的《望庐山瀑布》诗，描写了庐山瀑布飞流直下的壮观神态。唐人徐凝，曾在李白这首诗后题过一首诗，其中有“一条界破青山色”句，被人传为写庐山瀑布的佳句。苏轼对此不以为然，写此诗批评徐凝。苏轼之所以把徐凝诗斥为“恶诗”，主要在于徐诗没有写出庐山瀑布那种奔腾而下的独特神采。其实徐凝这诗写得也不错。但苏轼这个人很率真，批评人毫不留情。在散文中他批评司马相如，把司马相如骂得也很厉害，主要是因为司马相如临终了，还要替皇帝写封禅书。（王立群）

其实这里面有一段公案。神宗元丰二年（1079）三月，因对王安石新法持反对态度，四十三岁的苏轼由徐州贬至湖州。临行，作《湖州谢上表》，在略叙自己为官毫无政绩可言、再叙皇恩浩荡后，又夹上几句牢骚话：“陛下知其愚不适时，难以追陪新进。察其老不生事，或能牧养小民。”本是例行公事之为，新党人士却摘引“新进”“生事”等语上奏，给苏轼扣上“愚弄朝廷，妄自尊大”的帽子。明明是苏轼讽刺他们，反被他们偷梁换柱，借此加罪于苏轼。监察御史舒亶、御史中丞李定等人，更从他的诗文中找出个别句子，断章取义，罗织罪名。如“读书万卷不读律，致君尧舜知无术”，本来苏

轼是说自己没有把书读通，无法帮助皇帝成为像尧、舜那样的圣人，他们却说是在讥讽皇帝等等。时任副相的王珪，指出苏轼歌咏桧树的诗句“根到九泉无曲处，世间惟有蛰龙知”，是在隐刺皇帝，藉此指控苏轼“大逆不道”，非要置其于死地而后快。苏轼在狱中的日子可谓凄惨至极，惶惶不可终日。审讯者常常通宵达旦地对其辱骂、恫吓，从其泛泛的诗文中摘取大量字句，要其承认愚弄朝廷、毁谤国事。在巨大的精神压力下，苏轼不得不作了数万言的交代材料。一件小事的发生，曾使狱中的苏轼大受惊吓。湖州被捕时，苏轼曾与儿子密约，送饭时只送蔬菜和肉，非有坏消息不能送鱼。后因儿子苏迈离京去别处筹钱，把送饭之事暂交与朋友，匆忙中却忘了告诉朋友他们父子之间的约定。巧的是这位朋友恰好给苏轼送去了一条熏鱼。于是，苏轼大惊失色，以为自己必死无疑。惶惶不安中，在《狱中寄弟子由》里写下了“梦绕云山心似鹿，魂飞汤火命如鸡”等诗句；又给弟弟苏辙写了“与君世世为兄弟，再结来生未了因”的诀别诗。狱吏按规定将诗篇呈交神宗皇帝。神宗读到这两首诗，深受感触之余，也不禁为苏轼的才华所折服。加上当朝多人为苏轼求情，特别是已罢相退居金陵的王安石亦不计前嫌，搬出太祖皇帝“圣朝不宜诛名士”的祖训（宋太祖赵匡胤，曾定下不杀士大夫的国策），上书劝神宗。其实，神宗内心里也没有必杀苏轼的意思，只是想借此杀杀他的锐气，遂下令对苏轼从轻发落，贬其为黄州团练副使。还是在苏轼流放黄州期间，有一次，神宗读李白的诗，觉得李白诗写得很好，就问身边的大臣：我朝当中有谁能跟李白相比？大臣们了解皇上的心思，就说：只有苏轼可以与李白相提并论。不料神宗却严肃地告诉大臣们：你们说得对，但不完全对。李白有苏轼的才气，但没有苏

轼的学问。那意思是说，苏轼比李白强，他不仅有才情，而且有很高的学养。因为宋神宗支持王安石变法，所以就把反对变法的苏轼贬官到了黄州，但从神宗的内心来讲，还是很欣赏苏轼的。（康震）

苏轼真是个人才！这个我觉得也挺有意思。的确，有些人有才情，未必有学识；有些人有学识，又未必有才情。（董卿）

这还有一个很重要的原因，就是客观上的条件。宋代诗人流传下来的诗作普遍比唐代诗人的多，其中一个重要的原因，在于宋代的雕版印刷术已广泛应用，这就为书籍的印刷和传播提供了极为便利的条件。唐代人读书那是很受限制的，想读书就需要用手抄，因此书籍的流传非常困难。所以像李白那样的大师，也没传下来多少诗，也就一千余首。雕版印刷普遍推行的宋代，像苏轼的诗、陆游的诗等，就大部分传了下来。很可惜，因为物质技术层面制约的原因，很多唐人著名的诗作没有传下来。白居易之所以亲自编自己的诗集，并藏在好几个地方，其中很重要的一个原因，就是担心自己的作品不能流传后世。（康震）

答案

请问：下列诗句中哪一项是正确的？

A. 管城子无食肉相，孔方兄有绝交书

B. 中书君无食肉相，嵇中散有绝交书

C. 登徒子无食肉相，画眉郎有绝交书

嘉宾解读

诗句出自黄庭坚的《戏呈孔毅父》。管城子，喻指毛笔，典出韩愈的《毛颖传》。这篇寓言其实是“恶搞”毛笔，其中说到秦始皇时候蒙

戏呈孔毅父

黄庭坚

管城子无食肉相，孔方兄有绝交书。文章功用不经世，何异丝窠缀露珠。校书著作频诏除，犹能上车问何如。忽忆僧床同野饭，梦随秋雁到东湖。

恬讨伐“毛氏之族”，俘获了毛颖，然后“秦皇帝使恬赐之汤沐，而封诸管城，号曰管城子”，由此毛笔被称为“管城子”。选项中的“中书君”亦指毛笔，同出此传。孔方兄，喻指金钱，语出西晋鲁褒《钱神论》：“钱之为体，有乾坤之象。内则其方，外则其圆。……亲之如兄，字曰孔方。”有鄙视嘲讽之意。孔毅父，即孔平仲，字毅父，黄庭坚的同乡兼好友。这首诗是黄庭坚的自嘲，也可看作历代读书人的自嘲。头两句是说读书既不能使人贵，又不能使人富，清贫落拓、不被赏识，似乎是读书人的宿命。故而诗人欲逍遥江湖以为解脱，反映了传统读书人仕与隐的矛盾心态。（康震）

答案

A

请问：“但使龙城飞将在，不教胡马度阴山”中的“飞将”指的是汉朝的哪位将领？

A. 李广

B. 李陵

C. 卫青

出塞二首·其一

王昌龄

秦时明月汉时关，万里长征人未还。但使龙城飞将在，不教胡马度阴山。

嘉宾解读

诗句出自王昌龄的《出塞二首·其一》。该诗是王昌龄早年赴西域时所作,《出塞》是乐府旧题。王昌龄所处的时代,正值盛唐,这一时期,唐在对外战争中屡屡取胜,全民族的自信心极强,边塞诗人的作品中,多能体现一种慷慨激昂的向上精神,和克敌制胜的强烈自信。同时,频繁的边塞战争,也使人民不堪重负,渴望和平,《出塞》正反映了这种追求和平的愿望。(王立群)

答案

请问:李清照《醉花阴·重阳》名句“东篱把酒黄昏后,有暗香盈袖”咏的是哪种花?

A. 菊花

B. 梅花

C. 桂花

醉花阴·重阳

李清照

薄雾浓云愁永昼,瑞脑消金兽。佳节又重阳,玉枕纱厨,半夜凉初透。　东篱把酒黄昏后,有暗香盈袖。莫道不销魂,帘卷西风,人比黄花瘦。

嘉宾解读

古典诗词,其实很有意思,一个作家再优秀,他所有的作品也不可能都是原创的,都有借鉴,都有模仿,古人叫“拟作”。如李清照这首词中的“东篱把酒黄昏后,有暗香盈袖”,“东篱”这一典故,就来自陶渊明的著名诗作《饮酒》中的“采菊东篱下,悠然见南山”,原意指自由自在的田园生活。后来,“东篱”成为诗人惯用的咏菊典故。李清照在此要表达的是:黄昏时分,在东边的篱

笆旁饮酒，无人对饮，无人交谈，独自一人喝着郁闷的酒。四溢的酒香，不能被夫婿称赞，只能飘进自己的袖间，着重渲染了李清照孤独而茫然的心境。（康震）

陶渊明的诗之后，都“东篱菊花”了。（董卿）

并不是说菊花都种在东边篱笆的底下，而是变成了一种意象。（康震）

就像我们说过的王安石的“遥知不是雪，为有暗香来”。更早点，其实这个“暗香”也是把它放在不同的情景当中，点铁成金。古人传下来的就是经典。（董卿）

答案

A

唐代有一位诗人擅作五言诗，自号“五言长城”，请问：他是哪位诗人？

A. 王昌龄

B. 王之涣

C. 刘长卿

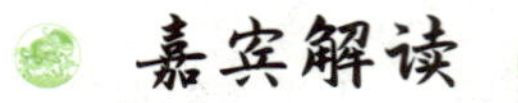

嘉宾解读

刘长卿是中唐时期著名诗人，他名字中的“长”应该念zhǎng，而不是cháng，表示排行老大，很多人都读错了。刘长卿“以诗驰名上元、宝应间”。诗多写贬谪漂流的感慨和山水隐逸的闲情。擅长近体，尤工五律，曾自称为“五言长城”。宋张戒在《岁寒堂诗话》中说：“随州诗韵度不能如韦苏州之高简，意味不能如王摩诘、孟浩然之胜绝，然其笔力豪赡，气格老成……‘长城’之目，盖不徒然。”（王立群）

刘长卿，有一个字跟董卿重合哈！我们熟悉的“柴门闻犬吠，风雪夜归人”就是他写的。他的诗，大体都是这个风格。后人有一个评价，说五言诗，十篇以上，在意境上就会大体雷同，都是写的苍山、青山、归远等幽静的生活。所以，一个杰出的作家，一般要做到诸体兼备。像王维，就既写山水诗田园诗，又写游侠诗，也写“九天阊阖开宫殿，万国衣冠拜冕旒”这样的诗篇。刘长卿因才情不够大，生活阅历不够丰富，所以他虽创作的五言特好，意向特好，但他的大部分诗作，内容单薄，境界狭窄，缺少变化，容易使人感到字句雷同。正如高仲武在《中兴间气集》中对他评价的那样：“大抵十首已上，语意稍同，于落句尤甚，思锐才窄也。”（康震）

梦李白二首·其二

杜甫

浮云终日行，游子久不至。三夜频梦君，情亲见君意。告归常局促，苦道来不易。江湖多风波，舟楫恐失坠！出门搔白首，若负平生志。冠盖满京华，斯人独憔悴。孰云网恢恢？将老身反累！千秋万岁名，寂寞身后事！

答案

C

请问：“冠盖满京华，斯人独憔悴”中“斯人”指的是谁？

A. 杜甫

B. 李白

C. 杜甫的妻子

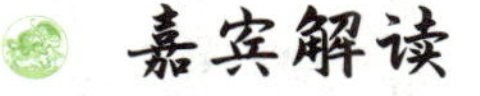

嘉宾解读

诗句出自杜甫的《梦李白二首·其二》。杜甫，那是真叫喜欢李白、仰慕李白！你看他的那些诗，家里那么拮据，他怎么不操心自己家里人？他就是仰慕李白，喜欢李白，担心李白。为什么？就像他自己说的，李白是国之良材，因为种种原因，没有被国家重用。杜甫这个人很善良，又是李白的小兄弟。作为李白的铁杆粉丝，杜甫老操心他。李白这人比较“高大上”，关心的都是大事儿，眼睛看的都是云端以上，云计算的，他一生只给杜甫写过四首诗。有的人好拿这个来说事，什么“李杜优劣论”啦等等，但是这首诗就很能体现他们之间的感情。（康震）

答案

B

请问：“座中泣下谁最多，江州司马青衫湿”中的江州司马是谁？

A. 刘禹锡

B. 白居易

C. 元稹

嘉宾解读

唐宪宗元和十年（815）六月，唐朝藩镇势力派刺客在长安街头刺死宰相武元衡、刺伤御史中丞裴度，引起朝野大哗。随后藩镇势力又进一步提出要求罢免裴度，以安藩镇“反侧”之心。白居易则上表主张严缉凶手，致有“擅越职分”之嫌；而且，白居易平素多作讽喻诗，得罪了朝中权贵，于是被贬为江州司马。司马是刺史的助手，在中唐时期多是专门用来安置“犯罪”官员的，属于变相发配。这件事对白居易影响很大，是他思想变化的转折点，从此他早期的斗争锐气逐渐被消磨，消极情绪日渐增多。元和十一年（816）秋天，白居易被贬江州司马已两年，在浔阳江头送别客人，偶遇一位年少因艺技红极一时、年老却被人抛弃的歌女，心情抑郁，结合自己人生遭遇，用歌行的体裁，创作出了著名的《琵琶行》。其中“同是天涯沦落人，相逢何必曾相识”两句诗，是该诗最重要的主题。现在觉得这两句诗很平常，而且也了解其中的感情，放到一千两百多年前，就不是这么回事儿了。当时白居易虽被朝廷贬官，但他仍是一个官人身份。唐代社会的等级是非常严格的，社会阶层中有官人、良人，还有贱人。歌女嫁给商人，社会身份低微。白居易这两句诗，就打破了社会身份的界限，把情感作为了衡量人和人之间交往的唯一标准。从“我闻琵琶已叹息”到最后的“江州司马青衫湿”共二十六句，写诗人贬官九江以来的孤独寂寞之感，感慨自己的身世，抒发与琵琶女的同病相怜之情。诗人和琵琶女都是从繁华的京城沦落到这偏僻处，诗人的同情中饱含叹息自己的不幸。“似诉生平不得志”的琵琶声中，也诉说着诗人的心中不平。诗人感情的波涛，为琵琶女的命运所激动，发出了“同是天涯沦落人，相逢何必曾相识”的感叹，抒发了同病相怜、同声相应的情怀。（康震）

答案

请问：下列诗句中哪一项是正确的？

A. 试问卷帘人，却道梨花依旧

B. 试问卷帘人，却道牡丹依旧

C. 试问卷帘人，却道海棠依旧

如梦令·昨夜雨疏风骤

李清照

昨夜雨疏风骤，浓睡不消残酒。试问卷帘人，却道海棠依旧。知否？知否？应是绿肥红瘦。

嘉宾解读

词句出自李清照的《如梦令·昨夜雨疏风骤》。该诗化用韩偓《懒起》诗“昨夜三更雨，今朝一阵寒。海棠花在否？侧卧卷帘看”的专属意象。海棠专门隐喻睡美人、醉美人，典出贵妃醉酒。宋初乐史的《杨太真外传》中说：唐明皇有一回召见杨贵妃，杨贵妃正宿酒未醒，被高力士等人扶到御前，鬓乱钗横，站都站不稳。唐明皇不但没怪罪，反而乐呵呵地说：“这哪是贵妃喝醉了，是海棠没睡够嘛！”（是岂妃子醉，真海棠睡未足耳）（王立群）

答案

C

杜甫诗《春望》中写道“白头搔更短，浑欲不胜簪”，请问：古代男子用来固定头发的簪子最接近于以下哪种发饰？

A. 发夹

B. 头箍

C. 发笄

嘉宾解读

这道题目考的是簪子，簪子就是从发笄发展而来的，是古人用来绾定发髻或帽子的长针。（董卿）

古人认为：身体发肤受之父母，不敢毫损，否则就是大不孝。所以古代的男性终生不理发，头发都留得很长，这就需要用于绾定头发的用具。但男人的发式与女性的很不一样，不像女性的发式挽得非常精致、漂亮。（康震）

春望

杜甫

国破山河在，城春草木深。感时花溅泪，恨别鸟惊心。烽火连三月，家书抵万金。白头搔更短，浑欲不胜簪。

答案

C

请问：苏轼的《江城子·十年生死两茫茫》这首词悼念的人是谁？

A. 王弗

B. 王闰之

C. 王朝云

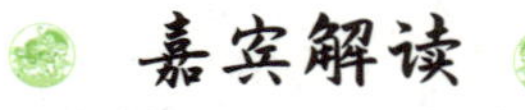

嘉宾解读

妻子王弗去世已经十年了，苏轼仍然刻骨思念，写下了这首沉痛哀

江城子·十年生死两茫茫

苏轼

十年生死两茫茫，不思量，自难忘。千里孤坟，无处话凄凉。纵使相逢应不识，尘满面，鬓如霜。　　夜来幽梦忽还乡。小轩窗，正梳妆。相顾无言，惟有泪千行。料得年年断肠处，明月夜，短松冈。

伤的名篇，可见夫妻伉俪情深，超越生死。苏轼《江城子·十年生死两茫茫》入选高中语文课本，是必背的名篇。（王立群）

苏轼一生有三位妻子，每一位都十分漂亮，都令他满意和欢欣，都是他的红颜知己。第一位是王弗，第二位是王弗的堂妹王闰之，第三位是曾在他家当侍女的王朝云。第一任，也即他的结发之妻王弗，四川青神县人，年轻貌美，聪明智慧，知书达理。他们的婚姻是由各自的父亲一手促成的包办婚姻。当时，苏东坡十九岁，比王弗大三岁。王弗虽然年轻，但聪明异常，对丈夫百般体贴，是丈夫仕途上的得力助手，曾有“幕后听言”的故事流传于世。不难明白，在尚不够成熟老练之际，苏东坡确实需要忠言箴劝。而王弗虽然年轻，却十分精明，受家庭教育的熏陶与影响，顾大局，识大体，务实际，明利害，是一位很好的贤内助。她对丈夫非常喜爱，非常佩服，甚至于十分崇拜，她知道自己嫁的是一个年轻英俊、风流倜傥、才华出众的诗人。苏东坡为人旷达，待人接物相对疏忽，把人人都当成好人，而王弗则有知人之明，常常将自己的建议告知于丈夫。苏东坡每次与相交往的那些客人谈话的时候，王弗总是躲在屏风后面屏息静听。有一天，客人走后，她问丈夫：“你费那么多工夫跟他说话干什么？他

只是留心听你要说什么，之后好顺着你的意思说话，以便迎合你的意思啊。”她警告丈夫，要提防那些过于草率的泛泛之交，速成的交情往往靠不住，看人的时候既要看到别人的长处，又要看到别人的短处。苏东坡接受了妻子的忠言劝告。不幸的是，王弗于二十六岁病逝，遗有一子，年方六岁。苏东坡与王弗的感情十分深厚，一生都难以忘却，每每陷入深情的回忆之中。又过了十年，他再也忍受不了这种情感的折磨，终于一吐胸襟，挥笔为王弗写下了这首被誉为“悼亡词千古第一”的《江城子·十年生死两茫茫》。（康震）

这三个女性对苏轼都挺重要，与王闰之一起生活了二十多年，最后合葬在一起。“十年生死两茫茫”，用情之深；苏轼只有“惟将终夜长开眼，报答平生未展眉”。（董卿）

苏轼非常惭愧，自己没有让妻子生前享受到应有的体面、宽绰的生活，所以很后悔。（王立群）

对很多女性来说，像苏轼这样的人不嫁，还嫁谁？既潇洒又有学问，既有地位又有才学，而且又是多情的男子。（康震）

暖男。（王立群）

是暖男中的男神。（康震）

A

请问：罗隐《淮南送工部卢员外赴阙》颈联“贵分赤笔升兰署，荣著绯衣从板舆”中“绯衣”指的是什么？

A. 紫色衣服

B. 官员朝服

C. 华贵的衣服

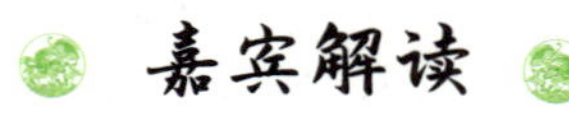

“绯衣”的字面意思是红色衣

服，古代朝官多着红色品服，故而延伸开来，也有代指官吏的意思。古代以服装的颜色代表社会等级，要求很严格。官吏所穿的公服称“品色服”，其最早出现于隋代。官员分为九品，凡是有品级的官员称为品官。品官等级不同，品服的颜色、形制、质地也不同，以示尊卑。如《唐会要》载：“三品以上服紫，四品五品服绯（大红），六品七品以绿，八品九品以青。妇人从夫之色。”《明史·舆服志》记载明朝的官服：“一品大独科花，径五寸；二品小独科花，径三寸；三品散答花无枝叶，径二寸；四品五品小杂花纹，径一寸五分；六品七品小杂花，径一寸；八品以下无纹。”“其带一品玉，二品花犀，三品金钑花，四品素金，五品银钑花，六品七品素银，八品九品乌角”。不同朝代，文武官员的品服礼制也有所不同。（康震）

答案

B

请问：唐张祜“斜日庭前风袅袅，碧油千片漏红珠”诗句所咏对象是？

A. 石榴

B. 樱桃

C. 辣椒

樱桃

张祜

石榴未拆梅犹小，爱此山花四五株。斜日庭前风袅袅，碧油千片漏红珠。

嘉宾解读

这诗的题目就叫《樱桃》。张祜早年寓居苏州，常往来于扬州、杭州

等都市，并模山范水，题咏名寺。他的《题润州金山寺》诗，空前绝后。《宫词二首》之一“故国三千里，深宫二十年。一声《何满子》，双泪落君前”流行一时。后来，这首词传入宫禁，唐武宗病重时，孟才人恳请为皇帝歌一曲，当唱到“一声《何满子》”时，竟气亟肠断而死。这种至精至诚的共鸣，恰恰说明张祜诗的魅力。白居易很欣赏张祜的《观猎诗》，认为与王维的观猎诗相比难分优劣。然而，张祜性情狷介，不肯趋炎附势，终生没有蹭身仕途，未沾皇家寸禄。其晚年，在丹阳曲阿筑室种植，寓居下来。尝与村邻乡老聊天、赏竹、品茗、饮酒，过着世外桃源似的隐居生活， 一生坎坷不达而以布衣终。(康震)

答案

B

请问：黄庭坚诗“骑牛远远过前村，短笛横吹隔陇闻”是赞扬谁的悠闲自在生活的？

A. 牧童

B. 退休官员

C. 车夫

牧童诗

黄庭坚

骑牛远远过前村，短笛横吹隔陇闻。多少长安名利客，机关用尽不如君。

嘉宾解读

诗句出自黄庭坚的《牧童诗》。黄庭坚自幼聪颖异常，读书数遍就能背诵。五岁能背诵“五经”，他舅舅李常到他家，取架上的书问他，他没有不知道的，李常非常奇怪，以为“千里之才”。《牧童诗》相传是他七岁时所作。宋英宗治平四年

（1067），黄庭坚考中进士。神宗熙宁初，参加四京学官考试，由于应试的文章最优秀，担任了国子监教授。苏轼有一次看到他的诗文，以为超凡绝尘，卓然独立于千万诗文之中，世上好久已没有这样的佳作。由此，他名声大震动。当时苏轼已经名动四海，黄庭坚不过是崭露头角，可见苏轼何等赏识黄庭坚！自此二人惺惺相惜。也正因为苏轼的赏识，后来又带累了黄庭坚一生的坎坷。翻开史书就能发现，黄庭坚的人生，与苏轼共沉浮。一年后，苏轼因"乌台诗案"入狱，差点被杀头，此时的黄庭坚虽然与苏轼未曾谋面，但因与其酬来唱往，被罚了二十斤铜。又过了七年，黄庭坚四十二岁，新皇帝登基，新法废除，苏轼似乎时来运转，与黄庭坚同被招回京师，两人虽神交已久，却是初次相见。在司马光的推荐下，黄庭坚校定《资治通鉴》。然而司马光上台后，尽废新法，苏轼这时对新法已经有了进一步的新认识，与之力争，最后不堪纷争，去了杭州。第二年，道德人士——即李清照的公公赵挺之，向朝廷反映黄庭坚男女关系问题："闾巷之人有所不忍，而庭坚为之自若，亏损名教，绝灭人理，岂可尚居华胄、污辱荐绅？"黄庭坚又陷入政治纷争的漩涡中，干了五年，便辞了职，乞一宫观居住。一年后，章敦为相，以黄庭坚修订的《神宗实录》又兴文字狱，黄庭坚被贬亳州。此时苏轼也因为"讥刺先朝"被贬，苏轼临行前约黄庭坚在鄱阳湖相会三日，这一会竟成为诀别。（康震）

A

请选择：下列诗句中哪一项是正确的？

A. 无肉令人瘦，无诗令人俗

B. 无食令人瘦，无酒令人俗

C. 无肉令人瘦，无竹令人俗

於潜僧绿筠轩

苏轼

可使食无肉，不可居无竹。无肉令人瘦，无竹令人俗。人瘦尚可肥，士俗不可医。　旁人笑此言，似高还似痴。若对此君仍大嚼，世间那有扬州鹤？

嘉宾解读

诗句出自苏轼的《於潜僧绿筠轩》。苏轼为人豁达，大雅大俗，既保有士人的高洁气质，又热爱平凡生活，此诗中的“肉”和“竹”，代表了他个性的两端。苏轼本来就是一位美食家，相传，有一次其妻子王弗在家炖肘子时因一时疏忽，肘子焦黄黏锅，她连忙加进各种配料再细细烹煮，以掩饰焦味。不料这么一来，微黄的肘子味道出乎意料得好，顿时乐坏了苏轼。苏轼不仅自己反复炮制，并留下了记录，还向亲朋好友大力推广，于是，“东坡肘子”也就得以传世。（康震）

这两句诗，是说的快乐人生的追求和平衡。肉象征日常之趣，竹象征清高品格。《世说新语·任诞》记载：王子猷（王羲之的儿子王徽之）尝暂寄人空宅住，便令种竹。或问：“暂住，何烦尔？”王啸咏良久，直指竹曰：“何可一日无此君？”（王立群）

答案

请问：有人想选择座右铭，用来表达学习上或工作上再提高一步，合适的诗句是？

A. 居高声自远，非是借秋风

B. 欲穷千里目，更上一层楼

C. 会当凌绝顶，一览众山小

登鹳雀楼

王之涣

白日依山尽，黄河入海流。
欲穷千里目，更上一层楼。

嘉宾解读

A 出自虞世南的《蝉》，意思是当你攀到高处，不须凭借外力自然会声名远扬。B出自王之涣的《登鹳雀楼》。C出自杜甫的《望岳》，“会当凌绝顶”，表达诗人登临泰山顶峰的决心、自信自励的意志和坚定豪迈的气概。“一览众山小”，则以虚拟笔法，显示了诗人高瞻远瞩和俯视一切的雄心。（康震）

答案

B

请问：若要形容一个人读了很多书、学识渊博，最合适的诗句是?

A. 读书破万卷

B. 男儿须读五车书

C. 读书不觉已春深

奉赠韦左丞丈二十二韵（节选）

杜甫

纨绔不饿死，儒冠多误身。丈人试静听，贱子请具陈。甫昔少年日，早充观国宾。读书破万卷，下笔如有神。

嘉宾解读

A 是已经读了万卷书，学识自然渊博。《对床夜语》中说老杜云：“读书破万卷，下笔如有神。”读书而至破万卷，则抑扬上下，何施不可？非谓以万卷之书为诗也。出自杜

甫《奉赠韦左丞丈二十二韵》。B是要读还未读。出自杜甫《题柏学士茅屋》。C是正在读。出自王贞白《白鹿洞》。（王立群）

在杜甫困守长安十年时期所写下的求人援引的诗篇中，要数这一首是最好的。这类社交性的诗，带有明显的急功求利的企图。常人写来，不是曲意讨好对方，就是有意贬低自己，容易露出阿谀奉承、俯首乞怜的寒酸相。杜甫在这首诗中却能做到不卑不亢，直抒胸臆，吐出长期郁积下来的对当政者压制人才的悲愤不平。诗人主要运用了对比和顿挫曲折的表现手法，将胸中郁结的情思，抒写得如泣如诉、真切动人。（康震）

答案

A

请问：“此曲只应天上有，人间能得几回闻”，杜甫称赞的是谁？

A. 李龟年

B. 花卿

C. 念奴

赠花卿

杜甫

锦城丝管日纷纷，半入江风半入云。此曲只应天上有，人间能得几回闻？

嘉宾解读

诗句出自杜甫的《赠花卿》。花卿指成都武将花敬定。李龟年、念奴都是与杜甫同时的歌唱家。《唐宋诗举要》云：杜子美以涵天负地之才，区区四句之作未能尽其所长，有时遁为瘦硬牙杈，别饶风韵。宋之江西派往往祖之。然观“锦城丝管”之篇、“岐王宅里”之咏，较之太白、龙标，殊无愧色。（康震）

答案

B

一首当代流行歌曲使这首唐诗流传更广，而这首唐诗又使一座寺庙广为人知，请问：这首诗是？

A. 常建的《题破山寺后禅院》

B. 张继的《枫桥夜泊》

C. 李白的《夜宿山寺》

枫桥夜泊

张继

月落乌啼霜满天，江枫渔火对愁眠。姑苏城外寒山寺，夜半钟声到客船。

嘉宾解读

这首诗虽然特别短，但它把很多文人特别习用的意向，全部集合了起来。寒山寺在枫桥西一里，初建于梁代，唐初诗僧寒山曾住于此，因而得名。枫桥的诗意美，有了这所古刹，便带上了历史文化的色泽，显得更加丰富，动人遐想。因此，这寒山寺的“夜半钟声”，也就仿佛回荡着历史的回声，渗透着宗教的情思，而给人以一种古雅庄严之感了。有了寒山寺的夜半钟声这一笔，“枫桥夜泊”的神韵，才得到最完美表现，这首诗便不再停留在单纯的枫桥秋夜景物画的水平上，而是创造出了情景交融的典型化艺术意境。就像马致远著名的小曲《天净沙·秋思》所说的那样：“夕阳西下，断肠人在天涯。”现代有首流行歌曲《涛声依旧》，也是以张继的《枫桥夜泊》为蓝本创作的。《枫桥夜泊》，又使苏州的寒山寺广为人知。（康震）

答案

B

某诗词名句，已为成语，用来比喻某种力量或势力无可挽回地没落，请问：它是以下哪一句？

A. 黄鹤一去不复返

B. 流水落花春去也

C. 无可奈何花落去

嘉宾解读

A出自崔颢的《黄鹤楼》：“昔人已乘黄鹤去，此地空余黄鹤楼。黄鹤一去不复返，白云千载空悠悠。晴川历历汉阳树，芳草萋萋鹦鹉洲。日暮乡关何处是？烟波江上使人愁。”B出自李煜的《浪淘沙·帘外雨潺潺》：“帘外雨潺潺，春意阑珊。罗衾不耐五更寒。梦里不知身是客，一晌贪欢。　独自莫凭阑，无限江山。别时容易见时难。流水落花春去也，天上人间！”C出自晏殊的《浣溪沙·一曲新词酒一杯》：“一曲新词酒一杯，去年天气旧亭台，夕阳西下几时回？　无可奈何花落去，似曾相识燕归来。小园香径独徘徊。”词中的“无可奈何花落去”现代已用为成语，比喻某种力量或势力无可挽回地没落。（康震）

答案

C

请问：辛弃疾《南乡子》中有“天下英雄谁敌手？曹刘”，他想称赞的人是谁？

A. 曹操和刘备

B. 孙权

C. 周瑜

南乡子·登京口北固亭有怀

辛弃疾

何处望神州。满眼风光北固楼。千古兴亡多少事，悠悠。不尽长江滚滚流。　年少万兜鍪。坐断东南战未休。天下英雄谁敌手？曹刘。生子当如孙仲谋。

嘉宾解读

仅看这两句就上当了，因为下面

还有一句“生子当如孙仲谋”，生儿子要生像孙权那样的儿子。前面这两句，貌似夸曹、刘，实际辛弃疾是借英雄曹操和刘备来衬托孙权。现在，好多人对三国历史的了解，不是去看《三国志》，甚至也不去读《三国演义》，还有一些甚至于连涉及三国或者是《三国演义》这样的电视连续剧也不看，而只是从一些与三国相关的游戏如“三国杀”这类游戏中了解。这很不好！一直以来，社会大众对三国时期的这段历史都很熟悉，因为这段历史，在中国历史上是一个英雄辈出的时代。中国历史上的秦汉之际、三国时期、隋唐之际，都是英雄辈出的时代，为何只有三国时期能引起世人如此大的兴趣？一个时代是否特别受世人的关注，那就要看这个时期的历史，有没有在具有代表性的文学作品中反映出来。严肃的历史记载，在其中起的作用是很小的。这里边有几个层次的原因，一个是历史上真实发生的事情，我们叫做真实的历史。第二个是把这段事情真实地记录下来，如《三国志》，我们叫做记录的历史。到了文学作品《三国演义》，是根据记录的历史，创作出的文学作品，这个叫传播的历史。传播的历史对后世的影响很大。传播的历史越是流传得广，世人对这段历史留下的印象就越深。但这种传播的历史有一个很大的毛病，就是其中会有文学的虚构成分加进去。其实，记录的历史中也有这种现象，历史记录有详有略，有歌颂有贬义。到文学传播时段，一些事件的过程更是无中生有。所以，学习历史知识，要有选择地阅读相关书籍。（王立群）

“天下英雄谁敌手？曹刘”，是指曹操和刘备，但他真正想称赞的却是孙权。也就是说，你对手的高度，也决定着你的高度。（董卿）

B

请问：下列哪一句诗词可以用来描述“孔雀女”与“凤凰男”的组合？

A. 早知潮有信，嫁与弄潮儿

B. 何时倚虚幌，双照泪痕干

C. 谢公最小偏怜女，自嫁黔娄百事乖

遣悲怀三首·其一

元稹

谢公最小偏怜女，自嫁黔娄百事乖。顾我无衣搜荩箧，泥他沽酒拔金钗。野蔬充膳甘长藿，落叶添薪仰古槐。今日俸钱过十万，与君营奠复营斋。

嘉宾解读

A出自李益的《江南曲》。B出自杜甫的《月夜》。讲述的是杜甫夫妇，门第大致相当。此时是患难之时。C出自元稹的《遣悲怀》。元稹妻子韦丛是太子少保韦夏卿之女。此以谢安最偏爱侄女谢道韫之事为喻。黔娄，战国时齐国的贫士。此自喻。言韦丛以名门闺秀屈身下嫁。百事乖，什么事都不顺遂。最后还有一句“今日俸钱过十万，与君营奠复营斋”。诗人最后虽然俸钱过十万，发达了，但同甘共苦的妻子已经亡故，只能置办斋品来祭奠再祭奠了。（康震）

此处用典来自东晋宰相谢安最爱其侄女谢道韫的故事。“怜”是爱的意思。谢道韫是魏晋时期的才女，其父是东晋的安西将军谢奕，其夫是书圣王羲之次子王凝之，时任江州刺史。她自幼聪识，有才辩，七岁时赢得了“咏絮才女”的美名。韦丛的父亲韦夏卿，官至太子少保，死后赠左仆射，也是宰相之位。韦丛为其幼女，故以谢道韫比之。（王立群）

这道题比较有趣的是，题目本身出现了新名词“孔雀女”和“凤凰男”，我个人不认同这样的理念。所谓“凤凰男”，就是指十余年寒窗苦读，跳出山窝窝的农村小子。他们进城娶了城里老婆，但由于曾经的农村身份打下的烙印，使得他们与孔雀女——城市女孩的爱情、婚姻和家庭，产生了种种矛盾。（董卿）

C

请问：下述唐宋文人中哪一组不属于师生关系？

A. 欧阳修、苏轼

B. 晏殊、欧阳修

C. 玉真公主、王维

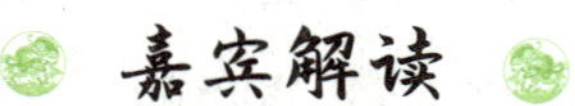

传说王维之所以科场高中，主要得力于玉真公主（武则天的孙女）的推荐之力。此事历来本有争议，并且“座主”指的是科举考试的主考官。故事是这样的：唐玄宗开元九年（721），王维从蒲州（今山西永济西部）到长安应试，踌躇满志，立志要摘取桂冠。忽闻诗人张九皋通过玉真公主的途径，已得到夺取殿试第一的许诺。王维一筹莫展，只得与好友岐王李范（玄宗之弟）斟酌。李范给他出了一个主意，要王维准备好两件事：一是录其清新隽永的诗作十首；二是自谱琵琶曲一首习熟。约定五天后为其引见公主。待到引见之日，李范把王维打扮得超凡脱俗，先让其在显著的位置与众乐伎翩翩起舞。王维卓尔不凡的气质，立即引起了公主的注意。公主向李范探询其人，李范意味深长地说：“此人知音也！”接着让王维奏琵琶，王维弹的就是自己的新作《郁轮袍》（后人有认为此曲是《霸王卸甲》的前身），高超卓绝的技艺，令听者无不动容。公主更是大奇，岐王进一步介绍：“此生非止音律，词学亦无出其右。”王维立即献上诗卷，公主读毕惊骇至极曰：“这些皆我平时吟诵者，原以为古贤佳作，乃子之为乎？”因令更儒衣再晤，升上客座，穷尽贵宾之礼善待也。当公

主悉知王维也是来京赴考的举子时，即曰："此等才华横溢之士不登榜首，更待何人？"还，召试官至第，由宫婢传话下去。主考官当然心领神会。殿试之上，王维终于"大魁天下"，从此踏上仕途，名扬四海。（康震）

答案

C

请问：以下诗句中哪一项本身不是形容做诗的？

A. 兴酣落笔摇五岳，诗成笑傲凌沧洲

B. 为人性僻耽佳句，语不惊人死不休

C. 鸟宿池边树，僧敲月下门

嘉宾解读

A出自李白的《江上吟》："木兰之枻沙棠舟，玉箫金管坐两头。美酒樽中置千斛，载妓随波任去留。仙人有待乘黄鹤，海客无心随白鸥。屈平辞赋悬日月，楚王台榭空山丘。兴酣落笔摇五岳，诗成笑傲凌沧洲。功名富贵若长在，汉水亦应西北流。"B出自杜甫的《江上值水如海势聊短述》："为人性僻耽佳句，语不惊人死不休。老去诗篇浑漫与，春来花鸟莫深愁。新添水槛供垂钓，故着浮槎替入舟。焉得思如陶谢手，令渠述作与同游。"C出自贾岛的《题李凝幽居》："闲居少邻并，草径入荒园。鸟宿池边树，僧敲月下门。过桥分野色，移石动云根。暂去还来此，幽期不负言。"虽然与之关联的"推敲"故事，使得推敲成为创作中反复打磨的一个习语，但诗句本身表现的是幽寂之境，并非反映的文学创作。（王立群）

答案

C

请问：下列哪一联诗不是用来

描写雪的？

A. 不知近水花先发，疑是经冬雪未销

B. 燕山雪花大如席，片片吹落轩辕台

C. 忽如一夜春风来，千树万树梨花开

嘉宾解读

A出自张谓的《早梅》：“一树寒梅白玉条，迥临村路傍溪桥。不知近水花先发，疑是经冬雪未销。”B出自李白的《北风行》。C出自岑参的《白雪歌送武判官归京》。（王立群）

答案

A

请问：下列诗句哪一项是正确的？

A. 扫眉才子知多少，管领春风总不如

B. 黄眉才子知多少，管领春风总不如

C. 画眉才子知多少，管领春风总不如

嘉宾解读

诗句出自王建的《寄蜀中薛涛校书》。扫眉才子，典出汉代张敞画眉的故事。据说，张敞与妻子原本是同村，儿时的张敞很顽皮，一次投掷石块，误伤其妻，但当时逃逸了。长大做官后，听家人说起其妻因此一直未能出嫁，便上门提亲。婚后他和妻子感情很好，因为妻子

寄蜀中薛涛校书

王建

万里桥边女校书，枇杷花里闭门居。扫眉才子知多少，管领春风总不如。

眉角有缺点，所以他每天要替妻子画好眉后才去上班，于是有人就把这事告诉了汉宣帝。一次，汉宣帝在朝堂上当着很多大臣问起张敞这件事。张敞说“闺房之乐，有甚于画眉者”，意思是夫妇之间，在闺房之中，还有比画眉更过头的玩乐事情，皇上您只管问我国家大事做好没有，我替太太画不画眉，皇上管它干什么？后来这一典故与韩寿偷香、相如窃玉、沈约瘦腰，合称古代四大风流韵事。“扫眉才子”也成为汉语成语，指有文学才华的女子。女校书，典出唐代女诗人薛涛的故事。薛涛是中唐时期有名的歌伎，也是唐代最有名的女诗人之一，与白居易、元稹、王建等著名诗人都有唱和，跟韦皋、武元衡、王播、段文昌、李德裕等地方大员均有交往。武元衡镇蜀时，曾举荐她做校书郎，但因为没有先例，未果，薛涛却由此得到“女校书”之号。（蒙曼）

答案

A

现代社会生活节奏不断加快，许多人都产生了想回归自然生活的念头，请问：下列哪联诗是他们所向往的生活？

A. 妇姑荷箪食，童稚携壶浆

B. 田夫荷锄至，相见语依依

C. 二月卖新丝，五月粜新谷

渭川田家

王维

斜阳照墟落，穷巷牛羊归。野老念牧童，倚杖候荆扉。雉雊麦苗秀，蚕眠桑叶稀。田夫荷锄至，相见语依依。即此羡闲逸，怅然吟《式微》。

嘉宾解读

A出自白居易的《观刈麦》，诗描写了麦收时节的农忙景象，对造成人民贫困之源的繁重租税提出指责，诗人对于自己无功无德又不劳动却能丰衣足食而深感愧疚。B出自王维《渭川田家》，表达了作者想要回归田园生活的向往。C出自晚唐诗人聂夷中的《伤田家》：“二月卖新丝，五月粜新谷。医得眼前疮，剜却心头肉。我愿君王心，化作光明烛。不照绮罗筵，只照逃亡屋。”（康震）

答案

请问：模仿李煜名句“问君能有几多愁，恰似一江春水向东流”的方式写“愁”的是下列哪项？

A. 春去也，飞红万点愁如海

B. 只恐双溪舴艋舟，载不动、许多愁

C. 一川烟草，满城风絮，梅子黄时雨

嘉宾解读

“问君能有几多愁，恰似一江春水向东流”为李煜《虞美人》中的名句，也被认为是李煜词作中最有名的两句。陈师道《后山诗话》载：“今语例袭陈言，但能转移耳。世称秦词‘愁如海’为新奇，不知李国主已云：‘问君能有几多愁，恰似一江春水向东流’，但以‘江’为‘海’耳。”A出自秦观的《千秋岁·水边沙外》：“水边沙外，城郭春寒退。花影乱，莺声碎。飘零疏酒盏，离别宽衣带。人不见，碧云暮合空相对。　忆昔西池会，鹓鹭同飞盖。携手处，今谁在？日边清梦断，镜里朱颜改。春去也，飞红万点愁如海。”B出自李清照的《武陵春·春晚》：“风住尘香花已尽，日晚卷梳头。物是人非事事休，欲语泪先流。　闻说双溪春尚好，也拟泛轻

舟。只恐双溪舴艋舟，载不动、许多愁。”C出自贺铸的《青玉案》：“凌波不过横塘路，但目送、芳尘去。锦瑟华年谁与度？月桥花榭，琐窗朱户，只有春知处。　碧云冉冉蘅皋暮，彩笔新题断肠句。试问闲愁都几许？一川烟草，满城风絮，梅子黄时雨。”（康震）

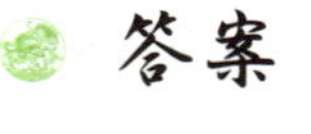

这是逆向思维题，可以抢答，请听题：下列哪句诗不是描写花的？

A. 兰陵美酒郁金香

B. 应是绿肥红瘦

C. 日出江花红胜火

A.出自李白《客中行》。郁金香指郁金的香料，并非郁金香花。B出自李清照的《如梦令·昨夜雨疏风骤》。C出自白居易《忆江南·江南好》。（康震）

客中行

李白

兰陵美酒郁金香，玉碗盛来琥珀光。但使主人能醉客，不知何处是他乡。

A

请问：下列哪句诗不是描写孤独之情的？

A. 众鸟高飞尽，孤云独去闲

B. 千山鸟飞绝，万径人踪灭

C. 举杯邀明月，对影成三人

独坐敬亭山

李白

众鸟高飞尽，孤云独去闲。
相看两不厌，只有敬亭山。

嘉宾解读 

A此诗重点在一“闲”字，故非孤独，而是闲适。B柳宗元诗《江雪》与C李白诗《月下独酌》都是表达孤独之情的。（王立群）

答案

A

诗词作者及篇名索引

（依人名首字汉语拼音顺序）

白居易《问刘十九》29、217

白居易《草》35

白居易《忆江南·江南好》65

白居易《钱塘湖春行》69、84、129、150

白居易《长恨歌》（节选）105

白居易《大林寺桃花》178

白居易《暮江吟》212

白居易《琵琶行》（节选）281

岑参《白雪歌送武判官归京》54、279

岑参《逢入京使》131、233

常建《题破山寺后禅院》41

陈子昂《登幽州台歌》11、285

崔颢《黄鹤楼》55、64

崔护《题都城南庄》124

崔郊《赠去婢》136

戴叔伦《塞上曲二首·其二》190

杜甫《春望》18、25、109、152、171、300

杜甫《登岳阳楼》27、110、153

杜甫《春夜喜雨》42

杜甫《奉赠韦左丞丈二十二韵》（节选）43、280、307

杜甫《绝句》49、216

杜甫《曲江二首·其二》59、230

杜甫《赠花卿》61、123、308

杜甫《茅屋为秋风所破歌》75

杜甫《蜀相》100、153、159

杜甫《望岳》115

杜甫《江南逢李龟年》122

杜甫《登高》125、162

杜甫《客至》141

杜甫《自京赴奉先县咏怀五百字》（节选）172

杜甫《梦李白二首·其二》180、297

杜甫《闻官军收河南河北》181

杜甫《饮中八仙歌》200

杜甫《月夜忆舍弟》206

杜甫《江上值水如海势聊短述》260

杜牧《清明》46、198

杜牧《赤壁》50、118、206

杜牧《江南春》123

杜牧《山行》147、192

杜牧《赠别二首·其二》156

杜牧《赠别二首·其一》164

杜牧《泊秦淮》247
杜牧《送友人》255
杜牧《过华清宫·其一》258
杜秋娘《金缕衣》90
范仲淹《渔家傲·秋思》67
高适《别董大》85
高适《燕歌行》(节选)154
韩翃《寒食》283
韩愈《早春呈水部张十八员外》91、188
韩愈《左迁至蓝关示侄孙湘》116、157
贺知章《咏柳》78
贺知章《回乡偶书》104
贺铸《青玉案·凌波不过横塘路》179、250
黄巢《不第后赋菊》168
黄庭坚《登快阁》254
黄庭坚《病起荆江亭即事十首·其八》267
黄庭坚《戏呈孔毅父》294
黄庭坚《牧童诗》304
贾岛《寻隐者不遇》8、21、111
贾岛《题李凝幽居》134
姜夔《暗香》173
李白《蜀道难》(节选)13
李白《月下独酌四首·其一》15、78
李白《静夜思》26
李白《送友人》33、214
李白《黄鹤楼送孟浩然之广陵》56、83、112、211
李白《赠汪伦》57、139
李白《闻王昌龄左迁龙标遥有此寄》87
李白《望天门山》101、132
李白《春夜洛城闻笛》118
李白《秋浦歌十七首·其十五》40、120
李白《塞下曲六首·其一》138
李白《上李邕》184
李白《登金陵凤凰台》203
李白《行路难·金樽清酒斗十千》214
李白《夜泊牛渚怀古》215
李白《早发白帝城》219、221
李白《金陵酒肆留别》223
李白《菩萨蛮·平林漠漠烟如织》223、238
李白《清平调词三首·其二》232
李白《南陵别儿童入京》239
李白《把酒问月》256
李白《将进酒》(节选)266
李白《梦游天姥吟留别》(节选)272
李白《三五七言》276
李白《客中行》318
李白《独坐敬亭山》319
李贺《金铜仙人辞汉歌》130、137
李颀《古从军行》237
李清照《夏日绝句》9

李清照《一剪梅·红藕香残玉簟秋》74
李清照《如梦令·常记溪亭日暮》257
李清照《如梦令·昨夜雨疏风骤》210、299
李清照《永遇乐·落日熔金》220
李清照《醉花阴·重阳》295
李商隐《登乐游原》6
李商隐《无题二首·其一》59
李商隐《无题二首·其一》（节选）79
李商隐《无题》80、152
李商隐《锦瑟》97、116、151、156
李商隐《夜雨寄北》119
李商隐《嫦娥》121
李商隐《无题二首·其一》175
李商隐《无题》191
李绅《悯农二首》19
李绅《悯农二首·其一》93
李煜《虞美人》7
李煜《浪淘沙·帘外雨潺潺》73
李煜《相见欢·无言独上西楼》106
李煜《相见欢·林花谢了春红》189
李之仪《卜算子·我住长江头》24
刘禹锡《赏牡丹》64、149、184
刘禹锡《乌衣巷》86、203
刘禹锡《秋词二首·其一》96
刘禹锡《元和十年自朗州承召至京戏赠看花诸君子》146
刘禹锡《酬乐天扬州初逢席上见赠》193
刘禹锡《西塞山怀古》242
刘长卿《逢雪宿芙蓉山主人》114
柳永《蝶恋花·伫倚危楼风细细》66、227
柳永《望海潮》197
柳永《雨霖铃·寒蝉凄切》231
柳宗元《江雪》5
卢纶《塞下曲六首·其二》194
卢纶《塞下曲六首·其三》234
陆游《十一月四日风雨大作二首·其二》102
陆游《卜算子·咏梅》213
罗隐《嘲钟陵妓云英》183
罗隐《蜂》269
骆宾王《咏鹅》199
骆宾王《于易水送人》280
孟浩然《春晓》2
孟浩然《宿建德江》32、113
孟浩然《过故人庄》88、89、127
孟浩然《临洞庭上张丞相》276
孟郊《游子吟》20、77、166
欧阳修《生查子·元夕》136
欧阳修《玉楼春》176
秦观《鹊桥仙·纤云弄巧》107、253
宋祁《玉楼春·春景》68、142
宋之问《渡汉江》144

苏轼《江城子·十年生死两茫茫》301
苏轼《江城子·乙卯正月二十日夜记梦》23
苏轼《江城子·密州出猎》226
苏轼《惠崇春江晚景二首·其一》70
苏轼《题西林壁》128
苏轼《浣溪沙·簌簌衣巾落枣花》158
苏轼《正月二十日与潘、郭二生出郊寻春，忽记去年是日同至女王城作诗，乃和前韵》160
苏轼《饮湖上初晴后雨二首·其二》162
苏轼《蝶恋花·春景》195
苏轼《惠州一绝》249
苏轼《定风波·莫听穿林打叶声》290
苏轼《世传徐凝〈瀑布〉诗云：一条界破青山色。至为尘陋。又伪作乐天诗称美此句，有"赛不得"之语。乐天虽涉浅易，然岂至是哉！乃戏作一绝》291
苏轼《於潜僧绿筠轩》306
王安石《梅花》37、99
王安石《明妃曲·其二》177
王安石《明妃曲·其一》177
王安石《元日》209、225
王勃《送杜少府之任蜀州》10、170
王昌龄《芙蓉楼送辛渐》112、209、273
王昌龄《出塞二首·其一》140、294
王翰《凉州词》48、83、105
王建《寄蜀中薛涛校书》315
王建《新嫁娘》287
王湾《次北固山下》12、22、155
王维《相思》3
王维《鹿柴》16
王维《终南别业》17
王维《山居秋暝》28、82、100
王维《汉江临眺》34
王维《使至塞上》39、187
王维《九月九日忆山东兄弟》62、95、264
王维《送元二使安西》92、134
王维《鸟鸣涧》94
王维《杂诗》126、228
王维《送别》202
王维《和贾至舍人早朝大明宫之作》278
王维《渭川田家》316
王之涣《登鹳雀楼》4、30、307
王之涣《凉州词》53、129、222
韦应物《滁州西涧》102、145
温庭筠《商山早行》31
温庭筠《菩萨蛮·蕊黄无限当山额》240
辛弃疾《破阵子·为陈同甫赋壮词以寄之》14、235
辛弃疾《青玉案·元夕》45、244
辛弃疾《西江月·夜行黄沙道中》135

辛弃疾《汉宫春·立春日》245

辛弃疾《水龙吟·楚天千里清秋》248

辛弃疾《南乡子·登京口北固亭有怀》310

徐凝《忆扬州》148

晏殊《蝶恋花·槛菊愁烟兰泣露》186

杨敬之《赠项斯》174

杨万里《小池》103

杨万里《晓出净慈寺送林子方》259

叶绍翁《游园不值》224

元稹《离思五首·其四》51

元稹《菊花》182

元稹《遣悲怀三首·其一》312

岳飞《满江红·写怀》71

张祜《何满子》36

张祜《纵游淮南》251

张祜《樱桃》303

张籍《节妇吟·寄东平李司空师道》88、143

张继《枫桥夜泊》47、108、309

张九龄《望月怀远》165

张若虚《春江花月夜》（节选）95、98

张志和《渔歌子·西塞山前白鹭飞》227、286

赵师秀《约客》161

朱熹《春日》207

中華書局

初版责编	陈 虎